Ulrike Kolb
Die Schlaflosen

Ulrike Kolb
Die Schlaflosen
Roman

WALLSTEIN VERLAG

Bibliografische Information der
Deutschen Nationalbibliothek
Die Deutsche Nationalbibliothek verzeichnet diese
Publikation in der Deutschen Nationalbibliografie;
detaillierte bibliografische Daten sind im Internet über
http://dnb.d-nb.de abrufbar.

www.wallstein-verlag.de
Vom Verlag gesetzt aus der Stempel Garamond
Umschlaggestaltung: Susanne Gerhards, Düsseldorf
unter Verwendung der Fotografie *Water Abstract*,
© Alex Bramwell – fotolia.com
Druck und Verarbeitung: Friedrich Pustet, Regensburg
ISBN 978-3-8353-1211-1

On the road oder 16.10 Uhr

Sie reißt die Augen auf, als könnte sie so die grafische Wirrnis auf der Straße, in die sie hineingleitet, unter ihre Kontrolle zwingen. Die weiße Linie teilt sich, strebt in spitzem Winkel auseinander, jagende helle Striche, als sie die am Lenkrad klebende Hand löst und mit der Fingerspitze Kontakt zur Brille sucht, um sie höher zu schieben. Aber das ist es nicht, es ist nicht die Brille, es ist etwas anderes, das dieses optische Durcheinander vor ihren Augen veranstaltet, ein Schauspiel, in dem sich der Wagen wie von selbst bewegt, guter alter Benz, wenigstens das, und so versucht sie, der Spur des vor ihr herfahrenden Lasters zu folgen, das ist ihr einziger Halt. Rechts eine Autoschlange, die in ihrem Blickwinkel entlangrast, sie ist eingezwängt zwischen der Leitplanke und der Schlange, unmöglich, jetzt anzuhalten, nirgends ein Ausweg, jedes Gefährt folgt dicht dem vorderen, sie greift mit der Rechten hinter die Rückenlehne und tastet auf dem rauen Boden nach ihrer Handtasche, auf der Suche nach dem Etui mit der Ersatzbrille, dabei hält sie den Blick auf das Nummernschild und die steile Rückwand des Lasters gerichtet, auf die Aufschrift HOLZ VON SCHOLZ. Endlich das weiche Leder, und sie zieht die Tasche nach vorn auf den Nebensitz, wühlt darin, während sie in äußerster Anstrengung den Blick auf die Straße und den Wagen vor sich heftet, auf die Leitplanke links, auf die Verkehrsschilder, die sie nur bei zugekniffenem linken Auge entziffern kann, auf die 40 in dem roten Kreis und auf den vor ihr tanzenden und sich jäh vermehrenden und in unzähligen Linien auseinanderstiebenden Mittelstreifen, auf die mächtigen Räder eines vorbeiziehenden Sattelschleppers und irgendwo aufleuchtende und wieder verlöschende rote Bremslichter, gefangen in diffusem Flackern, fingert sie das Etui auf und nimmt die Brille, das HOLZ VON SCHOLZ beruhigt sie in diesem Augenblick, vielleicht wegen der imperativen Wirkung der Großbuchstaben, darüber muss sie grinsen, während sie die Bügel aufklappt, einhändig, bedächtig, und bevor sie die eine Brille abnimmt und die andere aufsetzt, justiert sie ihren Blick, heftet ihn auf die Spur des Lasters und auf die feste, hohe, kantige Schrift, deren Konturen sich in dem Moment, da sie die nackten Augen weit aufreißt, in ein enormes, weiches, schummriges Etwas auflösen, bis das andere, leichtere Gestell auf ihrem Nasenrücken landet und durch die hell getönten Gläser wieder das HOLZ VON SCHOLZ auftaucht und die Linie des Mittelstreifens sich für einen Augenblick entwirrt, klar, richtungweisend, während sie das linke Auge schnell schließt und gleichzeitig das rechte aufhält und dabei das Brillengestell mit der Kuppe des kleinen Fingers hin und her schiebt, um zu testen, wie die Sicht am besten ist, aber als sie beide Augen wieder offen hat, verwirrt sich sogleich alles von neuem, und da jetzt beide Hände das Steuer umfassen, umklammern, nass geschwitzt, fällt ihr auf, wie verkrampft sie die Schultern hochgezogen hat, dabei die Stirn fast an der Windschutzscheibe, als könnte sie so besser sehen, immer das linke Auge zupressend, versucht sie jetzt, tief durchzuatmen, die Muskeln zwischen den Schultern zu entspannen, ein Befehl an das vegetative Nervensystem … aber jedes Mal, wenn sie es öffnet, was ständig unwillkürlich passiert, bäumen sich die Linien in der Straße sofort auf, verschlingen einander, jagen auf die Windschutzscheibe zu, sodass sie das Lid schnell wieder zukneift. Der Verkehrsfunk fällt ihr ein, sie fingert an der Radiotastatur, geht die Sender durch, hört denn diese Baustelle nie auf … Musik, Stimmen, Klavier, immer wieder dasselbe Klavier, aber kein Verkehrssender, nichts, verdammt nichts, sie bleibt bei dem Klavier, etwas Gleichmäßiges, Schumann oder so, und sie greift in das Fach unter der Radioleiste, findet das Phone, fährt mit dem Daumen über den glatten, sofort aufleuchtenden Touchscreen, wagt aber nicht, den Blick von der Straße zu nehmen, das Klavier ist jetzt schneller, eilig, irgendwie entspannend … es kommt ihr ewig vor, dass sie so in dieser Zwangsgefolgschaft rast, eine halbe oder ganze oder mehr als eine Stunde muss das schon sein. Sie schafft es, die gesuchte Nummer zu aktivieren, das Klingelzeichen am anderen Ende, aber nichts außer dem Anrufbeantworter, niemand, das ist Absicht, fährt ihr durch den Sinn … diese halbe oder ganze oder mehr als eine Stunde, das Klavier jetzt sanft, melancholisch, sehnsüchtig, sie bricht bei immer noch zugekniffenem linken Auge in Tränen aus, und als sie an einer endlich auftauchenden Raststätte die Autobahn verlässt und erlöst haltmacht, blicken sie aus dem Rückspiegel, dem sie sich entgegenreckt, Augen an, die ihr uralt vorkommen, als wären es nicht ihre eigenen, umrandet von Schlieren schwarzer Schminke.

Rottmann kommt an

Zwei Torpfosten, der linke von einem Steinlöwen gekrönt, dessen Kopf auf der einen Seite schräg abgeschlagen ist, was komisch und zugleich stolz aussieht, wie bei einem, der seine Beschädigungen mit Lächeln trägt, ja, der Löwe lächelt, und es sieht aus, als lächle er über die Anmaßung der Natur, über das freche Moos, das sich gräulich über seine lädierte Stelle gezogen hat, und über die Schläge, die ihm die Zeit oder Bomben oder wer weiß wer versetzt haben. Umkreist man ihn, kann man sehen, dass von dem Schweif nur noch ein Stummel übrig ist, ein lächerlicher Rest, der die vergangene Macht des Löwen aber nur umso grotesker hervorkehrt, wie er da thront in königlicher Resignation.

Von dem, was auf dem anderen Torpfosten, dem rechten, einst war, ist nichts mehr zu sehen, er ist vollkommen von Efeu überwuchert. Zwischen den Pfosten ist kein Tor mehr, nur noch ein verrostetes Eisenscharnier deutet exklusive Vergangenheit an. Jetzt kann dort jeder eintreten. Tiefes Nachmittagslicht liegt über der Platanenallee, die in prächtigen Herbstfarben leuchtet und an deren Ende ein Gutshaus steht, dessen Fassade, man kann es von hier schon erkennen, in einem nur teilweise renovierten Zustand ist. An manchen Stellen ist der Putz abgebröckelt und lässt die rohe Backsteinwand frei. Eine einst feierliche, jetzt hilflos wirkende Freitreppe führt mittig zum Eingang. Auch sie ist noch nicht aufgefrischt, dafür aber sehen die Fenster alle neu aus. Sie verteilen sich weiß gerahmt und symmetrisch über die ganze Front, eine Mischung aus Romantik und Preußenstrenge.

Rottmann überlegt, ob er zuerst einen Gang um das Haus machen oder besser gleich die Treppen hinaufsteigen soll, direkt in die Höhle des Löwen. Er ist immer noch voller Zweifel, ob es die richtige Entscheidung war, sich hier anzumelden. Und als er nun zögerlich vor einer geduckten Kellertür unterhalb der Freitreppe von einem Fuß auf den anderen tritt, wird ihm immer klarer, dass, wenn er jetzt nicht sofort das Haus betritt und sich den Empfangsritualen ausliefert, er bestimmt die Flucht antreten wird.

In diesem Moment sieht er sich als achtjährigen Bub von hinten, dem ein Rucksack auf dem Rücken wippt und der eine von Sonne und Schatten wild flackernde Allee entlangrennt, so schnell, als ginge es um sein Leben. Diese Erinnerung überwältigt ihn, ihm ist ganz flau von der Wucht eines früheren Gefühls.

Auch heute trägt er einen Rucksack bei sich, ein albernes Ding, wie er findet, das er seiner Frau zuliebe benutzt. Sie hat es ihm zu einem der letzten Geburtstage geschenkt, und er bringt es einfach nicht fertig, sie vor den Kopf zu stoßen. Der Rucksack des erwachsenen Rottmann ist allerdings nicht aus kakifarbenem schmutzigem Leinen wie der des Jungen, sondern aus weichem, teurem Leder, und es passt alles hinein, was er für ein, zwei Übernachtungen braucht. Er hält ihn schlenkernd an der Schlaufe und begibt sich so die Treppe hinauf. Bei jedem Schritt achtet er darauf, in die Mitte der Stufen zu treten, und auf einmal ist alles wieder da, der Geruch von Malzkaffee, von alten Hosen, alten Federbetten, altem Stall, alten Vorhängen, altem Holz, alten Schuhen, altem Zaumzeug, altem Heu, altem Papier, alten Büchern … ein sinnverwirrender Schwall von Vergangenheit.

Die Tür ist unverschlossen. Einem Messingschild ist zu entnehmen, wo man sich befindet: Hotel Gut Sezkow. Es ist eine massive Holztür, die sich nicht ohne Widerstand öffnen lässt, bevor sie den Blick in ein geräumiges Entree freigibt, von dem aus sich eine breite Treppe nach rechts und links teilt. Ein alter Schreibtisch dient als Rezeption, er ist jedoch verwaist. Niemand scheint hier erwartet zu werden. Der ganze Empfang wirkt etwas provisorisch. Rottmann blickt um sich, und da er der Einzige hier zu sein scheint, macht er sich auf den Weg durch die angrenzenden Räume. Gleich nebenan ist alles für eine Veranstaltung vorbereitet, mit Stuhlreihen und einem kleinen Tisch für den Vortragenden. Eine offene Tür führt zu zwei kleinen Räumen, deren Wände mit dicht gefüllten Regalen zugestellt sind. Die oberen Reihen sind durch zierliche Leitern zu erreichen. Überall darin Bücher, gereiht und gestapelt, chaotisch wie in einer privaten und häufig benutzten Bibliothek. Von dort aus geht es durch eine geöffnete Flügeltür in einen langgestreckten Salon, zu dessen einer Seite eine Reihe bodentiefer Fenster den Blick in einen weiten Park freigibt. An der Längswand gegenüber den Fenstern bildet eine eiserne Empore eine weitere Ebene, die über eine ziselierte Wendeltreppe zu erreichen ist. Auch dort oben sieht man Regale, sie reichen bis zur Decke und sind vollgestopft mit Büchern. Der Raum ist in einem müden Blau gestrichen und mit Sesseln und Sofas aller Stilrichtungen möbliert, deren Bezug an manchen Stellen abgewetzt ist. Man sieht, kaum ein Möbelstück ist neu. Dazwischen Couchtische, auf denen sich Kerzenleuchter und Zeitschriften und alle möglichen kleinen Dinge befinden. In einer Ecke unter der Empore steht ein Flügel, dessen schwarzer Lack stumpf geworden und an manchen Stellen abgeblättert ist.

Am Ende landet Rottmann in einem Wintergarten, dem Speisesaal, der an drei Seiten von Glaswänden umfasst ist. Er ist angefüllt von einem Sammelsurium unterschiedlich großer weiß gedeckter Tische. Die fensterlose Wand ist von einer riesigen Fotografie, die einen etwas ramponierten Theatersaal zeigt, fast ganz bedeckt. Ein halb geraffter Vorhang gibt den Blick auf eine leere Bühne frei, ein Bild tiefer

Verlassenheit. Rottmann blickt es lange an und fragt sich, was es ist, das diese Verlassenheit bewirkt. Vielleicht weil alles so aussieht, als sei hier einmal Leben gewesen, dessen geheimer Widerschein sich noch im Dunkel hinter der Bühne andeutet.

All das weckt die widersprüchlichsten Regungen in Rottmann. Er ist froh, nicht in einem dieser überkandidelt renovierten Häuser gelandet zu sein, gegen die er eine tiefe Aversion empfindet, wie er überhaupt alles Feingemachte verabscheut. Zugleich aber meint er, etwas merkwürdig Gewolltes hier zu wittern, das ihm genauso wenig behagt wie das Feingemachte und das in ihm sofort den Verdacht von Ideologie wachruft. Vielleicht weil er sich an Zeiten erinnert fühlt, in denen er selbst übertrieben ökologischen und linken Ideen verfallen war, die ihm heute peinlich sind. Aber dann wieder beruhigt er sich, dazu ist das Ganze hier zu gepflegt, die Renovierung zu professionell, zu gut durchdacht. Auch die Fotografie spricht gegen Ideologie, sie ist einfach zu gut, denkt er. Er betrachtet das Bild jetzt von nahem, setzt die Brille auf, sucht vergeblich nach einer Signatur, geht wieder auf Abstand und überlegt, ob es das Werk einer Frau oder eines Manns ist. Ganz gefangen genommen davon, überrascht er sich dabei, wie er in dem Theaterraum umherwandelt, und wie sich die Bühne öffnet und weiterführt in andere Räume.

So sinnierend über die Frage, ob er bleiben oder sich einfach und bevor jemand von ihm Notiz genommen hat wieder davonmachen soll, schiebt er den Flügel einer zur Terrasse führenden Glastür auf und erblickt in der Scheibe plötzlich eine Frau, oder besser die Spiegelung einer Frau in einem Sessel. Dabei hat er sich doch die ganze Zeit allein in dem Raum geglaubt. Vielleicht ist es nur ein Bild, das da irgendwo hängt, ein Bild einer Frau, die sich in einer Glastür spiegelt?

Die Frau trägt eine dunkle Kappe auf hochgestecktem Haar, den Kopf hält sie schräg zur rechten Schulter geneigt, und auf ihren Knien liegt eine aufgefaltete Zeitung. Der Gedanke, dass sie ihn beobachtet haben könnte, verwirrt ihn. Er vermeidet es, sich umzudrehen. Ihm ist, als habe er etwas nicht ganz Gesellschaftsfähiges getan, etwas Anstößiges, und wieder steigt in ihm ein Gefühl auf, das ihn beherrschte, als er ein Junge war. Warme Pein überrieselt ihn. Das ist schon ein richtiger Tick bei dir, die Sache mit dem Nasejucken, hat seine Frau neulich behauptet, und sie finde seinen Finger an besagter Stelle ganz besonders unappetitlich. Wenn du wüsstest, wie das aussieht, hatte sie (unter anderem) gesagt, als sie einander Wahrheiten an den Kopf schleuderten, die sie später gerne wieder zurückgenommen hätten, die dann aber in der Welt, im Gehör des anderen waren wie ein Bild im Internet, das niemals wieder gelöscht werden kann. Wenn du wüsstest, wie das aussieht! Aber selbst wenn ihm eine solche Peinlichkeit nicht unterlaufen sein sollte, allein zu wissen, von einer schweigsam in einem Sessel sitzenden Frau unbemerkt beäugt worden zu sein, ist ihm unbehaglich.

Unschuldig, dieses Wort fällt ihm jetzt ein, und er fragt sich, wieso eigentlich? Wieso eigentlich unschuldig? Er tritt hinaus auf die Terrasse, atmet tief durch und versucht, den Gang durch den Speisesaal zu rekapitulieren, vom ersten Schritt an hinten bei der Parkseite, dann den Slalom zwischen den Tischen hindurch, den Weg zum Fenster, dann wie er das große Bild mit dem verlassenen Theatersaal in Augenschein genommen hat. Dabei überlegt er angestrengt, womit seine rechte Hand währenddessen beschäftigt war. Aber die Hand hat gemacht, was sie wollte, ohne seinem Gedächtnis Rechenschaft abzulegen, und er muss lachen, das ist ja wie eine Kleine-Jungen-Geschichte von früher. Er stellt sich vor, wie er eine solche Kette von Überlegungen seiner Frau mitteilen würde und wie sie sich beide darüber amüsieren. Das sind eigentlich die guten Momente unserer Ehe gewesen, denkt er und ruft sich zur Ordnung, sagt sich, wer immer dich wobei auch immer gesehen hat, geh jetzt am besten weg von hier, sofort, auf der Stelle. Eine wirre Abfolge von Gedanken oder besser Bildern oder doch Gedanken (als ob es einen Unterschied zwischen Gedanken und Bildern gäbe, du Esel!) flattert ihm durch den Sinn, nicht einzuordnen in die Rangliste von wichtig bis weniger wichtig oder völlig unwichtig. Und als er sich jetzt umdreht, gewappnet für eine Begrüßung, ist der Sessel, in dem soeben noch eine Frau saß, leer.

War es vielleicht doch keine so gute Idee, hierherzukommen?

Der Schlafpapst ist nicht der einzige Grund dafür, dieses Wochenende auf Sezkow zu verbringen. Schon lange hatte Rottmann sich vorgenommen, hier in die Gegend und zu diesem Haus zu fahren, in dem er als Kind einmal gewesen war, obwohl nicht alt genug, um sich wirklich daran erinnern zu können. Schon seit der Maueröffnung hatte er sich das vorgenommen, es aber immer wieder aufgeschoben. Auch weil das Retrogetue mancher Wiederentdecker des Preußentums ihn abstößt, so wie ihn überhaupt jede Nostalgie abstößt, ja, mehr als das. Es kotzt mich an, denkt er. Und als er neulich bei einem Abendessen neben jemandem saß, der von seiner Sehnsucht nach den Landschaften Ostpreußens sprach, und als dieser Jemand wiederholt betonte, diese seine Sehnsucht komme daher, dass er dort geboren worden sei und dass diese Landschaften sich seinem tiefsten Inneren eingeprägt hätten, weil er sie mit den ersten Atemzügen eingesogen habe, und als Rottmann erfuhr, dass der Mann nur zwei Monate dort gelebt hat, dachte er, wie sehr solche Sehnsüchte oft künstlich gehegt werden. Er fragte den Mann, ob man wirklich Sehnsucht nach einer

Landschaft haben könne, die man so jung verlassen hat. Worauf der heftig die Meinung vertrat, so etwas komme öfter vor, als man denke, etwa wenn die Sehnsucht der Eltern sich in die Seele der Kinder gesenkt habe. Anders könne er sich diese wirklich starke Sehnsucht, die er empfinde, nicht erklären. Rottmann gab zu, dass sich dagegen nichts sagen lasse, und trotzdem meldete er seine Zweifel an, sagte sogar, er nehme ihm ein solch tiefes Verlangen nicht ganz ab, und ärgerte sich zugleich über die eigene Gereiztheit bei dem Gespräch. Jedenfalls ist er jetzt froh, dass von Nostalgie hier in dem Haus nichts zu spüren ist, in dem eher etwas Unentschiedenes die Atmosphäre bestimmt, etwas Provisorisches und Widersprüchliches. Also, sagt er zu sich, bist du in der »dir liebsten Stimmung deines Lebens«, wie seine Frau gern spottet, ganz da, wo du zu Hause bist: in schönster Ambivalenz.

Allmählich trudeln Gäste ein

Allmählich trudeln die Gäste ein, parkende Autos füllen den Platz vor der Freitreppe, und inzwischen ist auch der Empfang besetzt. An der Rezeption, das heißt, hinter dem als Rezeption dienenden alten Schreibtisch, erledigt eine junge dunkelhäutige Frau das Einchecken der Gäste, wenn sie nicht gerade jemanden zu seinem Zimmer begleitet oder Fragen beantwortet. Etwa die, ob der Professor schon da sei oder ob schon öfter hier solche Seminare stattgefunden hätten. Sie trägt einen dünnen Rock, dessen Saum transparent um die Knie flattert, dazu ein zierliches Jackett. Ihre schlaksigen Beine sind unentwegt in Bewegung, und eine Kette aus blauen Holzkugeln wippt um ihren Hals wie ein Kinderschmuck. Das passt zu ihrem Pferdeschwanz, der, neigt sie den Kopf, mal über die eine, mal über die andere Schulter fällt. Man will sie, wenn man sie so sieht, am liebsten mit ›Kindchen‹ ansprechen, man will ihr über die klare, hohe Stirn streichen, dabei ist ihr Auftreten alles andere als kindlich, im Gegenteil. Sie ist selbstbewusst, ja versiert in ihrer Rolle, vielleicht sogar eine Idee zu versiert, sodass es in manchen Momenten etwas übertrieben wirkt. Ihre Aussprache hat einen leicht sächsischen Ton, und Rottmann muss an seine Großmutter denken und an ihr ›määne glääne Bubbi‹, wie sie seine Mutter gerne genannt hatte – ein Kosewort, das nach ihrem Tod in der Familie als zärtliche Ansprache weiterlebte. So kommt es, dass Rottmann dem Sächsischen, das er selbst nicht beherrscht, ein positives Vorurteil entgegenbringt.

Die junge Frau bittet Rottmann jetzt, ihr zu seinem Zimmer zu folgen, und indem er hinter ihr die Stufen nimmt, liegt ihm die ganze Zeit der familiäre Kosename auf der Zunge, und als sie sich plötzlich umdreht und fragt, ob er etwas gesagt habe, wird ihm bewusst, dass ihm tatsächlich das ›määne gläähne Bubbi‹ aus dem Mund gerutscht sein könnte. Nein, nein, murmelt er, das muss ein Irrtum sein. Mit seinem Rucksack schlenkernd, folgt er ihr über rote Teppichläufer durch den Gang und die Treppe hoch bis in die zweite Etage, wo seine Begleiterin die Tür zu einem sonnendurchfluteten Zimmer öffnet. Er solle doch nur einmal aus dem Fenster schauen, fordert sie ihn auf, ist das nicht herrlich, und sie wendet sich ihm zu, ihm, der eine Idee kleiner ist als sie, was ihm jetzt erst auffällt.

Seine Antwort ist nichts als Floskel, irgendwas von Danke, vielen Dank, und er gräbt in seinem Rucksack auf der Suche nach dem Geldbeutel, den er soeben beim Einchecken doch noch in der Hand gehabt hatte, aber jetzt nicht finden kann. Er will ihr unbedingt ein Trinkgeld geben. ›von Bülow‹, so steht es auf einem kleinen Namensschild an ihrem Revers. Sie stößt beide Fensterflügel auf und lehnt sich hinaus, indes Rottmann sich aufs Bett fallen lässt, um besser den Rucksack durchwühlen zu können. Dabei muss er immer wieder zu ihr hinschauen. Sie hat ihm dem Rücken zugekehrt, und er beobachtet ihren Rocksaum, der ihre Kniekehlen auf bezirzende Weise umspielt. Da bückt sie sich, hebt seinen Geldbeutel vom Boden auf und reicht ihn Rottmann mit einer unvergleichlichen Geste von ironischer Grazie, die ihn sprachlos macht.

Könnte er sich in diesem Moment als einen Fremden sehen, würde er in herzhaftes Lachen ausbrechen angesichts seines verdatterten Gesichtsausdrucks bei geöffnetem Mund und herabhängender Unterlippe. Die junge Frau steht im Gegenlicht, kleine Haarflusen haben sich leuchtend um ihr Kopfrund aufgerichtet, Rottmann greift sich ans Herz und entschuldigt sich für seine Zerstreutheit, immer noch sitzend und zu ihr emporblickend. Sie nimmt den Zehneuroschein in Empfang, den er ihr reicht, und blickt ihn dabei an, als wollte sie sagen, schon gut, schon gut, Tölpel, alles verziehen. Ihrem Mund entschlüpft ein beiläufiges Danke und der Wunsch zu einem angenehmen Aufenthalt, genauer gesagt, ›Guude Tage, mein Herr, vielleicht gennse hier wasse sonstwo nich gennen‹. Und zwinkernd wie eine Krankenschwester, die das zur Schau getragene Leiden ihres Patienten für arg übertrieben hält, verlässt sie den Raum und den aufspringenden Rottmann, der ihr durch die geöffnete Tür nachblickt.

Aber Rottmann leidet wirklich. Seit Wochen hat er kaum mehr als zwei Stunden pro Nacht geschlafen, zumindest glaubt er das. Wenn er in den Spiegel sieht, schaut ihn eine Theatermaske an, ein Gesicht, dem der Maskenbildner zu viel Grau unter die Augen und in die Falte zwischen Nase und Wangen aufgetragen hat, lemurenhaft, am Ende angekommen. Früher wären ihm weiß Gott was für Sprüche eingefallen, früher wäre er neben die junge Frau ans Fenster getreten, und zwar atemnah, hätte herausgefunden, aus welchem Land sie oder ihre Eltern stammen, hätte sie diskret berührt, ihr die Hand auf den Arm gelegt, sie zur Tür geleitet, hätte herausgefunden, wie sie zu dem ›von Bülow‹ kommt, und vor allem hätte er mit ein paar Bemerkungen ihre Neugier geweckt, hätte ihr einen guten Witz erzählt, etwas Sprühendes, Übermütiges. Stattdessen liegt er erschöpft auf dem Bett, ein Schwächling in embryonaler Haltung, ein Köter, ein Geschlagener.

Frau von Bülow also, eine somalische oder äthiopische Schönheit, die ihm, bevor sie das Zimmer verließ, das heißt, bevor er aufgesprungen war, die Hand auf die Schulter gelegt hat. Oder bildet er sich das jetzt nur ein? Hat sie ihm wirklich die Hand auf die Schulter gelegt? Er versucht, sich die Szene ins Gedächtnis zurückzuholen, wie sie mit dem unausgesprochenen ›Schon gut‹ den Geldschein in Empfang nimmt, wie sie ihm … ja was nun? Über die Schulter streicht oder gar über die Stirn? Ja, auch das könnte sein. In diesem Moment spürt er ihre Hand tatsächlich an verschiedenen Stellen seines Gesichts zugleich, aber er kann sich nicht wirklich erinnern, ob das, was er spürt, Einbildung ist oder … der soeben vergangene Moment ist verschwunden. Was die junge Frau auch immer getan oder gesagt haben mag, Rottmann ist sich keiner Geste, keines Tons mehr sicher. Er ist ganz verwirrt.

Der zerknüllte Ausdruck der Homepage des Schlafpapstes und das Programm für das Wochenende liegen vor ihm auf dem Bett. Er ist froh, dass bis zur Begrüßung und dem ersten Vortrag noch Zeit ist, so kann er sich wenigstens etwas entspannen. Er dreht sich auf den Rücken und lässt seinen Blick durch den Raum schweifen.

Es ist ein Eckzimmer, belichtet von Westen und Süden, so wie Rottmann es liebt. Räume, in die von zwei oder gar drei Seiten Tageslicht fällt, sind für ihn immer ein Genuss. Die hohen Fenster werden von naturfarbenen, großzügig auf den Boden fallenden Baumwollvorhängen umrahmt. Ansonsten besteht die Möblierung nur aus dem Nötigsten – ein alter Tisch, zwei einfache Holzstühle und, zu seiner Enttäuschung, kein Fernseher. Später stellt er fest, dass die Abmessung des Duschbads etwa der Größe eines Schranks entspricht und er sich darin kaum bewegen kann. Er denkt darüber nach, ob er als Kind schon einmal in diesem Zimmer gewesen sein könnte. Aber es gleiten nur dunkle, mit Möbeln vollgestopfte Räume durch seine Vorstellung, nichts, was mit diesem lichten Raum eine Ähnlichkeit hat.

Margot kommt an

Nach ihrer katastrophalen Autobahnfahrt hat Margot den Wagen an der Raststätte stehen lassen. Sie wagte nicht, selbst weiterzufahren. Vor Monaten hatte sie schon einmal eine Sehstörung beim Fahren erlebt, aber die war vorübergehend, ein paar plötzliche Undeutlichkeiten, die sie ihrer allgemeinen Nervosität zuschob. Dass ihre Augen aber so verrücktspielen wie heute, ist neu. Ich bin völlig erledigt, denkt sie, völlig erledigt. Sie murmelt es wie ein Mantra: völlig erledigt, völlig …

Die Aufregungen der letzten Monate, die Nachricht eines möglicherweise bösartigen Tumors unter einer Rippe, Untersuchungen beim Onkologen, das Eingeschlossensein in einer dieser unerträglichen Röhren, Arbeiten, die sie lange aufgeschoben und am Ende unter Hochdruck zu Ende hat bringen müssen, ein Artikel über Schaufensterpuppen, der sie viel mehr Zeit kostete als gedacht, vergessene Verabredungen, Vorwürfe ihrer Tochter von wegen ›egozentrisch und nicht erreichbar‹ … immerhin sind die Laborergebnisse bisher nicht beunruhigend. Ein Test steht noch aus, aber der Arzt hat ihr Mut gemacht. Danach hat sie ein paar wichtige Dinge in ihrem Leben in Ordnung gebracht, auch finanziell, sodass sie sich die siebzig Euro für das Taxi von der Raststätte bis zum Gutshaus leisten konnte. Sie gönnt sich dieses Seminar, um das größte Problem, das sie hat, in Angriff zu nehmen – die Schlaflosigkeit.

Mit ihrer großen roten Ledertasche über der Schulter eilt sie in die Empfangshalle. Von Andrang kann nicht die Rede sein. Nur da und dort jemand in einem Sessel oder draußen auf der Terrasse. Die Formalitäten sind schnell erledigt, die von Fürsorge erfüllte Stimme Frau von Bülows auf dem

Weg hinauf zum Dachzimmer ist eine einzige Ankündigung von Ruhe. Margot kennt die Stimme vom Telefon, es ist die, die sich immer mit »Bieloo« gemeldet hat, und sie hat sich dabei eine reife Dame mit üppigem Busen vorgestellt. Die junge Frau, die jetzt mit schnellen Schritten vor ihr die Treppen hochsteigt, kann verschiedener von der, die ihr die Stimme am Telefon suggerierte, nicht sein.

Es wird sich alles ein bisschen verschieben, sagt sie, lassen Sie sich nur Zeit. Der Herr Professor scheint sich etwas zu verspäten.

Margot streckt sich auf dem Bett aus, sieht auf verwinkelte Ecken mit Wandschrägen und Balken. Dachstuben haben etwas Besänftigendes für sie, vielleicht weil sie Erinnerungen an früher wachrufen, als sie noch schlafen konnte. Etwa an die erste Studentenbude, ein Zimmer ohne Toilette und Waschbecken, einfach nur eine ausgebaute Dachkammer. Damals schlief sie noch tief und fest, auch wenn die Musik nebenan so laut war, dass sie manchmal glaubte, sie komme aus ihrem eigenen Radio. Damals, das heißt gleich nach dem Internat, als sie berauscht war von der plötzlichen Freiheit, als alles möglich war, alles, einfach alles. Der erste Sex mit einem Kommilitonen, missglückte Versuche, bis die ›kleine Operation‹ endlich klappte. Der Kommilitone, der von der Telefonzelle ein paar Straßen weiter den ärztlichen Notdienst anrief, weil sie Angst hatte zu verbluten, und dann der alte Doktor, der dem Tollpatsch die Leviten las.

Da sind Sie aber ziemlich brutal vorgegangen, mein Freund.

Das war Freiheit, wir waren besoffen von Freiheit, und dazu gehörte, »es« einfach so zu machen, ohne große Liebe, schlicht unter dem Motto, da muss man durch, und danach wurden mit einem Tauchsieder Spaghetti gekocht.

Was willst du eigentlich hier, hast du nicht die letzte Zeit wieder besser geschlafen, eigentlich zum ersten Mal seit Jahren endlich wieder vier Stunden am Stück?

Aber was heißt ›letzte Zeit‹? Die Tage, Monate und Jahre fließen ineinander ... du weißt nicht mehr, wann etwas angefangen hat und wann es zu Ende ging ... Seit wann er sich herangeschlichen hat, der Horror Nacht. Wann es anfing, dass du panisch wirst bei dem Gedanken an die Stunden nach dem Sonnenuntergang. Dass du dir angewöhntest, alle paar Minuten auf die Uhr zu sehen und zu zählen und dich darüber zu wundern, wie wenig Zeit vergangen ist seit dem letzten Blick auf das Ziffernblatt. Dass die Konturen zwischen Nacht und Tag und Tag und Nacht zu einer Fläche ausgelaufen sind, dass es keinen Anfang mehr gibt und kein Ende ... Wie lange ist es her, dass du morgens voller Lust in die Stadt gefahren bist, um ein Kleid zu kaufen, oder Schuhe, deren Preis niemand erfahren durfte, närrisch vor Freude bei dem Gedanken ›ich mache was ich will‹ ... wie lange ist es her, dass Lynns Stimme verschwunden ist, Lynns neugierige, stets warme Stimme? Wann ist sie gestorben? Vor zwei Jahren oder vor drei? Nur dass es Herbst war, weißt du noch. Der Herbst könnte deine Zeit sein, das hat Lynn einmal gesagt, und du weißt eigentlich gar nicht genau, was sie damit gemeint hat.

Wie lange ist es her, dass ihr euch getrennt habt, Franz und du, dass er ausgezogen ist? Und wie lange ist der Morgen her nach der Nacht, in der du zum ersten Mal überhaupt kein Auge zugetan hast? Als dich morgens im Büro die plötzliche Idee überfiel, an deinen Lidern hingen Haare, die dir übers Gesicht bis zum Kinn fallen? Wie lange ist es her, seit der Folterer anfing, dich ins Visier zu nehmen? Dein persönlicher Folterer, der dir vertraut ist wie nichts sonst. Kill him! (O-Ton Franz). Und wann hast du angefangen, mit ihm zu sprechen, weil du dachtest, er würde irgendwann antworten ... Wie kommt es, dass du überhaupt noch lebst? Dass du immer noch bei dieser Komödie mitmachst, bei diesem Spiel ›törichte Hoffnung‹? Wie kommt es, dass du dir immer noch die Mühe machst, zu duschen, die Schuhe anzuziehen, zum Arzt zu gehn, dich in diese Röhre schieben zu lassen … Wie kommt es, dass es dir nicht längst egal ist, was das Labor des Onkologen herausfindet? Wie kommt es, dass in dem Film ›Margots Leben‹ immer noch Szenen auftauchen, in denen du ein Brautkleid trägst oder in denen Franz' Hand sich auf eine bestimmte Stelle deines Körpers legt, oder dass du einen fünf Tage alten Kinderfuß auf der Oberlippe spürst und seinen Duft einsaugst? Oder der Augenblick, als du zum ersten Mal vor einer Klasse standest und deine eigene Stimme hörtest, als du dachtest, das Herz bleibt dir stehen, du aber loslegtest und eine Rede hieltest und dich wundertest, dass du das bist. Und hinterher die Albträume, in denen du ohne Manuskript dastehst und dir die Stimme versagt? Diese Szenen, die ein Regisseur irgendwo über den Wolken sich für dich ausgedacht hat, die sich immer wieder abspielen, trotz der zwei Therapien und der vielen Gespräche mit Franz und Lynn. Aber genau das scheint es zu sein, was dich am Leben hält. Was immer noch stärker ist als der Wunsch, endlich im Wasser davonzutreiben für immer.

Schon jetzt ist klar, man nimmt dich wieder nicht wahr. Kaum bist du hier, schon übersieht man dich. Du sitzt in einem Raum in einem breiten Sessel, dem einzigen, der hier steht, mitten vor der Terrassentür, aber man sieht dich nicht … da kommt einer daher und schaut sich alles genau an, jeden Tisch, jeden Gegenstand, das Bild an der Wand. Jedem Stuhl, jedem Vorhang, jeder Staubflocke schenkt er seine Aufmerksamkeit, sogar dem Kaugummi, den er in die Handfläche spuckt, bevor er ihn abschnippt … aber dich sieht er nicht. Du bist einmal wieder Luft, ein Nichts von einem Sesselinhalt, du könntest genauso gut nicht da sitzen … während der Mann da, so wie er sich bewegt, wie er seinen Rucksack schlenkert, wie er die eine Fußspitze nach innen dreht, nur damit sie der anderen im Weg ist, aussieht, als habe er es auf nichts anderes abgesehen als zu stolpern, nur damit man sich um ihn kümmert … dieser Typ ist einer, der sofort die Augen aller auf sich zieht, auf den man instinktiv zugeht, dem man sich vorstellt und dem man die Hand reicht … solche Leute stehen in einem Laden und werden immer zuerst bedient, ohne etwas dafür zu tun, während du darauf wetten kannst, dass die Verkäuferin dich übersieht. Selbst wenn du an der Reihe bist, richtet sie den Blick auf die neben dir stehende Person, und du musst dich mit hochgestrecktem Zeigefinger und einem Hallo-hier-bin-ich-Lächeln bemerkbar machen.

Sollst du dir die Haare noch schnell färben? Zeit dazu wäre. Du siehst ziemlich verkommen aus, wenn du die Kappe abnimmst, lauter Grau im Scheitel.

Ach, der Kerl aus dem Speisesaal, ich sehe es ihm an, ich hab da eine gute Nase, er ist einer von denen, die es nicht nötig haben, sich aufzuplustern, nein, bei ihm geht alles ganz anders. Er gehört zu den schwachen Helden, er ist einer, vor dem man sich sofort niederbeugen möchte, um ihm, wenn er gestolpert ist, den gelösten Schnürsenkel zuzubinden. Einer von denen, die etwas auf sich ziehen, das womöglich mit Liebe zu tun hat. Er löst etwas aus, das einen ganz verstört, diese Mischung aus Fürsorge und Erotik und zugleich einer Prise Protest.

Jedenfalls ist dir ein guter Abgang gelungen, darin bist du Meisterin. Dich davonschleichen und nur eine Kuhle im Sesselpolster hinterlassen, das kannst du. Erstaunlich, wie sich so was das ganze Leben über wiederholt … mal ehrlich, wenn du was dazugelernt hast, dann ist es die Perfektionierung deiner Schrullen … damals während der Tanzstunde warst du schon so, als du an einen besonders ›netten

Tisch‹ gesetzt wurdest, um ein paar ›besonders nette junge Leute‹ kennenzulernen, als du den ganzen Abend kein einziges Wort rausbrachtest, weil dir einfach nichts einfallen wollte, als du dem Jungen, der sich vor dir verbeugte, einen Korb gabst, nur weil du Angst hattest, etwas sagen zu müssen beim Tanzen, an diesem Abend, als du einfach irgendwann aufgestanden und nach Hause gegangen bist, ohne dich zu verabschieden, einfach so ... als du plötzlich wusstest, dass du anders bist.

Du hast nie dazugehört, auch als du Jahre später glaubtest, du könntest es schaffen, als du anfingst, zu unterrichten ... am Ende kommen doch die alten Gefühle wieder zurück. Selbst als du die Chefin warst und Reden hieltest, standest du neben dir und hast dich gewundert, dass du das kannst, und während du dich über dich selbst gewundert hast, hast du plötzlich nicht mehr gewusst, was du sagen wolltest, und gestottert, Pardon!, jetzt hab ich den Faden verloren ... Du Nixe, wie Franz sagte, du gehörst eben unter die Wasseroberfläche, denn wenn du auf die Erde kommst, bist du nie ganz da ... man kann dich nicht fassen, du bist das Gegenteil von bodenständig ... wo du herkommst, ist die Kunst der Nixen gefragt: abtauchen und weg!

Jetzt fängt es gleich an mit dem Schlafpapst. Jetzt pass auf, du gehst jetzt runter, du wäschst dir nicht mehr die Haare, du gehst wie du bist runter, du versteckst dich jetzt nicht. Du gehst jetzt die Treppen runter und setzt dich in den Vortragssaal. Es kann nie etwas schaden, ein bisschen früher zu kommen. Du nimmst das Buch da mit, ›Die Ohrfeige‹ – was für ein Titel! Man will gleich loslesen, man spürt sofort die eigene Wange heiß werden ... Wenn du jetzt runtergehst, ist es auch noch früh genug, deinen Lieblingsplatz zu belegen, letzte Reihe erster Stuhl, von dem aus du jederzeit die Flucht ergreifen kannst. Schließlich bist du frei, das weißt du doch, das musst du dir immer wieder klarmachen ... Da unten ist auch schon Gemurmel zu hören, hoffentlich ist keiner da, den ich kenne ... mir drückt schon wieder das Herz, die beklommene Margot, das hat doch mal jemand gesagt ... jetzt bist du so alt und das passiert dir immer noch ... ach was, jetzt mach mal los ... dieses Treppenhaus ist Gott sei Dank gut mit Läufern ausgelegt, man hört dich nicht ... geh am besten durch diese Tür, beachte die Leute nicht, die an der Rezeption stehen, nimm einfach Platz ...

Sieh an, da ist er ja schon wieder, der Mann von eben ... hast du richtig gesehen, hat er zu dir rübergenickt? Gut, dass er wieder kehrtmacht. Du bist ja fast alleine hier, nur die Frau da vorne ... hast du dich vielleicht in der Zeit geirrt? Ach, leg einfach deinen Schal auf den Stuhl und geh rüber in diesen Salon, diesen blauen, lass dich in einen Sessel fallen, da wird man dich in Ruhe lassen ...

Aaach, ist das schön, tief und weich, wie es sich da sinken lässt! ... aber da ist schon die Störung ... vielleicht geht sie vorbei ... nein, sie bleibt stehen und richtet ihren Blick direkt auf dich, nimmt den Sessel neben dir ins Visier ... schau nicht hin, oder steh auf und geh weg ... bestimmt ist sie nicht eine von uns, so aufgeräumt und frisch, wie sie aussieht, so zielstrebig, wie sie sich einen Platz sucht ... wahrscheinlich eine von den Journalistinnen, die sich immer auf solchen Veranstaltungen einschmuggeln und hinterher Berichte in Frauenzeitschriften oder Samstagsbeilagen von Tageszeitungen schreiben, in denen man dann als Vogelscheuche auftaucht, als schwer gestörter Fall ... jetzt lässt sie sich tatsächlich in den Sessel neben dir sinken, mit Colaflasche samt Trinkhalm in der Hand, macht Anstalten, ein Gespräch mit dir anzufangen ... oder doch nicht, nein, macht keine Anstalten ... ein kurzes ’tschuldigung, sonst nichts ... mal wieder Glück gehabt ... ich stülpe meine

Fühler aus, lasse mich tiefer sacken und tue, als blickte ich in mein Buch … das Schönste ist, anonym in der Ecke zu sitzen und beobachten zu können, wer sich so alles einfindet, welche irren, kranken, nach Hilfe lechzenden Desperados.

Ob du doch noch mal hochgehst und dir die Haare wäschst und schnell färbst? Der Professor soll ja später kommen, hat sie das nicht eben gesagt, die kleine Bülow? Die Zeit würde grade noch reichen, zwanzig Minuten einwirken und fünf Minuten föhnen, alles in allem halbe Stunde, aber lohnt sich das? Du hast es jetzt so oft verschoben und eben vor dem Spiegel beschlossen, es auch heute zu verschieben … für wen auch eigentlich? Für diese Ansammlung von Schlappmachern? Soll man mir doch ansehn, was mit mir los ist … jeder hier weiß, was für eine Schwerarbeit Haarewaschen ist, jeder weiß, dass Haarewaschen so anstrengend ist wie Berge besteigen oder Bäume erklettern … behalt einfach die Kappe auf, dann sieht man nichts … was für eine Erlösung, zu bleiben, wie man ist … sollen sie doch denken, was sie wollen … die neben dir da ist Raucherin, eine Wolke aus bitterem Rauch und einem herben Parfum hat sich ausgebreitet … während du in diesem Buch herumirrst … wie oft hast du nun schon die Seite 17 aufgeschlagen und keinen Kontakt gefunden zu dem, was da geschrieben steht. Wahrscheinlich geht es Autisten so mit anderen Menschen, du kommst einfach nicht heran … du fragst dich, ob das an dem liegt, was dir entgegenkommt, oder an dir selbst, an deiner allmählichen Entfernung von der Welt.

Wie sie die Beine übereinanderschlägt und mit ihrem iPhone herumspielt, wie spitz die Knie sind, die sich unter ihrem Rock hervorschieben, wie dünn die Finger, wie knochig, sie scheint jedenfalls nicht eine von denen zu sein, die, (falls sie überhaupt zu uns Jammerlappen gehört) ihre

Verzweiflung mit Schokolade und Marmeladebrötchen niedermampfen ... wenn sie also doch eine von uns ist und nicht eine Spionin, dann gehört sie zu den Kontrollniks. Ja, so sieht sie aus, schon der perfekte Haarschnitt, die akkuraten Fingernägel, das Jackett und die hartleibige Handtasche ... wenn sie also eine von uns ist, dann gehört sie zu der Sorte, die alles im Griff haben muss, eine, vor der unsereins einen Heidenrespekt hat ... das Gegenteil von Schlampen wie mir ... ich kenne diese Sorte Perfektionisten, denn ich bin genau die, auf die sie sich stürzen, wenn sie ein Opfer brauchen, an dem sie sich festkrallen können, um ihm ihr ordentlich organisiertes Unglück entgegenzuschleudern ... vor denen kann man sich nur hüten, sie kübeln einem ihr ganzes Innenleben über, man erstickt daran. Der Russe sagt njet, und das sagst du jetzt auch. Mal sehn, ob du unbemerkt aus dem Sessel kommst.

Rottmann

Rottmann kommt zurück von einem Gang durch Park und Nutzgarten, bei dem er alles kurz, aber mit erhöhter Aufmerksamkeit in Augenschein genommen hat. Eine Schärfe der Sicht, mit der er sich gegen sich selbst wappnet, gegen den eigentlichen Wunsch, mit alledem hier doch lieber nichts zu tun haben zu wollen. Er grinst bei der Vorstellung, wie der eine Rottmann den anderen Rottmann behandelt. Wie der vitale, kräftige, klarsichtige Rottmann, der er nach außen zu sein scheint, dessen Verstand als ›messerscharf‹ gilt und der nicht nur unter Freunden als Ratgeber gefragt ist, wie also dieser realitätsbereite eine Rottmann auf den anderen, den Schwächling Rottmann einredet. Auf diesen Angstheini, von dem die anderen nichts ahnen, nicht einmal sein Freund Karl, zu dem er eine für seine Verhältnisse waghalsige Offenheit pflegt. Vor allem, wenn sie sich zu zweit treffen, ohne die Frauen, und sich auf eine Weise einander mitteilen, die Rottmann hinterher immer mit der Frage zurücklässt, ob er zu viel riskiert, sich nicht doch lächerlich gemacht hat. Karl ist wirklich ein guter Freund, denkt Rottmann jetzt, aber selbst vor ihm hat er den anderen Rottmann meist verborgen gehalten. Denn davon ist er überzeugt, bei aller Selbstironie, bei allem Verständnis für menschliche Schwächen, eine Freundschaft gelingt am Ende doch nur, wenn die witzbereiten Eskapaden in beschwipstem Zustand in der Gewissheit stattfinden, dass man im Grunde ein stabiler Kerl ist. Jedenfalls tauglich für das allgemein erträgliche Maß von Misserfolg. Wirkliche Versager, so einer wie der geheime Rottmann einer ist, sind in diesen Kreisen nicht anzutreffen und also auch einer Freundschaft nicht zuzumuten. Oder sind sie es doch?

Rottmann zieht die Brauen hoch. Der graue, kleine, schlappe, dickliche Rottmann ist eben mein Geheimnis, denkt er, ohne sich des heruntergezogenen linken Mundwinkels bewusst zu sein, des schiefen Lächelns, das ihm genau den Anschein von erotischem Leichtsinn gibt, der gerade den Rottmann ausmacht, der den Frauen so gefällt.

Wäre ich Therapeut, würde ich all meine Patienten mit ihrem versteckten Schwächling in Dialog treten lassen, ja. Und aus dem Lächeln wird ein unterdrücktes Lachen, fast hätte er losgeprustet, vor allem bei dem Gedanken, dass er dann genau zu den Salbadern gehören würde, die er so gerne verspottet. Die mit den selbstgebastelten sogenannten Therapien, die sich als letzte Rettung anpreisen und mit ihren kruden Vereinfachungen der Welt- und Menschensicht in diesem globalen Rattenfängergewerbe unfassbare Erfolge haben. Das ist auch der Grund, weshalb Rottmann einen ausgeprägten Widerwillen bei fast allen Angeboten empfindet, die sichere Heilung von der Schlaflosigkeit versprechen.

Aber die wissenschaftliche Variante, das Schlaflabor eines an der Universität lehrenden Professors der Insomniaforschung, hat ihm genauso wenig gebracht wie die trotz aller Skepsis hie und da unternommenen Versuche, den ersehnten Schlaf über Hypnose oder Meditation oder Energietraining zu erreichen. Lange hatte er Schlaftabletten genommen, mindestens zwanzig Jahre lang, aber irgendwann hörten sie auf zu wirken. Danach kamen unzählige Besuche bei Ärzten mit verschiedenen Diagnosen, die ihn zu den seltsamsten Anschaffungen veranlassten. Etwa ein seinem Gebiss angepasstes Hufeisen aus Plastik, das er sich nachts in den Mund schob, um angeblich krankhaftes Zähneknirschen zu verhindern. Ein weiterer Apparat, weitaus komplizierter als das Hufeisen, war eine Plastikmaske, die mit zwei schwarzen Bändern am Kopf fixiert wurde, eines oberhalb, das andere unterhalb der Ohren. Die Maske setzte man auf die Nase, und von ihr führte ein Schlauch zu einem Gerät, das die Atmung bewacht und Signale sendet, wenn sie aussetzt. Es mutete an wie ein Schreber'sches Erziehungsgerät, und man sah damit aus wie ein Rüsseltier. Der Humor, mit dem Rottmanns damalige Geliebte ihre Witze riss, als sie ihn das erste Mal damit sah, wollte aber nicht auf ihn selbst überspringen. Der Versuch eines neuen Lebens mit der achtzehn Jahre jüngeren Frau wurde durch seine angeschlagene Selbstwahrnehmung auf eine äußerste Probe gestellt, und das wiederum war der Grund, dass auch der letzte Rest seiner Schlaffähigkeit dahinschwand. Jedenfalls sieht er das heute selbst so.

Er sah sich damals als einen, dessen physiologisches Leben nur noch mit Hilfsmitteln möglich war, und wenn er sich nachts hin und her wälzte, zwangen sich seiner Fantasie eine Menge anderer Geräte auf, die er irgendwo in Broschüren, im Internet oder in Fernsehfilmen gesehen hatte. Wie etwa eine Pumpe zur Aufrichtung eines Penis oder eine in den After zu schiebende Röhre zur geräuschlosen Ableitung der Darmluft. Unvorsichtigerweise teilte er seine Horrorvorstellungen Sonja mit, die daraufhin in fröhliches Lachen ausbrach und seine Ängste ›irre komisch‹ fand. Und obwohl sie sich gleich darauf entschuldigte und mit allen möglichen Koseworten und Zärtlichkeiten wieder gutzumachen versuchte, was sie mit ihrer unbedachten Reaktion auf sein Geständnis angerichtet hatte, war ihm ein dauerhafter Schreck in die Glieder gefahren. Die Folge waren Potenzprobleme weit über das bis dahin unbeängstigende Maß hinaus. Wenngleich sein Freund Karl schon immer der Ansicht war, dass Rottmann sich auf die neue Liebe nur mit dem unbewussten Wissen eingelassen habe, dass sie vorübergehend sei, und obwohl Rottmann dies einleuchtete, jedenfalls wenn er sich das Mosaik seiner

Überlegungen und Bedenken ins Gedächtnis rief, die der gemeinsamen Wohnungssuche mit der jungen Frau damals vorausgingen, gab er am Ende doch immer wieder seiner Schlaflosigkeit die Schuld an der Trennung von Sonja, und zwar nur seiner Schlaflosigkeit. Seitdem, und das war vor mehr als zwölf Jahren, war ihm kaum noch nächtlicher Schlaf vergönnt, der länger als zwei, höchstens mal drei Stunden dauerte. Das war seine Sichtweise. Sein Therapeut, ein Analytiker, zu dem er immer mal wieder ging, wenn er glaubte, gar nicht mehr zurande zu kommen mit seinem Leben, legte ihm andere Perspektiven nahe, die er sich aber nie für längere Zeit zu eigen machen konnte.

In solche Gedanken vertieft, betritt Rottmann den Vortragsraum. Nur zwei Frauen sitzen da, eine blonde, schwarz gekleidete in der Mitte. Und ganz hinten die Frau, in der er das Spiegelbild wiederzuerkennen glaubt. Ja, natürlich, sie muss es sein – die Kappe auf dem hochgesteckten dunklen Haar und das etwas Theatralische an ihr. Unschlüssig bleibt er in der Tür stehen. Als die Frau mit der Kappe zu ihm hinsieht, grüßt er sie mit einem Nicken und sie nickt zurück. Ein seltsam verhaltenes Nicken, und er hat sofort Schamgefühle, wenn er an die Situation von vorhin denkt. So macht er wieder kehrt und läuft die Stufen zu seinem Zimmer hoch, ja er sprintet die Treppen hinauf, das tut ihm jetzt gut. Er braucht schon wieder Entspannung, und erst unter der Dusche, die er sich in den verbleibenden Minuten bis zum angekündigten Beginn der Veranstaltung gönnt, erst als es heiß auf seinen Rücken und über den verspannten Hals prasselt, kommt er wieder zu sich. Dabei denkt er, das ist doch ein passender Ausdruck: zu sich kommen. Trifft genau zu. Mit weit geöffnetem Mund, den Kopf mal in den Nacken gelegt, mal auf die Brust gesenkt, genießt er das strömende Wasser, das er nach und nach heißer dreht und bald zu einem einzigen, festen Strahl bündelt. Er dehnt sich und streckt die Arme, beugt sich vor, sodass der Strahl die Wirbelsäule entlangfährt, am Ende setzt er sich nieder und lässt sich den Nacken vom Wasser massieren, so heiß, dass er es gerade noch ertragen kann, hebt die Handflächen nach oben, auch das beruhigt ihn, und immer wieder reibt er sich die Augen, fährt mit den Fingernägeln fest über seine Brust, dabei prustet, stöhnt und schnaubt er auf eine Weise, die er selbst, würde er sich hören, peinlich fände. Erst als er aus der Kabine tritt und in den beschlagenen Spiegel blickt, fällt ihm wieder ein, weshalb er eigentlich hier ist. Die Veranstaltung muss vor einer Viertelstunde angefangen haben, aber das ist ihm jetzt egal.

Wo bleibt er denn

Spekulationen über den Verbleib des Schlafpapstes machen die Runde, die Stühle des Vortragsraums haben sich wieder geleert. Rottmann schleicht durch die Räume, Frau von Bülow entfaltet ihre Fürsorge in alle Richtungen, da serviert sie Pfefferminztee, dort einen Apéro. Sandow telefoniert alle erreichbaren Nummern der Verkehrswacht durch, vielleicht hat der Professor ja einen Unfall oder steckt in einem Stau?

Aber dann müsste er doch über sein Handy oder seine Mailadresse zu erreichen sein …

Man lässt schließlich Leute nicht einfach so warten, ruft die Frau mit dem akkuraten Nackenschnitt aus, ihre Empörung ist in Richtung Rottmann gerichtet, als hätte der etwas damit zu tun. Margot blinzelt zustimmend in Rottmanns Richtung, dem sie sich dank der kurzen einseitigen Begegnung im Speisesaal und dem kleinen Zunicken später in gewisser Weise verbunden fühlt. Er geht auf sie zu und stellt sich ihr vor. Ihre Antwort kann er akustisch nicht verstehen, denn in diesem Moment ertönt der blecherne Ton einer Pendeluhr, vier Schläge, bevor sanfteres Geläut verkündet, dass es bereits sieben Uhr ist. Sie lächelt und wiederholt: Margot. Dabei bleibt sie, trotz der langen Pause und Rottmanns wartendem Blick. Schließlich sieht er sich gezwungen, ebenfalls seinen Vornamen nachzuschicken.

Hans –

Das hat mir gerade noch gefehlt, denkt er, soll man sich etwa duzen hier? Und sofort fühlt er sich an gewisse Kreise erinnert, zu denen er früher Kontakt hatte, Wohngemeinschaften, Lehrergesellschaften, manche Künstler und Leute, deren Gehabe ihm irgendwann zuwider war. Es sind im

Grunde Kreise, in denen heute noch die Sprachgewohnheiten von vor dreißig Jahren gepflegt werden. Bei der Vorstellung, es könnten Geschichten über ihn kursieren, in denen er als ›der Hans‹ vorkommt, schüttelt es ihn.

Er blinzelt zurück, und indem er in lebhafte Augen blickt, kommt ihm wieder die Szene ein paar Stunden zuvor in den Sinn. Er ist erleichtert, dass Margot (meinetwegen Margot) ihm verziehen hat … Ein Schimmer von Dankbarkeit erhellt sein Gesicht. Margot kann sich denken, was in ihm vorgeht und spielt ihren Trumpf jetzt aus. Sie spielt ihn aus, indem sie nach seinem Befinden fragt.

Ich will Ihnen nicht zu nahe treten, sagt sie. Aber vorhin, und damit prescht sie in einer für sie ungewohnt mutigen Weise vor: Vorhin ging es Ihnen nicht so gut, hab ich recht?

Ach, hab ich so ausgesehen?

Der ertappte Rottmann lächelt das ungeschickteste Lächeln, das ihm zur Verfügung steht. Es setzt sich auf sein Gesicht, und er kann nichts dagegen machen. Es ist ein schwaches, niedergeschlagenes Lächeln, das die Aufgabe jedes Kampfesmuts anzeigt. Bei Margot kommt es als Selbstironie an. Tatsächlich senkt er jetzt den Kopf, und sie möchte ihm, dem Entwaffneten, am liebsten übers Haar streichen. Er macht den Vorschlag, sich irgendwo niederzulassen, weist mit dem Kinn Richtung Terrasse.

Da draußen vielleicht?

Aber sie schüttelt den Kopf, da sei es zu windig, und sie landen in zwei enormen Clubsesseln.

Die Sessel sind viel zu tief, sagt er, und ich komme mir vor wie als Kind, und auch Sie kommen mir so vor … zwei Kinder, die grade mal übers Lehnenpolster gucken können … Diese Sessel sind für die Garde der langen Kerls gemacht, da sieht man, wo man hinkommt, wenn man sich ins tiefere Preußen verirrt – man geht glatt unter.

Margot lacht. Meine Großmutter hat immer die Geschichte erzählt, wie die Preußen besonders großgewachsene Männer für ihre Armee gekidnappt haben. Sie hat es sich immer genau ausgemalt, wie die Männer sich vor den preußischen Fängern versteckt haben. Aus irgendeinem Grund hab ich mir diese langen Kerls wie Karl Valentin vorgestellt … unter einer preußischen Armee habe ich immer Tausende von Karl Valentins vor Augen …

Nicht schlecht, Rottmann hat das Bild sofort auch auf dem inneren Film. Es gefällt ihm.

Sie rückt ihre Kappe zurecht, schiebt eine Strähne hinters Ohr und winkt der überall gleichzeitig anwesenden Frau von Bülow zu, die ein paar halbgefüllte Sektgläser auf einem Tablett balanciert.

Nur um die Zeit zu überbrücken, die ja nicht mehr lange dauern kann, sagt die Bülow in die verstreute Runde hinein.

Meine Dame, mein Herr, das beruhigt.

Und schon setzt die Wirkung ihrer Stimme ein, sowohl bei Margot, als auch bei Rottmann. Man fühlt sich sofort an der richtigen Stelle, ja aufgehoben, beinahe zu Hause in Gegenwart dieser Frau.

Und wieder: Gar keine Neuigkeiten? Nichts? Ist der Professor denn überhaupt nicht zu erreichen?

Margot legt die Lippen an das kühle, dünne Glas, dabei merkt sie, dass Rottmann sie beobachtet. Sie sagt nichts, sie hält stand. Sie wendet ihm nicht das Gesicht zu, sie wartet nur ab und beblinzelt ihn aus dem linken Augenwinkel … am liebsten möchte sie so bleiben, den ganzen Abend. Ihretwegen bräuchte jetzt gar nichts mehr zu passieren.

Der Schlafpapst kann bleiben, wo der Pfeffer wächst, du rührst dich nicht mehr von der Stelle. Du sagst auch nichts mehr, nur ja nicht, keine Dummheiten mehr. Du stellst jetzt nichts an, was du nachher bereuen könntest.

Rottmann denkt, sie könnte eine Schauspielerin sein, die sich auf eine Rolle vorbereitet, vielleicht die einer Schlaflosen … ihr weiches Kinn, die Fältchen unter ihren Augen, die in Abständen von einem leichten, fast nicht zu sehenden Zittern bewegt werden, was wie eine stets bebende Unsicherheit wirkt … Er betrachtet sie von der Seite. Die nach oben gestülpte Nase sieht aus, als habe sie soeben einen Schnupfen überstanden, und er muss an eine Stelle bei Nabokov denken, in der er die geröteten Nasenflügel seiner erkälteten Frau Vera beschreibt. Rottmann fällt ein, dass er damals beim Lesen dieser Stelle fand, die Beschreibung sei eine Liebeserklärung an Vera. Margot hält das Glas an den Mund, ohne sich entschließen zu können, einen Schluck zu nehmen.

Rottmann sieht seine Tochter vor sich. Margot war einer der Namen, den seine Frau in Erwägung gezogen hatte damals, 1981, als sie geboren wurde, als sie in Berlin wohnten und als er versuchte, von seinen Bildern zu leben. Er mochte den Namen nicht, er verband ihn mit einer Tante, die von der Familie wegen ihres Freiheitsdrangs bewundert wurde. Sie war ohne männliche Begleitung durch Nordafrika gewandert und galt als die Emanze der Sippe. Eine Szene mit dieser Tante wird er nie vergessen. Als er ihr einmal bei einem Familienfest die Hand gab, sagte sie etwas mit wichtiger Stimme zu ihm, das ihn zutiefst erschreckte.

Pass auf, Kleiner, sagte sie, du musst dich vor dem Verrückten hüten … und sie machte eine Pause, während der sie ihm auf die Stirn tippte … er roch den Kelleratem, der ihren welken Lippen entströmte, und bekam große Angst.

Und weißt du, wie der Verrückte heißt, vor dem du dich hüten musst? Er schüttelte schüchtern den Kopf.

Nein, du weißt nicht, wie der Kerl heißt, vor dem du dich hüten musst? Sie zog an ihrer Zigarette und lachte den Rauch aus ihrem großen Mund. Der kleine Rottmann sah hoch und starrte auf ein enormes Kinn, an dem eine Art Truthahnlappen hing, und auf große Zähne, bevor er den Kopf wieder senkte, um dem Kellergeruch auszuweichen. Da wurde sein Gesicht von zwei harten Händen gepackt, und Tante Margot nannte seinen Namen.

Hans! Hast du verstanden? Ein gewisser Hans könnte dir mal zum Verhängnis werden, du kennst ihn doch, diesen Kerl? Na, Kleiner, du verstehst mich doch, oder?

Und sie lachte angesichts ihres Scherzes. Ihr Lachen war sehr laut und für die ganze Familie bestimmt. Sie war die Einzige, die lachte.

Na, da habt ihr ja einen tollen Helden in die Welt gesetzt!

Rottmann, damals sechs oder sieben, verstand nichts, aber er hörte den Spott in der Stimme der Tante. Schließlich lachte er auch, weil die Tante lachte, aber ihm war zum Heulen zumute. Das ›Machdirnichtsdraus‹ seiner Mutter machte die Sache noch schlimmer. Später begriff er, dass Tante Margot ihn regelrecht vorgeführt hatte. Und als er nach Jahren erfuhr, dass diese Tante erfüllt war von Hass gegen seine Mutter, schämte er sich für sein Mitlachen. Denn erst da begriff er, dass er über seine eigene Erniedrigung gelacht hatte, die eigentlich seine Mutter treffen sollte. Was ihn aber besonders verletzte, war, dass die Tante irgendwie recht zu haben schien. Während einer Psychotherapie sprach er viele Stunden über nichts anderes als über diesen Auftritt des Teufelsweibs, wie er sie später für sich nannte. Der Name Margot kam also für seine Tochter nicht infrage.

So in Gedanken, kehrt er wieder in die Gegenwart zurück. Die ein bisschen vorstehende Oberlippe seines Gegenübers reizt ihn, dieses nicht mehr junge Gesicht, dessen Haut von leichtem Flaum überzogen ist wie bei der in die Jahre gekommenen Tony Buddenbrook. Ein zarter Flaum, der dem Gesicht etwas Weiches verleiht, etwas von der wehrlosen Müdigkeit einer enttäuschten Frau.

Dass Margot vorhin nur ihren Vornamen nannte, hat nichts mit der Mode, jeden zu duzen, zu tun, die Rottmann so zuwider ist. Wenn sie sich jemandem vorstellt, beschränkt sie sich immer auf die Nennung ihres Vornamens, weil das ›Denner-Lenz-Schönburg‹, wie ihr Familienname lautet, stets zu Verwirrungen führt. Das regelmäßige Unverständnis im Gesicht des Gegenübers bei dieser komplizierten Reihung ist ihr so unangenehm, dass sie meistens ins Stottern dabei kommt. Die Leute glauben dann, sie kokettiere mit einer geheimnisvollen Herkunft. Jedenfalls hat die volle Namensnennung immer zur Folge, dass sie Erklärungen abgeben muss – genau das, was ihr so sehr gegen den Strich geht. Denn in der knapp bemessenen Aufmerksamkeit solcher Momente ziehen Erklärungen leicht weitere Irrtümer nach sich. Allein schon bis das akustische Verständnis hergestellt ist, nimmt meist umständliches Fragen und Antworten in Anspruch. Dann kommt regelmäßig der Versuch des Gegenübers, den Namen im Ganzen zu wiederholen, wobei dem ›Schönburg‹ oft ein ›von‹ zugeeignet wird, was bei Margot stets einen Lachreiz auslöst. Denn in diesem hinzuerfundenen kleinen ›von‹ äußert sich das ganze Missverständnis ihrer Existenz. Dass man sie für jemanden hält, der sie gar nicht ist. Schon mehrmals hat sie überlegt, sich des ›Schönburg‹ zu entledigen, aber ihre Tochter bat sie inständig, den Namen, den auch sie trägt, beizubehalten. Die anderen beiden Namen, die als Doppelname zusammengehören, sind der Nachname ihres Sohnes, der aus dem gleichen Grund wie seine Schwester darauf besteht, dass sie seinen Namen nicht ablege. ›Bei so wenig Familie wie bei uns sollen die Leute wenigstens wissen, dass du meine Mutter bist.‹ Eine Bemerkung, die sie damals in tiefe Niedergeschlagenheit stürzte. War sie eine so unzulängliche Mutter?

Darf ich Sie stören? … Rottmann ist, als müsse er an eine Tür klopfen.

Sie sehen gar nicht so aus, als seien Sie eine von uns …

Er wollte etwas Nettes sagen, um sie aus ihrer Versunkenheit zu locken.

Von uns?

Von uns Losern … uns Schlaf-Losern …

Margot lacht.

Oh ja, sie kapiere, wovon er rede. Es habe sich angehört, als gehe es um eine verschworene Gemeinschaft, vielleicht die Jünger des Schlafpapstes. Und sie will wissen, ob er sich da auskenne.

Nein, und wie es aussieht, bin ich nicht der einzige Neuling hier.

Sie leert ihr Glas.

Und wieso sehe ich nicht so aus?

Sie wirken zwar ein bisschen erschöpft, aber Sie haben nicht die Ausstrahlung dieser schrecklich müden Frauen, die immer wirken, als –

Er überlegt. In seiner Vorstellung tauchen laszive weibliche Gestalten auf, die Augen dunkel umringt …

Sie sehen nicht krank aus …

Sondern?

Sie ist jetzt gespannt. Er scheint sich vergaloppiert zu haben. Könnte mir auch passieren, denkt sie.

Irgendwie anders, nicht so am Ende angekommen, sagt er forsch.

Sie lügen!

Ihre Stimme erinnert ihn an die Stimme seiner Tochter, wenn sie ihn Loser nennt, Schlaf-Loser. Das Wortspiel war ihre Erfindung gewesen, eines Morgens, als ihm einmal wieder am Frühstückstisch die Zeitung aus der Hand glitt.

Seine Schlaflosigkeit ist von jeher Familiensache, Anlass von Scherzen, Witzen, Anekdoten, die bei allen möglichen Gelegenheiten zum Besten gegeben werden.

Ich fürchte, ich weiß, wie ich aussehe … sagt Margot, Und ich weiß auch, dass ich mir die Haare hätte färben sollen. Aber selbst das hab ich nicht geschafft. Mein Wagen steht irgendwo bei Berlin an einer Raststätte, ich hab es heute morgen nicht einmal bis hierher geschafft. Früher bin ich durchgefahren bis Griechenland …

Ihre Kappe ist verrutscht, sie hängt zu weit in die Stirn, wie bei einem Clown.

Im Ernst, Sie sehen nicht wie eine Schlaflose aus.

Machen Sie sich nicht lustig über mich!

Sie droht mit dem Finger. Er legt die Hand auf ihre Sessellehne und ist versucht, ihren Arm zu berühren.

Plötzlich ist er neugierig, wer sie ist. Ob sie alleine lebt oder mit einem Mann, was ihr Beruf ist, ob sie Geld hat oder sparen muss. Sie ist eine von den Frauen, die man schwer einschätzen kann, denen man nicht ansieht, woher sie kommen, die sich keinem Milieu zuordnen lassen. Sie könnte genauso gut Professorin für Mathematik sein wie Kindergärtnerin oder Geschäftsfrau, vielleicht Musikerin in einem Orchester oder Journalistin. Und ob sie im Osten oder im Westen Deutschlands gelebt hat, könnte er auch nicht sagen …

Wissen Sie was?

Sie richtet sich auf und stellt das geleerte Glas auf dem Tischchen ab. Wissen Sie was, schlägt sie vor, lassen Sie uns doch ins Restaurant gehn.

Nur etwas Kleines wolle sie zu sich nehmen, sie habe seit dem Frühstück nichts gegessen, ja, sie müsse gestehen, sie sei hungrig wie ein Bär, und wie es aussehe, komme der gute Professor ja ohnehin nicht so schnell.

So finden sich die beiden an einem kleinen Tisch im Wintergarten ein. Sie sind nicht die Einzigen, die sich hier die Zeit vertreiben wollen, mehrere Tische sind bereits besetzt, meist von allein Sitzenden. Nur an einem größeren, runden Tisch in der Ecke auf der Parkseite sitzt ein Kreis von fünf Leuten, die heftig über etwas debattieren. Margot und Rottmann haben Plätze am entgegengesetzten Ende des Raums gewählt, man möchte ja nicht jedes Wort mithören müssen. Jetzt studieren sie die Speisekarte und bestellen Rotwein, Mineralwasser und eine Suppe, immer noch in der Annahme, dass der erwartete Professor bald eintreffen werde und man das Essen womöglich schnell beenden müsse.

Erzählen Sie, ich bin gespannt!

Rottmann hat sich, die Hände wie zum Beten zusammengelegt, zu Margot vorgebeugt und wartet. Aber es kommt keine Antwort. Sein Gegenüber schweigt.

Wenn Sie keine Journalistin sind, von der ich demnächst in einem Magazin einen Artikel mit dem Titel ›Mein Wochenende mit Schlaf-Losern‹ lese, was machen Sie dann?

Wollen Sie das wirklich wissen? Ist es so wichtig, was man für einen Beruf hat?

Sie greift an ihre Kappe und rückt sie aus der Stirn.

Was würden Sie sagen, wenn ich, sagen wir, Pathologin wäre? Wenn ich Leichen sezieren würde?

Rottmann ist überrascht, darüber hat er noch nie nachgedacht, und überhaupt, in seiner Vorstellung arbeiten in der Pathologie immer Männer. Eine Frau kann er sich da schwer vorstellen, so etwas ist ihm noch nie in den Sinn gekommen.

Und? Sind Sie es?

Margot legt den Kopf schief und zeigt ihre breiten, hellen Zähne. Sie habe sich immer gefragt, ob sie sich in einen Pathologen verlieben könne. Einer, der so viel mit Toten zu tun hat. Einmal habe sie einer Obduktion beigewohnt, aus reiner Neugier, und seitdem stelle sie sich diese Frage. Kann man jemanden lieben, der von morgens bis abends Leichen aufschneidet? Der dem Tod so nah ist?

Also sind Sie es nicht?

Rottmann ist enttäuscht. In seiner Zeit als Künstler hatte er einmal die Idee, tote Menschen zu fotografieren. Ein paar Mal war es ihm gelungen, über die Beziehung zu einem Krankenhausarzt in die Pathologie zu kommen und sich von einem Assistenten die Toten aus den Kühlfächern ziehen zu lassen. Aber fotografiert hat er sie dann doch nicht. Etwas hat ihn davon abgehalten. Nicht dass es verboten war, das hätte ihm nichts ausgemacht. Auch wenn es erlaubt gewesen wäre, hätte er es nicht gekonnt. Denn plötzlich empfand er eine tiefe Abwehr gegen das, was er sich ausgedacht hatte. Eine Furcht vor dem Tod vielleicht, vor dem eigenen Tod womöglich, er weiß bis heute nicht genau, was es war. Eine jähe Panikattacke jedenfalls, etwas Unüberwindliches. Und später hat er oft gedacht, vielleicht ist es die Furcht, Tabus zu brechen, die mich daran gehindert hat, etwas Radikales zu machen, etwas Existenzielles.

Bis heute kann er nicht genau sagen, was das sein könnte, wirkliche Kunst. Nur manchmal, wenn er ein Kunstwerk sieht und ihn ein Schreck oder Erstaunen trifft, dann weiß er: Das ist es, so muss es sein, so und nicht anders.

Bei den meisten Ausstellungen von heutiger Kunst aber überfällt ihn unbeschreibliche Müdigkeit. Und er fragt sich, ob das etwas mit dem Alter zu tun hat – diese zunehmende Unlust, etwas ernst zu nehmen, das ihn, wenn er ehrlich ist, meist anödet.

Aber was machen Sie dann beruflich?, fragt er.

Raten Sie!

Margot hat den Mund vorgeschoben und blickt ihn schräg von der Seite an. Sieh mal an, denkt Rottmann, sie sieht jetzt richtig leichtfertig aus, und merkt dabei, dass er sein Glas bereits geleert hat. Er muss es in einem Zug ausgetrunken haben. Er spürt, wie ihn der Alkohol belebt, und plötzlich hat er das Gefühl, der Abend könne gut werden, auch wenn der Schlafpapst viel später auftaucht und wenn alles anders wird als erwartet, selbst dann könnte es ein gar nicht so schlechter Abend werden.

Margot hat die Kappe abgenommen und das Haar mit einem Griff auf dem Kopf gebündelt, mit einer Spange befestigt und wieder mit der Kappe bedeckt. In diesem Augenblick kann Rottmann sehen, wie grau ihr Scheitel ist. Von vorne betrachtet, ist die Frisur jetzt rechts etwas höher als links, und dieser schräge Eindruck gefällt ihm. Auch ihre Lippen, die, wenn sie lacht, ungewöhnlich breit wirken. Fast zu breit, aber genau das ist es, denkt er. Sie sieht aus wie eine Frau von Nolde. Verstört, mit einer Übertreibung im Gesicht, nicht mehr wie Tony Buddenbrook.

Das mit dem Raten sei immer so eine Sache, sagt er, er könne sich einfach nicht vorstellen, aus welcher Ecke sie komme. Und wie um ihr ein Kompliment zu machen, schlägt er vor ›Galeristin‹. Ja, das würde zu ihrem Aussehen passen, irgendwas mit Kunst. Kuratorin an einem Museum oder etwas Ähnliches …

Kalt, ganz kalt, da sei er auf dem Holzweg.

Er bittet sie, ihm einen Tipp zu geben.

Wenn Sie mich schon einer Prüfung in Menschenkenntnis unterziehen, bei der ich mich nur blamieren kann, dann müssen Sie mir helfen, sagt er.

Seine Mutter habe immer zu ihm gesagt, du hast erstaunlich wenig Instinkt, wenn es um die Einschätzung von Menschen geht, und erst recht von Frauen.

Sie überlegt, schließt die Augen und zieht die Oberlippe nach innen, sodass sie plötzlich aussieht wie eine zahnlose Alte.

Sie sitzen nicht am Schreibtisch, Sie arbeiten nicht in einem Büro?

Und das wird halb, mit fächelnder Hand, bestätigt.

So geht es eine Weile hin und her, in der Margot erstaunliche Wandlungen durchläuft – von Opernsängerin über Lehrerin, Zahntechnikerin und Antiquitätenhändlerin. Jedes Mal schüttelt sie den Kopf, erstaunt über die Vielfalt von Möglichkeiten, die ihr Äußeres nahezulegen scheint.

Ob sie es als Kompliment auffassen solle, dass sie zu so unterschiedlichen Projektionen anrege? Denn daraus müsse sie ja schließen, dass Rottmann sie als Frau ohne Eigenschaften ansehe. Ob sie das freuen solle? Womöglich mache sie ja den Eindruck von jemandem, der keinen Charakter hat. Was bei einer jungen Frau vielleicht noch reizvoll wirke … aber in ihrem Alter …

Rottmann unterbricht sie. Die Situation hat angefangen, kompliziert zu werden, und er hat eine tiefe Aversion gegen allzu Persönliches, Gefühle gar, und diese Aversion geht so weit, dass er sich schon überlegt, wie er seinem Gegenüber wieder entkommen kann, falls es zu prekär werden sollte. Schließlich hat er die Berufsfrage gestellt, um bei den sachlichen Dingen zu bleiben und nicht in die privaten hineingezogen zu werden. So hebt er das Glas und prostet Margot zu.

Auf die schillernden Persönlichkeiten!

Sie prostet zurück.

Auf die Schlaf-Loser!

Auch ihr hat der Alkohol die Zunge befreit, und sie fängt an zu erzählen. Von ihren wechselhaften Tätigkeiten, davon, dass sie nichts zu Ende gebracht und immer wieder neu angefangen hat, von ihren Irrtümern mit Männern, ihren Trennungen, ihrer Freundschaft mit dem Vater ihrer Kinder, von ihrem Sohn, der ihr dieses Leben heute zum Vorwurf macht.

Sie holt tief Luft: Chaotin hat er mich genannt, Chaotenmutter.

Dabei sieht sie Rottmann in diffuser Erwartung an. Als er die Augen niederschlägt anstatt ihr zu antworten, rutscht ihr Blick nach innen. Plötzlich ist es, als säße sie für sich da, als gäbe es Rottmann nicht. Sie versinkt.

In diesem Moment erscheint der Kellner, ein junger Berliner, der mit gespielter Eleganz auftischt, indem er den linken Arm auf den Rücken legt, während er mit der Rechten den Teller zurechtschiebt, als käme es dabei auf jeden Zentimeter in die eine oder andere Richtung an.

Margot entschuldigt sich. Sie weiß, wie seltsam sie manchmal wirkt. Die beiden wünschen einander guten Appetit. Ein Glück, dass es Formalitäten gibt, denkt Rottmann.

Es schmeckt ungewöhnlich, auf besondere Weise gewürzt, eine Überraschung in diesem jwd liegenden Nest. Er nimmt einen Schluck Wein, Margot erzählt von einer Puppenmanufaktur, die sie von ihrem Vater geerbt habe. Der habe sich gewünscht, dass sie in seine Fußstapfen trete und Betriebswirtschaft studiere, und diesem Wunsch habe sie sich auch gefügt. Widerwillig aber willig. Im Gegensatz zu ihrem Bruder, der sich dem Vater verweigert habe und in den Journalismus eingestiegen sei. Sie aber habe brav dieses ganz und gar nicht zu ihr passende Fach studiert und danach eine Weile Fachschüler aufs Wirtschaftsabitur vorbereitet, eine Arbeit, die sie übermäßig angestrengte, so sehr, dass sie die Stelle wieder habe aufgeben müssen. Damals sei es losgegangen mit ihren Ticks und Störungen. Später sei sie von Job zu Job gewandert, mal mehr, mal weniger zufrieden. Bis der Vater gestorben sei und sie die Puppenmanufaktur geerbt habe.

Warum haben Sie denn dann nicht früher in dieser Fabrik gearbeitet?, will Rottmann wissen.

Ach, das könne er sich gar nicht vorstellen. Sie habe es versucht, aber der Vater sei so dominant gewesen, dass für sie überhaupt kein Platz in dem Betrieb gewesen sei. Die

Atmosphäre habe ihr die Luft abgeschnürt. Erst nach seinem Tod habe sie die Manufaktur übernehmen können, aber es sei dann das passiert, was ihr Vater vorausgesagt habe – nämlich dass sie es nicht allein schaffen würde.

Alle denkbaren Puppen seien dort hergestellt worden, zum Spielen für Kinder, Schaufensterpuppen, Puppen für medizinische Zwecke, zur Ausbildung für Hebammen etwa, und dann, das sei damals der große Renner gewesen, Puppen mit beweglichen Gesichtern, die sprechen können, mit individuellen, echt aussehenden Beinen.

Man könne sich nicht vorstellen, was die Leute da verlangt hätten. Puppen mit erwärmbaren Muskeln, mit allen Hautfarben, mit echtem Haar, jede Figur, auch alt aussehende, faltige, traurig blickende, aber auch junge, Kinder, oft nach Fotografien geformt. Einmal habe sie einen Kunden in seinem Haus in der Nähe von Magdeburg besucht, dort seien mehrere Exemplare dieser Sonderanfertigungen aufgestellt gewesen.

Rottmann beugt sich vor und wölbt die Hand hinterm Ohr, der Lärm von der Gesellschaft dort hinten an dem runden Tisch stört ihn. Wieder hebt er sein Glas in Margots Richtung. Ob sie ihm einen Bären aufbindet? Ob das, was diese Frau da von sich gibt, die Erfindung einer Fantastin ist? Vielleicht hat sie zu viele Fellini-Filme gesehen? Und das abseitige Lächeln, das die ganze Zeit über ihr Gesicht gleitet, das wie eine Glasglocke wirkt und sie abschottet von dem Gegenüber, zu dem sie spricht …

Sie macht eine Pause, in der sie in Erinnerungen sinkt, man sieht es ihr an.

Solche Pausen scheinen zu ihr zu gehören, denkt Rottmann, ich kenne niemanden sonst, der so verzögert spricht.

Das macht ihn ungeduldig, ja ungehalten, er verspürt sogar einen Stich Ärger. Mit so einer Frau könnte er niemals zusammenleben, das würde er nicht aushalten.

Dann kehrt sie wieder zurück und erzählt weiter.

Der Kunde in der Nähe von Magdeburg war Sammler, erzählt Margot weiter. Das Haus war bevölkert von Puppen. Eine zum Beispiel saß in der Küche, eine mütterliche Erscheinung, ich sehe sie noch vor mir. Sie hatte die Hände übereinandergelegt und blickte einen an. Ein Meisterwerk unserer Manufaktur. Und im Schlafzimmer saß eine weibliche Gestalt in einem Sessel neben dem Bett. Nicht etwa eine erotische, sondern eine einfache, etwas erschöpft aussehende Frau mit langem Haar in einem geblümten Nachthemd. Und an einem kleinen Tisch im Flur saßen zwei Puppen mittleren Alters an einem Tisch und sahen aus, als spielten sie Karten. Der Hausherr grüßte sie und erklärte mir mit vorgehaltener Hand, dass man den Frauen immer Komplimente machen müsse … und tatsächlich sagte er etwas zu ihnen, etwas Charmantes, und ich dachte, der ist ja wahnsinnig, der Kerl, und fing an, mich zu fürchten.

Rottmann erinnert sich an die Zeit, als er noch Künstler war. Auch er hatte eine Phase, in der er mit Puppen experimentierte. Das heißt, er besorgte sich ausrangierte Schaufensterpuppen und gestaltete sie, indem er sie in Mullbinden wickelte und mit Gips überstrich. Das Ganze fand als öffentliche Aktion in Galerien oder in Theatern statt, dazu spielten Musiker Stücke von lebenden Komponisten. Einmal sogar war der Maestro selbst zugegen, ein eitler Typ. Oder Dichter lasen Texte, oder eine Freundin, die keine Sängerin war, aber unbedingt öffentlich auftreten wollte, begleitete die Aktion mit sphärenartigen Gesängen, die er bald nicht mehr ertragen konnte. Und einmal lag eine von ihm gestaltete Puppe nackt auf einem großen Tisch, beladen mit Früchten, die von den Gästen dann verspeist wurden. Dazu las eine etwas verstörte Schriftstellerin aus ihrem Roman, der ›Idas Idee‹ hieß.

Woran denken Sie jetzt?

Margot ist nicht entgangen, dass es jetzt Rottmann ist, der in Gedanken versinkt. Und jetzt ist sie es, die sich in seine Richtung beugt, ihr Glas hebt und ihn bittet, nachzuschenken. Rottmann schüttelt den Kopf. Es ist ein düsterer Duft, der mit den Szenen von damals aufzieht. Er kann sich nicht mehr genau daran erinnern, nur an den dunklen Geschmack seines Scheiterns.

Ach, an nichts weiter, sagt er. Oder besser, an verpasste Gelegenheiten …

Und an welche? Wollen Sie darüber reden?

Der Vorsichtston in Margots Stimme bewirkt das Gegenteil ihrer Absicht. Rottmann stellen sich die Haare auf. »Willst du darüber reden?« – dieser Satz trifft ihn regelmäßig an empfindlichster Stelle. Verständnisvolle Frauen, die etwas aus ihm heraushorchen wollen! Muss das sein?

Nein, sagt er barscher als gewollt. Und schiebt die Frage hinterher: Und wie ist es bei Ihnen weitergegangen? Wenn ich fragen darf?

Trotz des Erfolgs sei die Firma an den Existenzrand geraten. Sie habe zu lange gezögert, Konkurs anzumelden, und irgendwann habe sie es nicht mehr geschafft und den Überblick verloren. Leute aus dem Betrieb hätten sie gemobbt, sie wisse bis heute nicht, wohin das ganze Geld geflossen sei. Ihr damaliger Freund habe auch im Betrieb gearbeitet. Hinter ihrem Rücken habe er Geschäfte in Osteuropa gemacht, sei irgendwann verschwunden und habe sie auf einem Berg Schulden zurückgelassen. Danach sei sie zusammengebrochen und in einer Psychiatrie gelandet. Später habe sie ein Buch über all das geschrieben.

Rottmann horcht auf, das hätte er nicht erwartet, bei einer so von ihrem Unbewussten beherrschten Frau.

Ganz ohne Anspruch, nichts Literarisches. Es sei so etwas wie ein Wirtschaftskrimi geworden, der sich immer noch erstaunlich gut verkaufe.

Wie heißt denn der Titel? Vielleicht kenne ich ihn ja? Ich lese nämlich sehr viel.

Der Titel, ja, der Titel ... und sie hält inne.

Dann, eine Weile später – der Titel ist mir ehrlich gesagt schrecklich ...

Sie presst die Hand auf den Mund, aber kann es nicht verhindern, dass sie loslacht.

Der Titel ... ist mir pei...

Sie hält die Serviette vors Gesicht, Tränen treten ihr in die Augen.

Der Titel ...

Aber sie bringt es nicht fertig, weiterzureden, und auch Rottmann ist jetzt angesteckt und lacht. Die Leute an den Nachbartischen blicken zu ihnen herüber, Margot tupft sich immer wieder mit der Serviette auf die Augen, holt Luft und setzt zu einem neuen Versuch an.

Neue ... P... Pu... Pup...

Und wieder kann sie nicht weitersprechen, es ist schon kein Lachen mehr, es ist ein Krampf bei rot angelaufenem Gesicht ... erst nach ein paar Schlucken Wein, nach tiefem Luftholen, kann sie sich beruhigen und bringt es hervor:

›Neue Puppen braucht das Land‹.

Der ist allerdings wirklich komisch ...

Sehen Sie ...

Es sei der Titel, den sich ihr Lektor während der Vertreterkonferenz ausgedacht habe, und die Peinlichkeit sei ihr erst aufgegangen, als es zu spät war. Das Buch sei ein Bestseller, über siebzigtausend Exemplare seien verkauft worden, und sie habe sogar ein paar gute Besprechungen dafür bekommen. Aber auch einen Verriss, der gleich mit dem Titel angefangen und das ganze Buch so niedergemacht habe, dass sie sich tagelang nicht auf die Straße traute. Danach habe sie alle Lesungen abgesagt und sich zurückgezogen ... etwas Beschämenderes in ihrem Leben habe sie nicht erlebt. Es sei schlimmer gewesen als die Sache mit dem betrügerischen Mann und dem Verlust der Fabrik.

In diesem Moment tritt der Hotelleiter Sander Sandow in den Speisesaal und bittet um Aufmerksamkeit, indem er mit einer Gabel gegen ein Glas schlägt. Er habe keine Festrede vor, sondern eher das Gegenteil. Er müsse leider die unerfreuliche Mitteilung machen, dass der Professor nicht zu erreichen sei. Er habe alles versucht, sämtliche Polizeistationen der Umgebung kontaktiert, es sei aber nirgends ein Unfall gemeldet, und die Nachrichten an die Mailadresse, über die der Professor bis vor kurzem noch mit ihm kommuniziert habe, kämen alle zurück. Er wisse nun leider auch nicht mehr weiter. Er könne die Gäste nur um Geduld bitten und ihnen anbieten, es sich bequem zu machen. Vielleicht habe jemand Lust auf Sauna, er werde sie in Gang setzen lassen. Die Bibliothek stehe jedem zur Verfügung, und wer fernsehen wolle – im Raum hinter der Bibliothek habe Frau von Bülow einen großen Apparat aufstellen lassen.

Er kann gerade noch seinen Wunsch, den Abend zu genießen, aussprechen, als ein Herr aufspringt, der die ganze Zeit allein an einem Tisch unter der großen Fotografie saß. Er springt auf und wendet sich empört an die Gäste. Das sei ja wohl das Allerletzte, er habe einen Batzen Geld auf das Konto des Schlafgurus überwiesen, und jetzt das. Die anderen Gäste reagieren hilflos, niemand springt ihm zu Hilfe, alle schweigen. Sandow versucht, den aufgebrachten Herrn zu beschwichtigen. Man versteht nicht, was er zu ihm sagt, aber man kann sehen, dass er ihm gestikulierend etwas vorschlägt, was der Herr am Ende mit einem resignierten Nicken zu akzeptieren scheint.

Die darauf folgende Bemerkung einer Dame an dem Fünfertisch trifft Sandow an empfindlichster Stelle.

Die wollten vielleicht nur das Hotel mit uns füllen, sagt sie leise, aber doch so, dass er es vernehmen kann.

Wie soll er das Gegenteil beweisen, zumal seit Wochen kaum mehr als zwei, günstigenfalls drei Gäste das Haus bevölkern? Da macht ein volles Haus schon eine verdächtige Umsatzsteigerung aus.

Sandow beschließt, die Sache abperlen zu lassen. Das war schon immer das beste Rezept gegen Angriffe der Außenwelt.

Ein neuer Gast

Na toll, alles alte Leute … Inge Moll betritt den Speisesaal und hält nach einem freien Tisch Ausschau. Sie nennt sich selbst ›die Moll‹, und wenn sie aus ihrer Ich-Perspektive zu ihrem Alter Ego spricht, etwa in Situationen der Selbstaufmunterung, redet sie sich mit Moll an. Etwa: »Jetzt mach mal, Moll, jetzt streng dich mal ein bisschen an, Moll …« Auch wenn sie nachts beim Wachliegen darüber nachdenkt, wie andere sich über sie das Maul zerreißen, formt sie Sätze, die mit ›die Moll‹ anfangen. Etwa:

Die Moll ist zu kompliziert … oder

Die Moll ist wirklich schwer zu ertragen, sie redet zu laut und außerdem immer dazwischen.

Derlei Selbstbetrachtung ist nicht ganz unzutreffend, denn auch Rottmann denkt sofort, als sie den Saal betritt und an dem sich leicht verbeugenden Sandow vorbei zu dem Tisch ganz hinten in der Ecke zwischen zwei Fenstern schreitet: Was für eine Frau!

Inge Moll ist nicht nur größer als die meisten Frauen, sondern auch gewichtiger. Ihr schwarzes Haar wippt in wirren Locken um ihren Kopf, und bei ihrem blassen Gesicht denkt man sofort an ein älter gewordenes Schneewittchen. Das ist sie, denkt Rottmann, das ist sie, und ein glücklicher Schimmer erscheint auf seinem Gesicht, den Margot erst deuten kann, als sie sich umwendet. Da erblickt auch sie den neu hinzugekommenen Gast. Oh ja, so hat sie Rottmann eingeschätzt. Erscheint eine Frau wie diese, unterbricht er jeden Kontakt zu seinem Gegenüber, und er merkt es noch nicht einmal.

Komisch, denkt Margot, als hätte der Zufall sie geschickt, um meine Einschätzung von ihm zu bestätigen.

Kaum hat Inge Moll Platz genommen, ist auch schon der Kellner zur Stelle. Derselbe Kellner, dem Rottmann und Margot seit vielen Minuten vergeblich Zeichen geben, um eine Flasche Wasser zu bestellen. Lebhaft gestikulierend verständigt die Moll sich mit ihm über ihre Bestellung, und fast sieht sie aus, als wäre sie aus der großen Fotografie an der Wand herabgestiegen. Die vergangene Festlichkeit, die von dem menschenleeren Theatersaal ausstrahlt, in dessen Farben der Luxus früherer Zeiten sich in dekadenten Verfall verwandelt hat, passt zu dieser imposanten Frau, und wenn sie jetzt eine Arie sänge, würde man sich nicht wundern.

Die Moll ist in ein langes, dunkles Gewand gekleidet, das asymmetrisch und bauschig über ihre Knie fällt. Um die Schultern hat sie ein Wolltuch drapiert und um den Hals trägt sie eine Kette aus dicken grünen Kugeln, die der Üppigkeit ihrer Trägerin entsprechen. Ihr Lachen, wenn sie sich der Bedienung zuwendet, ist strahlend.

Lauter alte Leute, denkt die Moll und ist froh über die gute Laune des Kellners, der seine theatralischen Künste ihr gegenüber noch mehr zur Schau stellt als bei den anderen Gästen.

Unter ihren Augen haben sich tiefe dunkle Ringe gebildet, was aber bei ihr nicht krank, sondern wie eine Art übertriebener Schminke wirkt.

Sie hat schlanke und zugleich energische Hände, mit denen sie mal an die Kette greift, mal über die Speisekarte streicht, mal auf etwas zeigt, das sie dem Kellner begreiflich machen will. Dann wieder schiebt sie das Haar hoch, als gälte es, ein ordentliches Lockengefüge herzurichten. Dabei könnte man eher von ›wilder Mähne‹ sprechen, wenn man sie so sieht. Margot kann den Blick gar nicht mehr von ihr wenden, da geht es ihr genauso wie Rottmann.

In dessen Erinnerung hat sich sofort seine frühere Geliebte gedrängt, die stattliche Sonja, die ihn für mehrere

Jahre aus seiner Ehe gelockt hatte. Er wird nie von Sonja loskommen. Es braucht ihn nur ein bestimmter weiblicher Duft anzuwehen, dann kann es passieren, dass er auf der Stelle dem verfällt, was man Sehnsucht nennt. Oder besser, Verlangen. Oder besser, wahnsinniges Verlangen. Oder besser, Begehren, abgründiges Begehren.

So wabern in ihm die Gedankenwolken. Etwas braut sich zusammen, beinahe wird ihm übel davon. Der dunkle Geschmack, da haben wir's wieder.

Und Margot denkt: So jung? So stark? Und die soll nicht schlafen können?

Wann hat es denn bei Ihnen angefangen?

Was?

Na, die Schlaflosigkeit –

Ach Gott, wenn ich das wüsste.

Rottmann ist ganz weit fort. Er denkt an die letzten Tage mit Sonja und an ihr trostbemühtes Lachen angesichts seiner beharrlichen Impotenz. Am demütigendsten dabei war die Wucht seines sich bis zur Schmerzgrenze steigernden sexuellen Drangs. Er hätte sich nie für einen Masochisten gehalten, in keinem Moment seines Liebeslebens hatte er bis dahin Freude an zugefügten Schmerzen, Erniedrigungen oder Verletzungen gehabt. Und jetzt, mit einem Mal, in der verzweifeltsten Machtlosigkeit seines Lebens, empfand er plötzlich Lust angesichts der mitleidig blinzelnden Sonja, die bei den Versuchen, ihn in einen sexfähigen Partner zurückzuverwandeln, alle Varianten der Vergeblichkeit auf sich nahm.

Wissen Sie es wirklich gar nicht mehr?

Vielleicht vor dreißig Jahren …

Er rechnet, ob das stimmen könnte. Schon oft hat er darüber nachgedacht, aber auch bei noch so häufigem Grübeln in den langen Nächten zermürbender Lebensrekapitulation hat er den Anfang seiner Schlaflosigkeit nie wirklich herausfinden können.

Die Moll

Nur Antiquitäten, außer dieser einen, dem kleinen Punk da drüben, na mal sehn ... die alte Exaltierte dort mit der Kappe ... ob das ihr Mann ist? Wenn gleich zwei nicht schlafen können – was für eine geballte Energie! Die könnten ein ganzes Mietshaus beheizen, allein mit dem Neuronenwerk ihrer wachen Nachthirne. Milliardenfaches Knistern und Knallen, Trillionen von Synapsen, eine Wahnsinnskraft. Die Frage ist doch nur: Warum gibt es kein Mittel, das uns endlich vom Schlaf erlöst, von dieser gottgewollten Zeitverschwendung? Wie hat der Therapeut doch neulich gesagt? Es geht nicht darum, dass Sie nicht schlafen können, sondern dass Sie nicht schlafen wollen! Und wie er das gesagt hat! Als hätte er ein verheimlichtes Verbrechen in meinem Leben aufgedeckt.

Gleich kommt da wieder so ein Guru, der uns etwas einreden will. Von wegen Schlaf sei die Wiege des Lebens, die Quelle der Energie, das Dunkel, dem wir das Helle verdanken, und ähnliche Trivialitäten ... dabei ist nichts gewaltiger als so ein Synapsenchor der nachts Wachen! Was für ein Megakonzert! Schon allein was der junge Kellner hier an Synapsenbewegung auslöst ... eine ganze Synapsenoper.

Ja, gern, bringen Sie mir noch ein Glas von diesem herrlichen Wein, wie heißt er noch mal? Ach ja, Alter Fritz! Bringen Sie der alten Moll noch einen Alten Fritz, so einen goldenen güldenen.

Was für ein Quatsch, diese Preußen. Die holen wirklich alles aus der Kiste. Der Alte hätte nur Hohn und Spott dafür übrig ... aber Freude hätte er an dem jungen Kellner gehabt, wie er den dienstbaren Geist spielt. Er spielt den Untertan und steht in Wirklichkeit haushoch darüber. Er weiß, wie man so einer Tante wie mir das Fell krault. Und wie er aussieht! Ein so schönes Profil, die Nase fast bis zur Oberlippe, und diese Biegung nach unten und die aufgeschwungenen Nüstern! Ich wüsste genau, wo ich meinen Kuss hinsetzen würde. Neben den Nasenflügel, in die Nische zwischen Wange und der fingernagelgroßen Wölbung … eine Nase, bei deren Anblick ihr das Wort ›wolllüstig‹ einfällt …

Moll! Hörst du jetzt bitte auf! Sagt sie zu sich selbst.

Wer hätte gedacht, dass es hier eine so feine Patée gibt, zergeht einem auf der Zunge … der Schlafpapst scheint mit unlauteren Mitteln zu kalkulieren. Nach so einem Genuss ist die Schlafbereitschaft erhöht wie bei einem satten Säugling. Verdammt … Moll, du denkst zu viel ans Essen, das kann nicht gutgehn … aber macht nichts, solange du diese peinliche Sache vergisst, diese schrecklich peinliche Sache. Wie konntest du nur!

Wenn du doch endlich von diesen Einbildungen loskommen könntest, die dir noch das Kreuz brechen werden.

Kann man tatsächlich einen Tagtraum für Wirklichkeit halten?

Moll, Moll, Moll … dein ganzes Wahrnehmungssystem spielt verrückt. Das ist der einzige Grund, weshalb du diesem Schlafpapst nachrennst. Du denkst, du wärst wach, aber du bist es nicht. Du hast anscheinend im Dösen Dinge erlebt, die dir hinterher wie wirklich vorkommen. Wenn ich nur an den Ton denke, in dem dieser Therapeut mit mir gesprochen hat. Erholen Sie sich, Frau Moll, das ist alles zu viel für Sie. Von Hypnagogie hat er gesprochen. Hypnagogie, was für ein schönes Wort … fast so schön wie Amygdala … diese eleganten Hirnvokabeln … deine nicht funktionierende Amygdala, die dir eine trügerische Einschätzung deiner selbst suggeriert. Die dir nicht die Angst einjagt, die sie dir einjagen müsste bei deinem katastrophalen Geisteszustand. Ich höre Großmutters Stimme: Kindgottes, warum bist du nur so? Jeder Mensch ist doch froh, wenn er endlich in die Kissen sinken kann.

Das hast du jetzt davon, Moll.

Alles schwebt.

Wäre eigentlich kein schlechter Zustand, wenn du nur diese Einbildungen los wärst. Man könnte Kameras in der Wohnung installieren, ein Überwachungssystem. Dann kannst du jede Sekunde deines Lebens nachträglich ansehen. Aber wie soll das gehen? Wenn du jede Sekunde deines Lebens kontrollieren willst, brauchst du doppelt so lang Zeit zum Leben. Und wenn du dabei einschläfst, während du dein Leben vom Vortag ansiehst, und wenn du dabei wieder Dinge träumst, die du hinterher für wirklich hältst, dann musst du auch noch den Film vom Anschauen des Films anschauen. Oder kann man in das Überwachungssystem eine Kontrolle einprogrammieren, die Hypnagogie erkennt? Eine smart camera sozusagen, die so intelligent ist, dass sie merkt, wann du anfängst zu dösen und zu fantasieren. Mein Gott, wie umständlich!

Warum musst du so kompliziert sein, du idiotisches Leben?

Diese Exzentrikerin mit der Kappe dahinten, die eben so intensiv hergeschaut hat, als hätte ihr Mann über mich etwas gesagt, das ihre Neugier weckt – was die wohl für ein Leben hinter sich hat? Was könnte er denn gesagt haben? Sein Blick hat etwas zu Neugieriges, Undistanziertes. Vielleicht wundert er sich, dass hier eine so junge Person wie ich auftaucht unter all diesen Senilitäten? Für den seh ich wahrscheinlich frisch und knackig aus … Achdumeinegüte, was bringt der Kellner denn da? Hab ich das bestellt? So ein Riesenschnitzel? Das hängt ja fast übern Tellerrand … tatsächlich, er kommt direkt auf mich zu, was für schmale, große Hände er hat …

Meine Dame, das Wiener …

Verzeihung, aber, kann das nicht ein Irrtum sein?

Wieso Irrtum?

Habe ich das bestellt, junger Mann?

Jawohl, Madame, das haben Sie bestellt, wollen Sie den Bestellschein sehen? Sie wollten doch noch wissen, ob es wirklich Kalbfleisch und nicht Schwein …

Ach ja, Pardon …

Moll, Moll, Moll, das sieht dir mal wieder ähnlich. Was ist nur los mit dir? Der Mann da drüben sieht ein bisschen wie Lothar aus … mal wieder Gelegenheit für seine Hirnchen-Nummer. Na Hirnchen, was war gestern um zwölf? Und wer war letzten Freitag bei uns? Und welchen Film haben wir vorgestern Abend gesehn? Wer war der Mörder beim letzten Wallander?

Hirnchen, Hirnchen! Wo soll das noch hirnführen!

Aber dass im Büro alles klappt, dass da mein Hirn wie am Schnürchen funktioniert, das versteh mal der liebe Gott. Ob sich der Therapeut nicht einfach um die Wahrheit drückt, wenn er behauptet: Frau Moll, es gibt Phänomene, die kann nur der Tiefseetaucher erklären, wenn überhaupt. Vielleicht hat Olga ja recht mit ihrem Mansollnichtalleserklären … Sie ist nicht umsonst Dichterin. Auf jeden Fall schmeckt es hier prima. Mein Unbewusstes bestellt ein Schnitzel. Danke, Unbewusstes, du hast einen guten Geschmack. Der Typ mit dem Lotharschopf, oder besser mit der Lotharglatze, mit dem schmalen wohlgeformten Schädel, auf dem jedes weitere Haar nur zu viel wäre, was der wohl gerade denkt? Er ist ganz schwarz gekleidet, oder ist das dunkelblau, nein, eher schwarz. Das ist jetzt Mode, alle diese aktiven Männer mittleren Alters in Schwarz. Ob er auch einer von den SL-Aktivisten ist? Könnte ja auch ein ganz normaler Gast sein. Wie er den ›Spiegel‹ vor sich hält beim Essen. Er isst und liest, das kann ich gut verstehn.

Kein Mensch sitzt gern allein am Tisch im Restaurant, selbst Männer nicht. Das Schnitzel zergeht einem auf der Zunge. Wie bei Großmutter. Sommer auf der Veranda neben der Küche im geflochtenen Balkonsessel, aus dem überall abgebrochene Weidenspitzen ragten, an denen man mit dem Pullover hängen blieb. Kindgottes, komm, iss! Schnitzel, so dünn wie dieses hier und ohne Knorpel. Bratkartoffeln und süßer Gurkensalat mit schlappen, durchsichtigen, in Sauce getränkten Gurkenscheiben. Schon damals wolltest du nicht schlafen.

Gott will, dass wir schlafen … und die Großmutter sang: Guten Abend, gute Nacht … von Näglein besteckt …

Ich stellte mir meinen Körper mit dünnen Nägeln gespickt vor wie das Nadelkissen in Großmutters Nähkasten. Ich lag in ihrem nach Nelken riechenden Bett und hatte den Körper eines Igels, lauter Näglein auf meiner Haut. Ich strich darüber und strich über ein metallenes Fell. Ich weiß, wie es sich anfühlt, bis heute weiß ich das.

Wer nicht schläft, versündigt sich …

Warum?

Das ist so.

Aber wenn man nicht will …

Man muss vieles, was man nicht will … dafür gibt es Gesetze.

Und was willst du nicht, Oma?

Ach … ich hab mich an die Gesetze gewöhnt. Deswegen sag ich ja …

Und wenn ich nicht mehr aufwach?

Du wachst auf, immer.

Opa ist auch nicht mehr aufgewacht.

Opa war alt und krank.

Ich will aber nicht entschlafen.

Schlafen ist etwas anderes als entschlafen.

Warum ist das etwas anderes?

Schlaf braucht man, gesunden Schlaf, sonst wird man krank.

So wie Opa?

Ach was, nimm das!

Und Großmutter schiebt mir ein Läppchen mit Zucker und Klosterfrau Melissengeist auf die Zunge.

Die Moll lässt ihren Blick auf dem Mann ruhen, der ihrem Lothar gleicht. Er liest und hat den halbvollen Teller beiseitegeschoben. Mit der Linken hält er sein Magazin, in dem etwas seine ganze Aufmerksamkeit zu fesseln scheint. Seine Rechte spielt mit einem Stift, mit dem er hie und da etwas anstreicht oder nervös auf den Tisch trommelt.

Moll, du musst aufpassen heute. Schon jetzt musst du aufpassen, du bist jetzt schon an der Weichheitsgrenze. Noch weicher ist nicht gut ...

Der Lothartyp ist nur von der Seite zu sehen, im Profil. Seine Art, den Kopf nach vorn zu beugen und aus dem leichten Trommeln ein Stechen werden zu lassen, hat etwas Trauriges. Er sticht mit der Stiftspitze auf den Tisch, es scheint ihm egal zu sein, dass da jetzt lauter schwarze Punkte auf der weißen Decke sind. Er ist von der Seite zu sehen und sein Nacken ist ungeschützt den Blicken von hinten ausgeliefert. Die Moll würde am liebsten einem plötzlichen Impuls von Mitleid folgen und zu ihm gehen und den Mund in seinen Nacken legen, dahin, wo sein schütteres Haar einen ungeschickten Rand über dem Hals bildet.

Ach, armer Schlafloser, du. Jetzt weiß ich, auch du gehörst zu den SL-Senilitäten. Unverkennbar.

Schon blickt er herüber, als hätte er meine Stimme gehört, die er aber gar nicht gehört haben kann, weil ich ja gar nichts gesagt habe ... ein kurzer Blick mit erweiterter Pupille. Ich würde ihm gern die Frage stellen, die mir der Arzt neulich gestellt hat und die ich ihm nicht beantworten konnte. Selbst bei Ärzten ist mir so was peinlich. Nämlich die Frage: Haben Sie die Erfahrung gemacht, dass Orgasmus zu besserem Schlaf führt?

Nein, sagte ich. Aus Selbstschutz, aus Prinzip oder wasweißich. Ich wollte mit dem Arzt nicht über so was sprechen. Schlaftantra, aus dem erregtesten Wachzustand in den tiefsten Ruhezustand gleiten. Er gab mir die Adresse einer Frau, die bei so etwas mitgemacht hat. Ich traf sie, eine distanzierte, kühle Person, eine Architektin. Dass sie sich nicht geniert hat, alles so genau zu beschreiben. Wenn ich mir das vorstelle. In einem weißen aseptischen Hemd, in therapeutischer Vereinigung mit einem Zufallspartner, und das en groupe. Zehn oder mehr in einem Raum, auf medizinischen Matten, die mit weißen Laken bezogen sind. Die Augen mit weißen Binden zugebunden, damit man das Gegenüber nicht sieht, sondern sich ganz auf sich selbst und die Energie konzentriert. Die vornehme Architektin mit ihren unzärtlichen Händen. Aber es geht nicht um Zärtlichkeit, es geht um reine Energie. Sexuelle Energie. Alles auf Geheiß des Tantragurus. Dazu eine bestimmte Musik. Die Architektin sah aus, als habe sie noch nie im Leben einen dreckigen Witz erzählt. Als treibe sie sich nur in höheren saubcren Regionen herum. Und sie macht die Beine breit für einen Anonymus, der in sie dringt, damit sie hinterher besser schlafen kann. Und es klappte. Sie hatte einen Orgasmus und fiel satt auf die Medizinmatte und schlief tief ein. Sie hat nie erfahren, wie der Mann ausgesehen hat, der sie in den Schlaf gefickt hat. Sie hat sich ganz der Anweisung der Tantralehrererin überlassen, und das einzige Peinliche sei gewesen, dass sie von einem bombastischen Geräusch aufwachte, als hätte ein Elefant geschnarcht.

Ich musste lachen, als sie mir das erzählte. Es kam mir vor, als hätte sie mir einen Furz gebeichtet. Ausgerechnet sie, die so kühl und intellektuell wirkte, hatte sich aus der Schlaflosigkeit herausgevögelt.

Der Lothartyp hat jetzt Stift und Heft beiseitegeschoben und sich wieder dem Essen zugewandt. Die Art, wie er den Kellner herbeiwinkt, hat etwas von Routine, als sei er daran gewöhnt, Personal herbeizuwinken. Jetzt hat er mir zum zweiten Mal das Gesicht zugewandt, oder besser dem Kellner und dabei zugleich auch mir. Ein ungewöhnlich schmales Gesicht, schmaler als Lothars Gesicht. Er sieht ihm jetzt überhaupt nicht mehr ähnlich. Was er wohl von Beruf ist? Vielleicht Lehrer? Oder Arzt? Nein, kein Arzt wird sich zu so einer Veranstaltung wie dieser hier herablassen.

Ob ich den Lothartyp, der jetzt genaugenommen keiner mehr ist, die ganze Zeit angestarrt habe? Der Kellner blickt zu mir herüber, als hätte er mir die Tantra-Gedanken angesehen. Wer weiß, diese Jungs können mehr als Gedanken lesen … wie er jetzt durch die Pendeltür in die Küche verschwindet, so selbstbewusst geht nur ein Prinz. So gelassen, so schwungvoll, so, ja, vornehm! (Schon wieder vornehm, das scheint an dem Herrenhaus zu liegen … da scheint ein heimlicher Assoziationszwang in der Luft zu sein.)

Siehst du, wo du hinkommst, wird Lothar sagen, wenn du dich mit solchem Modekram einlässt. Er wird sich die Hände reiben, wenn auf seine Frage, »War's ein seriöses Schlaflabor, Hirnchen?«, erst mal eine lange Pause kommt.

Herr Ober (alberne Bezeichnung, aber wie soll man diese Leute rufen?), also: Hallo … hallo! Bitte noch einen Alten Fritz, aber nur nullkommaeins. Und noch ein bisschen zerlassene Butter, wenn das möglich ist …

Schon da, Madame, schon sofort … (Wo hat er das ›Madame‹ nur her, der Berliner Steppke?) Der Typ dahinten unter der Fotografie mit dem verlassenen Theatersaal, der zuerst meinem Lothar so ähnlich sah, nickt zu mir rüber … bin mir aber nicht sicher, ob er mich meint oder den Kellner. Jetzt sehe ich, er ist ein alter Herr, er könnte mein Vater sein.

Der runde Tisch

Am runden Tisch in der Ecke ist das Gespräch immer noch heftig und lautstark im Gange. Die fünf Gäste, zwei Frauen und drei Männer, sind Angestellte einer großen deutschen Versicherungsgesellschaft. Der Konzern hat ihnen das Wochenende finanziert. Dass die Gesellschaft nicht nur Psychotherapeuten für ihre Angestellten beschäftigt, sondern in besonderen Fällen ihre Leute auch zu Veranstaltungen wie dieser hier schickt, finden die einen am Tisch »ungewöhnlich menschlich«, andere bezweifeln besonders humane Beweggründe des Konzerns, sondern sehen darin nicht viel mehr als das Ergebnis simpler Kalkulation.

Die Frau aus Frankfurt an der Oder hat ihre ersten Arbeitsjahre zu DDR-Zeiten in der slawistischen Abteilung eines großen Verlags verbracht, eine Arbeit, die ihr Freude machte, die sie aber nach dem Mauerfall verlor. Es wurde ihr gekündigt. Die Umschulung zur Versicherungsagentin bot sich ihr durch Zufall an, und da sie eine alleinerziehende Mutter war, nahm sie diese Chance sofort wahr.

Sie weiß nicht so recht, auf welche Seite sie sich bei der Debatte am Tisch schlagen soll. Ihre Neigung, das Einerseits und das Andererseits abzuwägen, sodass sie am Ende als die Unentschiedene oder vielleicht auch Verständnisvolle dasteht, kommt ihr selbst irgendwie charakterlos vor.

Der ältere Herr am Tisch lebt da, wo der Stammsitz der Gesellschaft ist, in Köln. Er ist ein hohes Tier in der Hierarchie und kann allerlei Anekdoten zum Besten geben, mit denen er das Unternehmen auf die Schippe nimmt. Sein Büro hat er in einem Gebäude, das im Schatten der zwei Türme des Kölner Doms steht, und es gefällt ihm, immer wieder zu betonen, dass die Versicherung noch skrupelloser sei als der hohe Schattenspender nebenan. Seine Respektlosigkeit lässt die Frau aus Frankfurt nur staunen, und sie denkt die ganze Zeit darüber nach. Ob er schon immer so frech (ja, anders kann sie es nicht bezeichnen) seinem Arbeitgeber gegenüber gewesen ist, oder ob er sich nur deshalb so sicher fühlt in seiner Position, weil ihm nichts mehr passieren kann? Vielleicht weil er schon so alt ist, dass er es sich erlauben kann, in den Ruhestand gefeuert zu werden? Mit seinem Spott über die Konzernspitze und die Wichtigtuerei der höheren Angestellten bringt er die um den Tisch Sitzenden immer wieder zum Lachen.

Unterstützung findet er in einer jungen Frau. Sie ist sehr schlank, trägt eine schwarze Lederjacke und hat ein Piercing im linken Nasenflügel, einen winzigen Brillanten, der in ihrem ebenmäßigen, von schwarzem kurzem Haar umrahmten Gesicht nicht vulgär, sondern seltsam edel aussieht. Sie ist mit dem Thema Entschleunigung beschäftigt, davon spricht sie jedenfalls jetzt. Die anderen verstehen so gut wie nichts von ihren Thesen, die sie mit leidenschaftlichen Gesten vorträgt. Vokabeln wie ›Algorithmus‹ oder ›transhuman‹ oder Namen wie ›Byung-Chul Han‹ sind ihr geläufig, als gehörten sie zu den Selbstverständlichkeiten ihres Alltags. Ihre Skepsis gegenüber dem Schlafpapst weiß sie in ätzende Bemerkungen zu packen. Sie nimmt an, er komme aus der Ecke der Wellness-Ideologen, die unheimlich viel Geld damit verdienen, dass sie den Überforderten und Kaputten unserer Gesellschaft falsche Versprechungen machen. Vor allem indem sie mit ihrem Geschwätz Hoffnung auf idyllische Verhältnisse wachrufen, die es niemals geben wird. Eine zynische Weltsicht, mit der diese Banden die durch die Schlaflosigkeit entstandene Einfalt der Patienten ausnutzen.

So lästert die Exzentrikerin mit ihrem wohlgeformten blassgeschminkten Mund, und ihre bis zu den Brauen in dunkler Schminke liegenden Augen blitzen angriffslustig.

Warum kommen Sie denn dann hierher?, will jemand aus der Runde wissen, und sie klappt die Handflächen nach oben, als fange sie warmen Regen auf.

Man lässt eben nichts unversucht.

Und warum, glauben Sie, können wir nicht schlafen? Gibt es für Sie einen Grund, der was mit diesen Algorithmen zu tun hat? Will die Frau aus dem östlichen Frankfurt wissen.

Ja, das glaube sie. Es kämen in allen Fällen oder jedenfalls in den meisten ganz individuelle, ganz subjektive Gründe dazu. Natürlich. Aber auch diese hätten mit unserer Zeit zu tun. Ohne die Auswirkungen unserer Zeit sähen individuelle Verletzungen bestimmt auch anders aus. Davon sei sie überzeugt. Und auch davon, dass unsere Zeit einen krank mache. Sie selbst versuche, den besonderen Gründen ihrer Schlaflosigkeit mit einer Psychoanalyse auf die Spur zu kommen. Und die, stöhnt sie, sei ziemlich anstrengend ...

Das klingt fast wie ein Geständnis, als gebe sie damit eine Schwäche zu.

So eine richtige Psychoanalyse mit viermal in der Woche auf der Couch?

Ihre Nachbarin blinzelt zu ihr herüber.

Dann kommen Sie bestimmt aus dem Westen?

Und im selben Atemzug meint sie, man könne sich doch mal mit Vornamen vorstellen, sie heiße Jeanine.

Das hört sich wie ein Dankeschön für das Geständnis an, ein Angebot zur Verschwisterung. Die Kollegin aus Berlin prostet ihr zu, nun ebenfalls ihren Vornamen nennend: Friederike. Und sogleich gibt es ein Hin und Her der Namen: Simon, Norbert, Peter Mulik ... und das Anstoßen und Zuprosten unter Lachen und Lächeln bringt eine fast familiäre Stimmung auf.

Mulik, ist das auch ein Vorname?

Nein, das ist mein Familien...

Und Sie, Ulrike?
Nein, Friederike!
Ah, so heißt meine Frau auch …
Und Jeanine? So französisch? In der DDR?
Ja, gerade da hat man das gemocht …!
Schön, Prost!
Aber hat es was geholfen?
Was?
Na, Ihre Psychoanalyse?

Friederike bedauert schon ihre Offenheit. Nein, so schnell gehe das ja eben nicht, sonst wäre sie nicht hier. Und von wegen Entschleunigung und so weiter … sie habe zwar etwas gegen diese falschen Sehnsüchte nach einer langsameren Welt, aber bei der Analyse gehe es selbst ihr zu langsam. Erstes Gebot sei die Geduld. Alles gehe furchtbar zäh voran, und manchmal sei erst, wenn man eine Analyse beendet habe, der wirkliche Nutzen zu spüren. Das höre sie immer wieder von ehemaligen Patienten. Jahrelang dauert es eben, wenn man eine Malaise, die jahrelang entstanden ist, wieder loswerden oder wenigstens erträglich machen wolle. Mehr könne man sowieso nicht erwarten.

Jeanine hört einen Anflug von Tragik aus der Stimme Friederikes. Sie wundert sich darüber. Es hört sich nicht ganz echt an, wie immer, wenn sich jemand in dramatischem Ton über sich selbst äußert, denkt sie.

Dagegen ist die Spur zu meiner Schlaflosigkeit ganz einfach. Kein Rätsel, wann es angefangen hat mit den langen, zähen, nicht enden wollenden Nächten. Komplexe Gründe, die schwer zu erforschen sind – ach, wie gut wäre das. Alles grausam einfach. Zum Verzweifeln einfach. Der Januar 1999, der ihr Leben in einen Schatten gleiten ließ, in dem es mehr und mehr versank. Sie wird mit niemandem darüber sprechen. Bestimmt nicht hier. Und bestimmt mit keinem an diesem Tisch. Sie war siebenunddreißig Jahre alt und voller Hoffnung. Die Umschulung zur Versicherungskauffrau war geschafft, sie hatte gerade mit der neuen Stelle angefangen. Sie war ausgewählt worden, die Filiale im Osten mit aufzubauen. Alle Zeichen standen auf Zukunft. Sie hatte sogar noch die Rückübertragung des Hauses ihrer Großmutter im Frankfurter Stadtteil Altberesinchen hinbekommen. Die Stadt war gerade feierlich zur Kleiststadt gekürt worden, und Hendrik hatte lauter gute Noten in seinem Zeugnis, sein siebzehnter Geburtstag stand bevor. Die Mieter im Haus waren sogar bereit, mit ihr die Wohnung zu tauschen, sodass sie in das Haus der Großmutter, die im Westen wohnte, einziehen konnte.

Sie hat es nach und nach instand gesetzt. Wie ihr Sohn Hendrik sagte: in festen, sicheren, haltbaren Stand. Und wie er dann geschuftet hat, mit was für einer Kraft die Wände rausgeschlagen und neue eingesetzt und Steine geschleppt. Und wie stolz sie auf ihn war. Wie selbstbewusst er schien und Entscheidungen traf – ›wie ein Alter‹. Und seine Scherze mit »Apfelsinchen, Beresinchen, Jeaninchen«. Unvorstellbar dann das andere, von dem sie nichts ahnte. Oder doch?

Vielleicht doch?

Und was tun Sie dagegen?

Die Frage reißt sie aus ihren Gedanken.

Gegen was?

Gegen das, weshalb wir hier sind –

Jeanine fährt hoch. Die Tischgesellschaft kommt ihr mit einem Mal vor wie eine feindliche Phalanx. Sie sagt etwas von ›alles Mögliche, Pillen, Gesprächstherapie, Meditation, ach …‹

Plötzlich überwältigt, fürchtet sie, in Tränen auszubrechen. Sie kann nicht weiterreden. Die Runde sieht es ihr an, niemand wagt etwas zu sagen. Zu groß ist die Erschütterung, die sie alle mit ansehen. Jeanine nimmt ihre Handtasche von der Stuhllehne und entschuldigt sich, sie komme gleich wieder.

Hab ich was falsch gemacht?

Friederikes Frage und ratloses Schulterzucken. Sie sieht der Davongehenden hinterher, eine schmale Frau mit langem Haar, das ihr bis zwischen die Schulterblätter fällt, eine vielleicht Fünfzigjährige, die von hinten aussieht wie ein Teenager. Dagegen ihr undeutbares Gesicht mit entzündeten Mundwinkeln und einer Haut, die so dünn aussieht, als nehme sie täglich Cortison. Seltsam, denkt Friederike, der Schlafmangel macht uns alle seltsam. Wer weiß, wie ich auf andere wirke.

Man kann sich total irren, sagt sie in die Runde, die verwundert auf diese unvermittelte Äußerung zu Friederike hinüberblickt. Mulik, der Kölner, der sich mit Peter vorgestellt hat, will wissen, was sie damit meine.

Ja, wie man sich selbst einschätzt und wie andere einen sehen. Meinen Sie nicht, dass da ein Riesen-Täuschungspotenzial ist?

Oh ja, das ist ein Thema, besonders in einem Betrieb wie unserem, wo jeder jeden seit Jahren kennt und wo man fast schon eine zweite Identität gebildet hat, die Büro-Identität, die eine ganz andere ist als die Privat-Identität. Das müsse er zugeben. Vor allem da ihm jetzt, wo er alt sei und kurz vor der Pensionierung stehe, eine interessante Erkenntnis gekommen sei.

Und die wäre?

Friederike sieht ihn aus ihren sehr dunklen Augen an, ihr Blick sprüht vor Neugier.

Ja, es habe sich gezeigt, dass, wenn er wirklich einmal offen und ehrlich seine Meinung sage, er unerwarteten Erfolg damit habe. Einmal nach einem Mittagessen mit Wein, eigentlich aus einer beschwipsten Laune heraus, habe er es ausprobiert und sich über die Reaktionen gewundert.

Seither sage er immer, was er denke, selbst wenn es das Gegenteil dessen sei, was seine Verbündeten von ihm erwarten … er sage jetzt einfach seine Meinung, basta … und siehe da, es funktioniere.

Erzählen Sie mal ein Beispiel, fordert Friederike ihn auf.

Ja, etwa bei einer dieser unglaublich berechenbaren Sitzungen des Personalrats, dessen Vorsitzender er lange Jahre gewesen sei. Er als alter Hase habe sich erlaubt, zu sagen, dass er all ihre Forderungen diesmal nicht unterstützen werde. Weil alle völlig sinnlos seien und nichts bringen würden, überhaupt nichts. Und dass er es satt habe, aus sogenannter Solidarität heraus gegen das zu stimmen, was er wirklich denke. In den vielen Jahren habe er nämlich festgestellt, dass man oft weiterkomme, wenn man eine gewisse Paradoxie verfolge, also das Gegenteil von dem tue, was man anstrebt. Daraufhin seien plötzlich alle auf seiner Seite gewesen.

Wissen Sie was? Es ist eine Befreiung, öffentlich zu zweifeln! Es war wie ein Zaubertrick! Und nach dem ersten Mal habe ich noch zugelegt. Habe alles gesagt, was ich schon immer sagen wollte, habe, wie soll ich sagen … endlich mal mein Privat-Ich sprechen lassen. Nach vierzig Jahren!

Friederike kann gar nicht genug hören und stellt immer weitere Fragen. Endlich etwas Spannendes, denkt sie, der Mann hat Mut, denkt sie, aber er hat ja auch nichts mehr zu verlieren.

Sie hat Soziologie und Pädagogik studiert. Ein paar Jahre ungewisses Dozentendasein an verschiedenen Fachhochschulen, einmal an einer Universität, Verträge für ein, zwei Semester, dann wieder Umzug, Wechsel. Bis sie feststellte, dass es so nicht weitergehen kann.

Damals fing es an damit, dass kaum eine Nacht verging, in der sie nicht morgens gegen drei aufwachte und nicht mehr einschlafen konnte.

Ein Versuch, bei einer lokalen Fernsehanstalt eine Sendung über Wissenschaftsthemen zu moderieren, scheiterte an ihrer Unfähigkeit, einfache Sätze zustandezubringen. Sie sprach so umständlich, dass sich Zuschauer beschwerten, man könne sie nicht verstehen. Der Programmdirektor bestellte sie zu sich, um ihr taktvoll klarzumachen, dass sie mit dieser kleinen Eigenheit, wie er sich ausdrückte, keine Karriere als Moderatorin anstreben könne. Er und sein Team hätten lange darüber beraten, alle seien von ihrer Intelligenz und auch von ihrer Wirkung auf dem Bildschirm begeistert. Aber die Sache mit den komplizierten Sätzen sei nicht möglich beim Fernsehen. Sie brauche ja quasi die doppelte Zeit für ihre Mitteilungen. Er wolle nicht den professionellen Quasslern das Wort reden, aber so gehe es eben auch nicht. Obwohl er es persönlich sympathisch finde, wenn Moderatoren beim Sprechen denken, er finde das viel besser als wenn jemand drauflosschwalle wie so viele in diesem Gewerbe. Wenn jemand mal wirklich Spannung dadurch hervorrufe, dass er eine Pause mache und sichtbar denke, sei das gut, sehr gut sogar. Die allmähliche Verfertigung der Gedanken beim Reden, siehe Kleist. Das sei bei ihr der Fall, das könne sie. Und dass sie nicht alles so lange vereinfache, bis es am Ende nicht mehr stimme, das schätze er auch. Wenn es nach seiner privaten Meinung ginge, fände dieses Gespräch jetzt gar nicht statt, aber da seine private Meinung keine Rolle spiele, sondern die Quotenzwänge, müsse er ihr sagen, dass es nichts werde mit ihr als Moderatorin. Vielleicht wolle sie ja warten, bis eine Redaktionsstelle frei werde, das könne sie bestimmt gut.

In dieser Zeit traf das Angebot von der Versicherungsgesellschaft ein. Friederike hatte gar nicht mehr damit gerechnet, denn ihre Bewerbung lag so lange zurück, dass sie diese Möglichkeit schon ad acta gelegt hatte. Sie sagte sofort zu und fing nach einem kurzen und billigen Urlaub auf Teneriffa mit der neuen Arbeit an.

Sie hat einen guten Zugang zu jungen Leuten, vor allem zu Intellektuellen und Künstlern. Ihre stets schwarze Kleidung, meist Lederjacke und Jeans, ihr kurzes schwarzes Haar, der Brillant in ihrem Nasenflügel, ihr helles Gesicht mit den schwarz geschminkten Augen, kurz, ihr für eine Versicherungsangestellte ungewöhnliches Aussehen kommt ihr hier zugute, weil sie damit eine Kundenschicht anspricht, die im Allgemeinen wenig Interesse an der materiellen Absicherung im Alter hat.

Irgendwann musste Friederike sich eingestehen, dass sie Dinge im Leben haben wollte, die sie sich bis dahin versagt hatte. Sie lag auf der Couch ihres Analytikers, und plötzlich fiel es ihr ein: Du hast es dir einfach nicht gegönnt, sagte sie zu sich selbst. Dabei stand dir doch alles zu. Und der Analytiker korrigierte sie mit leiser Stimme: Es steht Ihnen zu. Auch jetzt. Ja, sagte sie, und wiederholte wie eine Schülerin, die beim Lernen ist: Es steht mir zu. Und ich nehme es mir.

Als sie Rolf kennenlernte und das Haus kaufte und die Hypothek aufnahm und die Verträge unterschrieb, kam sie sich vor, als spiele sie erwachsen. Als tue sie etwas, das nicht ihrem Alter entspricht. Selbst als sie Kinder bekamen und selbst noch als Lara ihren zehnten Geburtstag feierte, sagte sie ›Friederike und Rolf spielen erwachsen‹. Sie sagte es wie im Scherz. Damals konnte sie ein paar Jahre lang gut schlafen. Sie weiß gar nicht, wann es angefangen hatte damit, aber es muss so um die Zeit der zweiten Schwangerschaft gewesen sein, und es dauerte genau bis zum zehnten Geburtstag ihrer Tochter. Dann fing es wieder an, dass sie morgens um drei oder vier wach wurde und darüber grübelte, was am Tag zuvor und was überhaupt in ihrem Leben geschehen war. Schlaftabletten halfen nur manchmal. Sie hat nie herausfinden können, wovon die Wirkung abhing. Sie hat es mit Diäten versucht und auf Alkohol verzichtet, aber alles half nichts. Auch die Psychoanalyse, die sie vor zwei Jahren anfing, hat bis heute nichts verbessert. Ihr ist, als tobe ein Unruhegeist in ihrem Kopf. Aber warum? Ich habe doch eine gute, vielleicht sogar glückliche Ehe. Aber woran bemisst sich Glück? Und überhaupt – wo kämen wir hin, wenn alle, die nicht glücklich sind, Schlafstörungen hätten? Solche Gedanken überschwemmen sie, wenn sie nachts wach liegt. Gibt es da etwas zu beklagen? Sie liebt ihre Kinder und sie hat immer noch Lust auf ihre Arbeit. Es gibt also keine Erklärung, nichts, was sie in außergewöhnlicher Weise belastet, was sie bedroht, nichts, wovor sie sich fürchtet, nichts, was sie nicht vergessen kann in ihrem Leben, weder eine unerfüllte Liebe noch ein traumatisches Ereignis, nichts. Alles ist – ihr fällt kein anderes Wort dafür ein – normal. Und darüber spricht sie nun seit Monaten auf der Couch mit ihrem Analytiker. Über dieses ›normal‹. Dann wieder geht sie zu ihrem Arzt und lässt sich untersuchen – das Hirn, den Magen, die Hormone. Die Nerven, ach ja, die Nerven, und da wären wir wieder beim Hirn, denkt sie, wenn sie nachts wach liegt.

Ihr Nachbar zur Rechten, der Spötter Mulik, beobachtet sie. Ihm fällt das Zierliche ihres Gesichts auf, die Mädchenhaftigkeit ihrer Haltung, die ungewöhnliche Wölbung ihrer Stirn unter dem kurzen Haar, und er denkt, wie kann nur jemand, dessen äußere Erscheinung so ausgewogen ist, so klar, so harmonisch, ein solches Problem mit sich herumtragen?

Bei mir, sagt er jetzt ganz unvermittelt, bei mir hat es mit einem Unfall zu tun. Seit ich diesen Unfall hatte, kann ich nicht mehr schlafen. Denn eigentlich bin ich von Natur aus ein ganz einfacher Schläfer – völlig anspruchslos, meine Frau konnte schnarchen, so laut sie wollte, draußen konnte der Verkehr vorbeidonnern, aber ich konnte immer schlafen. In der Familie machte man sich sogar lustig über mich und meine Fähigkeit, überall und zu jeder Zeit und auch in jeder Lage in Schlaf zu versinken. Bis zu einem Unfall, den ich vor vielen Jahren hatte, einen idiotischen Unfall.

Peters Unfall

Damals in den Ferien, als du mit deinem alten Lancia an einer Kreuzung haltmachtest und versuchtest, dich zu orientieren, mitten auf dem Land, nahe der Küste, an einer Stelle, die so einsam lag, dass man dachte, hier käme höchstens dreimal am Tag ein Fahrzeug vorbei, du saßest vorn am Steuer und hinten auf dem Kindersitz saß Andi, er war gerade sechs geworden, du hieltest den Fuß auf dem Pedal und wartetest, dass einer der vier Wagen, die an der Kreuzung einander gegenüberstanden, sich in Bewegung setzen würde, aber keiner der Fahrer konnte sich entscheiden, keiner schien zu wissen, wer Vorfahrt hat … du sagtest noch zu dir selbst, du kannst in Ruhe warten, schließlich hattest du alle Zeit auf Erden, ein seltener Zustand … Andi vergnügte sich mit dem Hersagen einer Otto-Nummer, von der er eine Kassette besaß, die er immer wieder hörte und bald auswendig konnte, er hatte richtige kleine Auftritte damit und brachte die Erwachsenen zum Lachen und erfand ständig kleine Variationen, die dich entzückten, ein Beweis seiner Intelligenz, ja … und um ehrlich zu sein, hast du ihn regelrecht hingeschubst, wenn Gäste da waren und er seinen Gutenachtkuss haben wollte, dann hast du ihn dazu gekriegt, wieder die Otto-Nummer zu geben, bis Helga meinte, jetzt reicht's!, und dir abends im Bett Vorwürfe machte, du erziehst ihn zu einem richtigen Wichtigtuer, du machst einen Kasper aus ihm … jedenfalls saß er hinten im Auto und gab mehr sich selbst als dir eine neu abgewandelte Vorführung, mit künstlicher Stimme, so wie man sie auf den Kinder-CDs hört, die damals Mode waren, Erwachsenenstimmen, die auf nervtötende Weise so tun, als kämen sie aus Kindermund, kaum zu ertragen, und als du in deinem alten Lancia an der Kreuzung standst und überlegtest, ob du einfach losfahren solltest, sagtest du, Andi, kannst du mal eine Minute still sein, ich muss mich wirklich konzentrieren, in diesem Moment nahmst du wie im Traum wahr, dass der Wagen von rechts losfuhr und zugleich einer von links heranraste, und wie die beiden in der Mitte der Kreuzung aufeinanderstießen, im nächsten Moment gab es einen Knall, einen Wahnsinnsstoß, der Lancia schleuderte durch die Luft, du konntest es in Zeitlupe sehen, hingst mit dem Kopf nach unten und schobst deinen Arm zwischen den Rücklehnen zu Andi, versuchtest, nach ihm zu greifen, als du etwas Nasses, Heißes spürtest … diesen Moment wirst du nie vergessen … es dauerte eine Ewigkeit, bis du verstanden hattest, was passiert war, und dass dein Wagen auf einem Acker gelandet war und halb auf dem Dach lag, eingehüllt in Brandgeruch und Rauch … du weißt nicht mehr, wie es dir gelang, dich aus dem Wrack herauszuwinden und Andi aus seinem Kindersitz zu befreien, aber du musst alles richtig gemacht haben, die richtigen Griffe, auf unerklärliche Weise hast du funktioniert, bis du dich kniend auf der Erde wiederfandst, Andi im Arm, umgeben von Reifen, Blechteilen, Fetzen, brennendem Zeug und schreienden Menschen, du hieltest ihn im Arm und robbtest auf Knien aus den Rauchschwaden, während Blaulicht Andis kleines entgeistertes Gesicht beleuchtete, sein Ärmel war von Blut getränkt, du konntest sehen, wie es dunkel durch den Stoff pulsierte … Andi, der nicht weinte, sondern wie von Sinnen und lachend ›Autounfall, Autounfall …‹ schrie, und ›Tatütata Tatütata …‹ und mit seinem unversehrten Arm wild fuchtelte, er merkte nicht einmal, dass er verletzt war, er wollte nicht aufhören mit dem überdrehten Quäken, ›Autounfall, Autounfall …‹, und du dachtest, er ist verrückt geworden, dein Sohn ist wahnsinnig geworden … du versuchtest, ihn zu beruhigen und zu streicheln, und plötzlich konnte er die linke Hand nicht mehr anheben, und während er mit schwächer werdender Stimme weiter sein ›Autounfall‹ murmelte, gelang es dir irgendwie, mit einem Taschentuch seinen kleinen Arm abzubinden, du hörst noch heute seine Schreie, die immer leiser wurden und schließlich verstummten, als die Rettungshelfer kamen und ihn und dich verarzteten und auf die Trage hievten. Dieser idiotische Unfall, den ihr überlebt habt, du und dein Sohn, und der dich dennoch in seinem Bann hält ... fast jede Nacht, du wachst auf und grübelst, was hätte passieren können und was noch passieren kann und was Andi jetzt, da er beinahe erwachsen ist, für Gefahren drohen ... du weißt, das ist sinnlos, du redest auf dich ein, Spinner, du, sei froh, dass alles so glimpflich abgelaufen ist, wenn es Glück im Unglück gibt, dann war es das, du solltest dankbar sein ... du und Andi, ihr habt einen Schutzengel, ja, hat das deine Großmutter nicht immer gesagt, du hast einen Schutzengel, Junge, und er stellte sich diesen Schutzengel immer vor wie einen Käfer mit Flügeln.

Und als er später einen Kollegen entdeckte, der Schriftsteller war, nämlich den Versicherungsangestellten Kafka, wusste er, das stimmt. Der Schutzengel ist ein Käfer. Wie viele nicht enden wollende Nächte hat er dir gegen den Herrscher der Nacht geholfen – diesen unsichtbaren Feind, den selbst der Traumatherapeut nicht aus seinem Versteck locken konnte. Dabei hast du dich so angestrengt. Und dann dieser Satz: Ich kann Ihnen nicht mehr helfen, tut mir leid. Dieser Satz eines hartgesottenen Therapeuten, den du ab jetzt in deinem Ohr trägst, das Vademecum der Hoffnungslosigkeit.

Ein Wunder nur, dass du trotz des Unfalls immer noch ein guter Fahrer bist, keine Angst hast, im praktischen Leben funktionierst. Und dann wieder der andere Peter, der, der sich in der Nacht verliert, im Schwarzen herumirrt und einen Käfer anbetet. Das wirst du niemals jemandem erklären können, was da mit dir passiert in der Nacht, wenn das Ganze von vorn anfängt, und du zu suchen beginnst, jede Nacht von neuem, wenn dein Leben in deinem Kopf rotiert und die Bilder sich vermischen und verblassen und ineinanderfließen, wenn du wie blöde immer wieder nach ihnen zu greifen suchst, als wären sie aus einem Material, das man anfassen und festhalten kann … Vielleicht hat dieser idiotische Autounfall gar nichts mit diesen Nächten zu tun, vielleicht hättest du auch so irgendwann nicht mehr schlafen können … das müsste mal einer herausfinden, einer von denen, die sich Therapeut schimpfen, einer, der schlauer ist als du und als der hartgesottene Kerl, der dir nicht mehr helfen will …

Ratlos

Soll das ein Witz sein, denkt Sander Sandow, da scheine ich einem Betrüger aufgesessen zu sein, sieh mal an, dass ausgerechnet dir so was passiert, der feine Herr Professor, und ich scheine nicht der einzige Idiot zu sein.

Für das Hotel ist es ein Segen, so gut belegt war es nur selten in all den Jahren, seit er hier arbeitet. Er hatte gewusst, dass er es nicht leicht haben würde mit dem Haus. Die erste Euphorie war schon vorüber bei den Berlinern, die in der näheren Umgebung nach Häusern suchten. Ab Ende der neunziger Jahre, als allmählich die Eigentumsverhältnisse geklärt waren und die Gelder lockergemacht, der Mut gefasst, um die Ruinen des untergegangenen Preußentums wieder in Schuss zu bringen und aufzupolieren, hatte der Run auf die Erholungsorte im ›nahen Osten‹ schon wieder nachgelassen.

Sandow war begeistert gewesen von der Idee seines Freundes Bülow, das Haus gemeinsam aufzubauen und zu betreiben. Gut Sezkow ist ein Anwesen, das Ende des achtzehnten Jahrhunderts von einem der Bülow'schen Vorfahren erbaut wurde, wenn man den Begriff ›Vorfahren‹ sehr weit gefasst versteht. Die von Bülows sind ein fast unüberschaubares, weil seit vielen Jahrhunderten unendlich verzweigtes Geschlecht, dessen Namensträger sich wiederum rhizomartig mit so gut wie allen preußischen Generalsfamilien gekreuzt hatten, sodass Beat von Bülow sich mit einem Strauß mächtiger Adelsblumen schmücken könnte, wenn er es darauf abgesehen hätte. Er hat es aber nicht darauf abgesehen, und dennoch, aus Jux und Dollerei hat er von einem Freund, einem Grafiker, eine Art Stammbaum malen lassen, auf dem die verschiedenen Adelsgeschlechter durch Blumen gekennzeichnet sind.

Das Bild ist eine unübersichtliche, assoziative Darstellung

im Stil der Leipziger Schule, mit allerlei Einsprengseln der Geschichte und der preußischen Kriege wie auch dessen, was danach kam. Letzteres eher beiläufig, aber wenn man genauer hinsieht, ziemlich böse. Besonders gefällt ihm das Porträt von Loriot darauf, dessen Witz für Bülow immer die Spitze der Selbstironie war – er konnte sich kaputtlachen bei seinen Sketchen. Fast so wie früher bei Charlie Chaplin.

Auf jeden Fall hatte Bülow damals, Mitte der neunziger Jahre, das Haus für einen geringen Betrag erworben und mit dem bisschen ›Penunze‹, die ihm zur Verfügung stand, so gut es ging etwas daraus gemacht. Er wollte sich nicht von privaten Geldgebern abhängig machen, schon gar nicht von Verwandten, und so nahm er das Angebot seiner Bank an, die ihm einen Kredit gewährte, der allerdings nur knapp für das Nötigste ausreichte. In einer Art romantisch-manischem Schub hat er alles auf eine Karte gesetzt und mit einem jungen Architektenfreund losgelegt. Der war damals arbeitslos und Anhänger des Funktionalismus, wie ihn der berühmte Egon Eiermann vertrat, und nichts hätte ihm ferner gelegen als so eine ›olle Bude‹, wie er das halb zerfallene Gutshaus salopp nannte, zu sanieren. Oder besser, wenn es nach seinem Geschmack gegangen wäre, hätte er sehr viel mehr Geld gebraucht, hätte die Fassaden perfekt wieder hergestellt und innen kurzerhand alles so umgebaut, wie es für ein modernes Hotel am praktischsten wäre. Da er aber zu der Zeit keine Arbeit hatte und sein Freund Beat für das Bauvorhaben nur wenig Geld, musste er sich mit der Minimallösung zufriedengeben. Im Laufe seiner Arbeit an dem Projekt aber fing er an, sich von dem Enthusiasmus seines Freundes anstecken zu lassen. Für sich selbst fand er eine Lösung, indem er die Aufgabe und das Ziel neu definierte. Er machte die Geschichte des Hauses sichtbar, und so konnte er rechtfertigen, dass man manches so ließ, wie es war. Eine Definition, die sich allerdings erst nach Wochen mühseliger Arbeit herausschälte. Hilfe fand er in Archiven des nahegelegenen Städtchens und in der Kirche, bei alteingesessenen Heimatkennern, den zu jener Zeit überall auftauchenden Preußenforschern wie auch bei der Bibliothekarin Frau Barrault, die erzählen konnte, was mit und in dem Haus und um es herum passiert war. Sie lebt bis heute in dem Gartenhäuschen im Park, und dort hat sie Wohnrecht auf Lebenszeit – das war Bedingung im Kaufvertrag gewesen. Von ihr erfuhr er, dass Gut Sezkow im Laufe der Zeit immer wieder verkauft worden war. Einer der Eigentümer, dem das Anwesen vor dem Ersten Weltkrieg gehörte, war Italienliebhaber. Er hatte dem Haus seinen Stempel aufgedrückt, indem er die linke Seite mit einem Anbau verlängerte, der das bis dahin bestehende Dach um einiges überragte. Das heißt, einen Turm bildete und dem Ganzen eine Art italienischer Anmutung verlieh. In dem Anbau befindet sich parterre heute das Restaurant, früher diente er als Wintergarten. Frau Barrault wusste noch ein paar alte Stiche in der Stadtbibliothek hervorzukramen, auf denen eine üppige Palmenbepflanzung den Wintergarten füllt. Beat von Bülow war begeistert von den Stichen und versuchte vergeblich, sie der Bibliothek abzukaufen. Aber die damals plötzlich aufgekommene Lust an preußischer Heimatgeschichte stieß bei den Ämtern nicht immer auf Begeisterung. Jedenfalls bekam Bülow zu hören, dass man nicht alles kaufen könne, was man wolle, und dass es Dinge gebe, die Eigentum der Allgemeinheit seien, auch wenn das den Herren aus dem Westen nicht immer passe. Eine Ansicht, die Ihnen aber neu zu sein scheint, sonst hätten Sie dieses Volkseigentum ja nicht dermaßen verkommen lassen, konterte von Bülow. Ja, deshalb hätten sie ja auch Schluss gemacht mit dem Scheißstaat, meinte darauf der Beamte, nur leider sei jetzt auch nicht alles so, wie man es sich wünsche. Und wenn er ehrlich wissen wolle, was hier gedacht werde, dann brauche er nur in die Kneipen zu gehen.

Und was hört man da?, wollte Bülow wissen.

Na ja, die meisten denken doch, dass beide Systeme, der Osten wie der Westen, genauso schlecht sind, wie die jeweils andere Seite es ihnen unterstellt hat.

Worauf Bülow nickte und sagte: Kann schon sein, um dann mit einem Seufzer der Verzweiflung vorzuschlagen, die Stiche als Leihgabe zu übernehmen, damit wenigstens ein paar Leute in seinem Hotel sich daran erfreuen könnten. Er könne sogar eine Ausstellung damit machen, zusammen mit anderen schönen Stücken, lockte er. Er wollte sich einfach nicht so schnell geschlagen geben. Der Beamte versprach, darüber nachzudenken.

Das nächste Mal, als Bülow in die Stadtbibliothek kam, hingen die Stiche dort an der Wand, und der gute Mann dankte ihm für die hervorragende Idee. Beat ließ sich immer wieder etwas einfallen, um ihm abzuluchsen, was er haben wollte, und dazu gehörten mittlerweile auch ein paar alte Bücher. Jedes Mal jedoch handelte er sich eine neue Abfuhr ein. Der Mann war hoffnungslos unbestechlich. Leider hat niemand die aberwitzigen Streitgespräche zwischen den beiden aufgenommen, es wäre das beste Theaterstück über die Wende geworden.

Bülow hat Frau Barrault noch mehr zu verdanken als die vielen Anekdoten über die Geschichte des Hauses. Über sie lernte er seine Frau Miriam kennen. Es war an einem Nachmittag im Frühjahr 2007, als er hörte, dass die alte Dame im Krankenhaus in Neustrelitz liege. Also machte er sich auf, sie zu besuchen, obwohl er einen Widerwillen gegen Krankenbesuche hat. Seit er denken kann, empfindet er geradezu Ekel beim Betreten einer Klinik. Schon der Geruch schnürt ihm die Kehle zu, und er kann nichts dagegen machen, wenn ihn ein Würgen befällt und er glaubt, sich übergeben zu müssen.

Seine Erziehung aber (seine Mutter sprach von éducation)

hätte nicht zugelassen, sich vor dieser Höflichkeitsanstrengung zu drücken. Anschließend wollte er sofort nach Berlin, sozusagen als Belohnung für die gute Tat. Die Einsamkeit in Sezkow war abends oft bedrückend, besonders wenn sein Freund Sandow nicht da war, dessen Partnerschaft die beste Entscheidung gewesen ist, die er hatte treffen können. Sandow brachte nicht nur Erfahrung als Gastronom mit, sondern auch etwas Geld. Und Bülow hatte Gesellschaft im Haus, was ihm guttat.

An diesem Wochenende aber war Sandow verreist, und Bülow überkam wie so oft eine allmählich einrieselnde Melancholie, die er zeit seines Lebens kannte und mehr als alles fürchtete.

Ihr zu entkommen, entschloss er sich früher als geplant, den Besuch bei der alten Dame hinter sich zu bringen, um sich auf dem kürzesten Weg mit seinem alten VW-Bus nach Berlin zu begeben.

Mit einem bunten Tulpenstrauß betrat er das kleine Zimmer der Klinik in Neustrelitz, in dem zwei Betten standen. Im ersten lag eine Art Leiche, im zweiten eine Frau, »wie er sie schöner nie erblickt hatte«. Diese Formulierung tauchte plötzlich aus seinem emotionalen Kindheitsarchiv auf, verband sich mit dem weichen Mund seiner Mutter und mündete in dem Adjektiv ›liebreizend‹. Ja, das ist es, das ist es genau … dachte er.

Die Leiche war Frau Barrault. Bülow hätte sie so nicht erkannt. Sie war ganz blass, hatte die Augen geschlossen, und ihr Mund bildete einen faltigen Krater. Die junge Frau im Bett daneben richtete sich auf und legte den Finger auf ihre ein kleines O bildenden Lippen. In sächsischem Tonfall erklärte sie, dass Frau Barrault gerade eine anstrengende Behandlung hinter sich habe und dass man sie besser schlafen lassen solle.

Noch ’n halbes Schtündschen, sagte sie mit einer Stimme,

die in Bülow etwas auslöste, wofür ihm, wenn er später daran dachte, die Worte fehlten. Ihm unter die Haut ging, ihn verzauberte, ihm in die Glieder fuhr, ihn schwach machte, ihn entwaffnete, ihm in die Seele sank, ihn ins Herz küsste, ihn wie der Blitz traf, ihn hinriss, ihn den Gesang der Sirenen vernehmen ließ … alles traf zu und doch wieder nicht. Weil ihm all dies viel zu gewöhnlich und abgedroschen vorkam für das, was sich gerade in seinem Inneren abspielte. Auf ganz großer Bühne. Etwas Einzigartiges. Für das er ein vollkommen reines, unbenutztes, neues Wort bräuchte.

Die junge Frau hob den Kopf, schob das dicke Haar in den Nacken, zupfte ihr Nachthemd zurecht und ließ sich wieder ins Kissen sinken. Mit müder Hand wies sie ihn an, sich einen Stuhl zu holen und zwischen den beiden Betten Platz zu nehmen. Man könne sich ja so lange unterhalten, bis Frau Barrault aufwache. Sie schob ihm eine Plastiktasse hin und forderte ihn auf, sich von dem Pfefferminztee einzuschenken, dessen Farbe sich kaum von der Flüssigkeit unterschied, die in einem Plastikbeutel neben ihrem Bett baumelte. Kein Getränk hätte in diesem Moment köstlicher schmecken können. Die junge Frau wollte wissen, ob er der Sohn von Frau Barrault sei. Auf ihn warte die Arme nämlich schon seit Tagen. Er schob den Stuhl so hin, dass er der jungen Patientin direkt ins Gesicht blicken konnte.

Frau Barraults Sohn? Nein, der bin ich nicht … tut mir leid … (im gleichen Augenblick dachte er, wie blöde, als ob du dich für etwas entschuldigen müsstest).

Sie hob ihren Zeigefinger in Richtung Blumen, die vergessen auf dem Tisch lagen, und richtete ihn zum Fenster hin, worauf Bülow sofort aufsprang, eine der Vasen von der Fensterbank nahm und den Tulpenstrauß mit Wasser versorgte. Mit ihrer leisen Stimme sagte sie, er solle die Vase am besten so hinstellen, dass Frau Barrault die Blumen gleich sehen könne, wenn sie aufwache. A vos ordres, entgegnete er, salutierte mit ausgestreckter Hand an der Schläfe und murmelte: »Er tat, wie ihm befohlen.« Dieser Satz war ihm wie ein frecher Kobold in den Sinn gesprungen, noch so ein Märchensatz … er tat, wie ihm befohlen, er tat wie ihm befohlen.

Und er stellte die Vase mitten auf den Tisch, schob sie in die eine, dann in die andere Richtung, bis ihm die aufmerksam prüfenden Augen aus dem Bett heraus Zufriedenheit signalisierten. Als er wieder saß, musste er an sich halten, nicht die vor ihm auf der Decke liegende olivfarbene Hand zu nehmen. Sie sah so geschwächt, so schutzbedürftig, so ermattet aus. Ja, er ertappte sich dabei, wie seine eigene linke Hand seine rechte umklammerte, um sie daran zu hindern. Scheißerziehung, dachte er bei sich, und das wiederum kam ihm schrecklich komisch vor. Überhaupt kam ihm die ganze Szene komisch vor, er sah sich selbst in dieser Szene, und das selbstironische Beben seines Mundes auf diese Selbstbeobachtung hin entging der Aufmerksamkeit seines weiblichen Gegenübers auch nicht.

Ich heiße Miriam, sagte sie.

Und ich Beat.

Ich weiß, was Sie mich jetzt fragen wollen, sagte sie.

Ach ja?

Ich glaube schon. Alle fragen mich das.

Wo Sie herkommen?

Sie lachte. Nu roden Se mol …

Miriams Aussehen täuschte nicht. Ihre dunkle Haut, ihr Haar, ihre schlanken Hände, ihr schmales Gesicht, alles erinnerte ihn an die Kommilitonen von der eritreischen Befreiungsfront, mit denen er während seines Studiums ein paar Monate in Berlin zusammengewohnt hatte.

Wie sie dalag, ganz Erschöpfung, unter halb geschlossenen Lidern hervorblinzelnd …

In diesem Moment erwachte Madame Barrault, schnaufte, öffnete die Augen und blickte um sich. Als sie Bülow sah, war ihr anzusehen, dass sie ihn nicht gleich erkannte. Es ist Ihr Besuch, sagte Miriam. Und die Tulpen hat er Ihnen auch mitgebracht. Da endlich ging ein schwaches Lächeln über das alte Gesicht.

Mein Lieber, Sie sollten mich so nicht sehen. Aber danke für die Blumen. Schenken Sie sie meiner Nachbarin, um die sollten Sie sich kümmern, mein Freund.

Sie bat um ein Glas Wasser, und der faltige Krater ihres Mundes verwandelte sich in breites Lachen.

Es ist nicht schön, alt zu sein. Merken Sie sich das, mein Freund.

Der imperative Ton rührte Beat. Nichts war ihm vertrauter als diese Art paradoxer Gefühlsäußerung, damit war er aufgewachsen.

Frau Barrault war an diesem Nachmittag nicht zu Gesprächen aufgelegt, und auch ihre junge Nachbarin fiel bald in Schlaf, sodass Bülow sich auf Zehenspitzen aus dem Zimmer schlich, nicht ohne einen Zettel mit seiner Adresse auf dem Nachttisch neben dem Pfefferminztee zu hinterlassen. Viele Minuten hatte er darüber nachgedacht, was er darauf schreiben sollte. Das Naheliegendste wäre gewesen: Ich liebe Sie. Aber das wäre ihm lächerlich vorgekommen. Andere Möglichkeiten wie ›bis bald‹ oder ›hoffe, Sie wiederzusehen‹ oder ›Sie haben mich verzaubert‹ verwarf er ebenso. Am Ende schrieb er nur: »Gute Besserung! Ihr unerbetener Besuch.« Das signalisierte Interesse und klang neutral genug, um ihr die Möglichkeit zu lassen, sich zu ihm hin zu bewegen. Es klang jedenfalls nicht zu aufdringlich.

In übermütiger Stimmung verließ er die Klinik und machte sich nach Berlin auf. Während der Fahrt schob er seine derzeitige Lieblings-CD ein, drehte laut auf und sang aus vollem Hals mit: Und der Haifisch, der hat Zähne …

Klein ist die Welt

Das Essen zieht sich seit über einer Stunde hin, und Rottmann und Margot haben sich wieder einander zugewandt. Anfangs wollten sie nur ein ›Süppchen‹ essen, danach aber überlegten sie es sich anders und bestellten noch eine Vorspeise, die angepriesene hausgemachte Pastete, die so gut schmeckte, dass sie, als von dem Professor immer noch nichts zu hören war, beschlossen, einen weiteren Gang zu sich zu nehmen, den Müritzfisch à la Fontane.

Im Laufe des Abends hat sich der Speisesaal allmählich gefüllt, und der junge Kellner kommt jetzt kaum noch nach mit den Bestellungen und dem Auftragen all der Wünsche, die den wartenden Schlaflosen eingefallen sind. Der Koch hatte sich auf große Küche eingestellt, aber dass es so turbulent werden würde, ist eine Überraschung. Schlaflose scheinen doppelt so viel zu essen wie Normalschläfer, so einen Ansturm hat er schon lange nicht mehr erlebt. Er wird noch Personal aus dem Dorf hinzuholen müssen, wenn das so weitergeht.

Margot und Rottmann sind dabei, zu entdecken, dass es jemanden gibt, der in ihrer beider Leben eine Rolle gespielt hat. Rottmanns Schwester war mit einem Mann verheiratet, der zur selben Zeit wie Margot ein pietistisches Internat im Schwarzwald besuchte. Dieser Mann war Margots erste Liebe gewesen. Schon bald nach dem Abitur machte er sich einen Namen als Organist, was niemanden verwunderte, da er schon während der Schulzeit meisterhaft Orgel spielte. Die Kirche in Königsfeld ist berühmt, nicht nur für ihre reine und auf Prunk verzichtende Architektur, sondern auch für ein Meisterwerk des berühmten Orgelbauers Friedlieb Zöllner. Nur dieser Orgel wegen kamen viele Organisten und Pianisten nach Königsfeld, und Albert Schweitzer hatte sogar ein Haus dort.

Dass ausgerechnet der Junge, mit dem Margot im Alter von fünfzehn Jahren zum ersten Mal das Küssen ausprobierte, der Schwager ihres Gegenübers war, belebt sie plötzlich. Man sieht es ihr an, ihr Blick hat sich geöffnet, als hätte sie ein Fenster in ihren Augen aufgemacht. Und sie erzählt von damals, von den heimlichen Spaziergängen frühmorgens um fünf oder vier, lange bevor die Glocke zum Wecken ertönte, von den unbeholfenen Zärtlichkeiten, von der Schüchternheit und der Unwissenheit, wie man sie sich heute, im Jahr 2011, kaum noch vorstellen kann, von hin und her geschickten Gedichten, von der Trennung, als er das Internat verließ und sie noch bleiben musste. Von den vielen Briefen, die sie einander schrieben, und vom Warten auf Briefe, von seinem Besuch im Internat, von traurig schmeckenden Küssen, von einem Konzert, das er später dort gab, bei dem sie nur seinen Rücken von unten sah und begriff, dass er längst in einer anderen Welt lebte, weit fort von ihrer, der Welt der Schülerin, die sich aus ihrem Schmerz heraus in Fantasiewelten träumte, sich ein Leben als fromme Schwester ausdachte, fern von den normalen Menschen, und wie sie zum ersten Mal nicht schlafen konnte. Sie lacht, vielleicht kann man nicht schlafen, weil man die ersten Abweisungen im Leben nicht verwunden hat?

Mein Schwager hat sich umgebracht …

In Rottmanns Stimme tönt etwas mit, das Margot davon abhält, Fragen zu stellen.

Sie weiß jetzt schon, welche Bilder sich ihr am nächsten Morgen aufdrängen, wenn sie gegen zwei oder drei aufwacht und nicht mehr schlafen kann. Wenn die Nacht weiß wird wie eine leere Leinwand, auf der dann die Bilder des vorigen Abends ineinanderstürzen, eine Art Chaos-Film, in dem sie selbst als unwirkliches Teilchen da und dort auftaucht.

Schon jetzt fängt es an mit dem Film, schon in diesem Moment hat sie das Gesicht des Jungen vor sich, mit dem sie ein paar sommerliche Monate lang ›gegangen‹ war, schon jetzt sieht sie seine Lippen, bevor er sie keusch auf ihren Mund legte. Das schmale Gesicht, die tief gebogene Nase, die kinnlange Mähne, die nach vorn fällt und mit einer Kopfbewegung aus der Stirn geschleudert wird. Und seine Augen, aus denen sich Funken lösen, wie in einer Comiczeichnung.

Die Bewegung mit dem Kopf. Wenn Margot später an ihn dachte, dann sah sie ihn so, mit dieser Kopfbewegung. Sie sieht sich auf rauem Moos, den Rücken an einen Baum gelehnt, die Augen geschlossen, gespannt auf etwas, das sie schon spürte, bevor es geschah. Und der Geruch von Tannennadeln, von Erde, Lippenstift, Haar, Baumrinde, Wacholderbeeren …

Weiß man denn, warum er das getan hat?

Ach – Rottmann zögert.

Trinken wir einfach auf ihn –

Ja, trinken wir auf ihn, prost!

Wissen Sie … wissen Sie, manche Menschen sind in der Lage, eine dunkle Seite ihrer selbst so vollkommen zu verbergen, dass man, wenn sich diese Seite öffnet, nicht glaubt, es mit derselben Person zu tun zu haben. So war es bei meinem Schwager.

Und Margot erfährt Rottmanns Version vom Leben ihrer Jugendliebe. Er und Rottmanns Schwester hatten vier Kinder zusammen. Sie sei vielleicht sogar glücklich mit ihm gewesen. Er war Professor an einer Hochschule in Süddeutschland.

Rottmann spricht von dem gradlinigen Werdegang seines Schwagers und von seiner künstlerischen Zielstrebigkeit. Er selbst dagegen sei immer voller Zweifel, bei allem, was er tue. Zweifel und Zufall, das seien seine Begleiter, während sein Schwager immer davon überzeugt gewesen sei, das Richtige zu tun, auf beneidenswerte Weise identisch mit sich selbst.

Es muss ein rauschhaftes Leben gewesen sein, so wie Rottmann davon spricht. Die herrlichsten Konzerte in den schönsten Kirchen, an den berühmtesten Orgeln, ein gefeierter Künstler, wo er auch auftauchte, mit Ehren und Bewunderung empfangen. Bis eines Tages sein Leben eine Wende nahm, mit der niemand gerechnet hatte. Eine Frau verklagte ihn, sie als Schülerin missbraucht zu haben. Ein Prozess fand statt. Er verteidigte sich so gut wie nicht, er gab auf. Und zugleich kamen eine Menge Geschichten mit Frauen und Studentinnen heraus. Gerüchte stürzten über die Familie herein, bis niemand mehr wusste, was er glauben konnte. Das Drama zog sich über Jahre hin, die Ehe zerbrach.

Seit dieser Zeit hatte sich Rottmanns Schwager verändert. Bevor er von einem Tag auf den anderen seine Familie verließ, wurde er immer schweigsamer. Zuerst hat er nur noch das Nötigste gesagt, und was er für das Nötigste hielt, wurde immer weniger, bis er ganz aufhörte zu sprechen. Ohne Erklärung und ohne Abschied ist er eines Tages verschwunden, niemand hat gewusst, wohin. Bis sein ältester Sohn entdeckte, dass er sich in einem Haus in Südfrankreich aufhielt. Weder seine Frau noch seine Kinder haben je wieder ein Wort mit ihm wechseln können. Sein Sohn ist noch hingefahren, er wollte den Vater unbedingt sehen, er hing sehr an ihm. Aber da war er schon tot. Er hatte sich in eine Felsschlucht gestürzt. Die Bergung war schwierig und teuer. Später hat sich herausgestellt, dass die Anschuldigung der Frau nicht der Wahrheit entsprach. Das Ganze sei eine vollkommen unverständliche, irrationale Sache gewesen. Die Frau habe nicht einmal erklären können, was sie zu ihrer Verleumdung getrieben hat.

Und die Geschichten mit den anderen Frauen?

Rottmann zuckt mit den Schultern – wer hat schon keine Geschichten mit anderen Frauen oder Männern, seien wir doch ehrlich, als wäre das von Bedeutung.

Merkwürdig, so viele Leute, die ich kannte, haben sich umgebracht, sagt Margot.

Ein paar Mal ist auch sie selbst versucht gewesen, ihnen zu folgen. Aber immer hat sie der Gedanke an ihre Kinder davon abgehalten. Genauer, die Vorstellung, dass ein Kind, dessen Mutter sich das Leben genommen hat, nie wieder von den schrecklichen Bildern loskommen wird. Das hat sie am Ende immer wieder dazu gebracht, weiterzumachen. Solche Bilder wollte sie ihren Kindern nicht antun. Manchmal denkt sie an die Möglichkeit, »so etwas« als Unfalltod zu tarnen. Und dann wieder fragt sie sich, ob es nicht noch schlimmer sei, sich mit einer Täuschung davonzustehlen, wo doch Kinder jede Täuschung auf eine geheime Weise spüren.

Eine Freundin, mit der sie einmal darüber sprach, meinte, dann könne es noch nicht so schlimm sein mit dem Todeswunsch, denn solange sie Regungen wie Mitgefühl verspüre, sei sie nicht wirklich gefährdet, und das hatte sie beruhigt.

Margot versucht sich vorzustellen, wie ihr Jugendfreund wohl ausgesehen hat am Ende seines Lebens. Sie kann sich erinnern, dass sie vor ein paar Jahren einmal zufällig auf einem Plakat zu einem Weihnachtskonzert ein Bild von ihm gesehen hatte. Da war sein Gesicht immer noch so schmal wie früher in seiner Jugend und zugleich vollkommen anders.

Der dritte Gang ist beendet, die Weinkaraffe geleert, und da der erwartete Professor immer noch nicht da ist, beschließen Margot und Rottmann, das Essen zu verlängern und noch ein Dessert zu bestellen. Jetzt, da eine so dichte Gegenseitigkeit zwischen ihnen entstanden ist.

Rottmann findet sogar ein Familienfoto in seiner Brieftasche, eine Aufnahme vom neunzigsten Geburtstag seiner Mutter, auf dem auch seine Schwester, ihr Mann und die Kinder zu sehen sind. Im Gesicht des Schwagers kann Margot nichts von dem Jungen wiederfinden, in den sie einmal verliebt gewesen war. Sie blickt lange und angestrengt auf das winzige Bild und wundert sich, dass sie einmal mit diesem Mann Arm in Arm im Gras gelegen hat. Auch Rottmanns Frau ist auf dem Foto zu sehen. Ein hageres Gesicht mit sehr kurzem grauem Haar.

Sie war krank, sagt er, sie hatte damals gerade eine Chemotherapie hinter sich.

Sie sieht besonders aus, sagt Margot und lächelt.

Ja, sie ist besonders, das ist wahr, und ich finde es immer noch.

Margot gibt Rottmann die Fotografie zurück.

Kann der Wunsch, sich das Leben zu nehmen, nicht etwas Verlockendes sein?

Finden Sie?

Rottmann überlegt. Er selbst hat mehr als einmal daran gedacht. Wann genau das gewesen war, hat er vergessen, aber er weiß noch, dass es mit seinem Misserfolg als Künstler zu tun hatte. Als sein Leben einen faden Geschmack annahm, der nicht mehr weichen wollte. Niemals hat er mit jemandem darüber gesprochen, und er nimmt sich vor, auch an diesem Abend nicht darüber zu sprechen. Gleichzeitig rutscht ihm ein Witz von der Zunge.

›Ach da ist meine Wäscheleine, sagte die Frau, als sie ihren Mann erhängt am Baum fand‹ –

Margot lacht.

Verzeihung, das war geschmacklos, sie zuckt mit den Schultern und zieht eine Braue hoch.

Die Frage ›Wollen Sie darüber sprechen?‹ liegt ihr schon wieder auf der Zunge, aber sie beherrscht sich, denn sie weiß, dass sie damit alles kaputtmachen würde. Und sie weiß auch, dass er gleich mehr erzählen wird. Darin kennt sie sich aus, sie hat ein gewisses Lächeln um seinen Mund entdeckt. Als jemand, der es nicht ohne Anstrengung hat mit der schnellen Rede, besitzt sie die Gabe, sich leicht in andere hineinzudenken.

Rottmann ist Margot jetzt ganz zugewandt. Er erzählt ihr Dinge, die er sonst nicht erzählt, fragt sich aber ständig dabei, ob er zu viel preisgibt. Dann wieder verwirft er die Zweifel und spricht weiter. Was Margot über seine Frau gesagt hat, wundert ihn. Sie benutzt dasselbe Wort wie ich selbst – ›besonders‹. Merkwürdig, denkt er und erzählt die Geschichte, wie er sie kennenlernte, damals im Herbst, als es regnete und schon fast dunkel war. Als er mit seinem Wagen auf der Autobahn Mannheim – Frankfurt eine Person auf der Standspur neben einem parkenden und mit Blinklichtern bewehrten kleinen Peugeot winken sah. Das heißt, es war mehr als ein Winken, eher schon ein wildes Fuchteln mit den Armen, ja mit dem ganzen Körper, eine zum Hilferuf gewordene Gestalt, die ihm, als er anhielt, beinahe um den Hals gefallen wäre vor Dankbarkeit. Sie hatte bereits eine Ewigkeit in der Kälte gestanden, ohne dass sich jemand ihrer erbarmt hätte, und sie war so durchnässt, dass ihre Bluse wie eine zweite Haut an ihrer Brust klebte, ihr Gesicht glänzte vom Regen, und er musste an die aus dem Meer steigende Ursula Andres in einem James-Bond-Film denken. Sie kletterte in seinen VW-Bus, der vollgestopft war mit Holzleisten, Metallplatten und Leinwandrollen, Gipsmodellen, Farbeimern, Spachteln und Pinseln. Auf dem Weg zur nächsten Tankstelle sprachen sie nicht viel, und als Rottmann wieder allein in seinem Wagen war, kam es ihm vor, als säße sie immer noch neben ihm. Auch Tage später ging es ihm so, er hörte ihre Stimme und nahm ihren Duft wahr. Der ganze Wagen roch nach ihr.

Seitdem ist sie in seinem Leben. Er hatte damals gerade sein Studium am Städel in Frankfurt beendet und war fest entschlossen, von seiner Kunst zu leben. Es war die nur ein paar Jahre währende Zeit, in der er das Gefühl hatte, die Zukunft habe schon angefangen. Bis zu dieser Entscheidung, die eher ihn getroffen hatte als umgekehrt. Als er nämlich beschloss, die Kunst aufzugeben.

Rottmann ist mitten in seiner Geschichte, da taucht die Moll auf. Sie hat ihre Mahlzeit beendet und durchquert jetzt den Speisesaal, nickt mal da und mal dort hin. Wie sie so daherkommt, beherrscht sie den ganzen Raum – mit ihrer Größe, ihrem erhobenen Kopf, ihren langen Armen, ihrer eigenartigen Robe und ihrem gelassenen Gang.

Und schon ist er wieder abgelenkt.

Sie wird bestimmt gleich eine Arie schmettern!

Margot lacht. Rottmann soll wissen, dass sie ihm den Entzug seiner Aufmerksamkeit nicht übelnimmt, ja dass sie gar nichts von ihm erwartet, dass sie ganz ohne Neid seine auf die Frau gerichteten Blicke mit ansehen kann. Sie lehnt sich zurück und denkt, dass das wirklich eine Freiheit ist. Sich zurücklehnen und Zuschauerin sein.

Das wäre doch gar nicht schlecht, so eine Arie, sagt Rottmann und denkt an seine frühere Geliebte Sonja. Dabei blickt er auf Margots linken Mundwinkel, der etwas niedriger liegt als der rechte. Überhaupt ist ihr Gesicht merkwürdig schief, denkt er, ein Eindruck, der durch die stets verrutschte Kappe noch verstärkt wird. Es kommt ihm vor wie die Gesichter, die er damals, als er noch Künstler war, gemalt hat, und in denen immer minimale Verzerrungen vorkamen, wie etwa so ein schräger Mundwinkel.

Fragen Fragmente

Inge Moll gesellt sich dem Grüppchen von Leuten zu, die ratlos im blauen Salon zusammenstehen und Mutmaßungen, Gerüchte und Befürchtungen austauschen.

Was ist jetzt mit diesem Schlafmenschen? Kommt er endlich? Weiß man was?

Nichts weiß man, gar nichts, sagt jemand.

Ein junger Mann beteuert, der Schlafpapst sei letzte Woche noch in einer Talkshow zu sehen gewesen, ohne jedoch zu wissen, in welcher. Sogleich werden auch ein paar iPhones gezückt, obwohl in der Einladung zu der Veranstaltung darum gebeten worden war, doch möglichst auf Online-Kontakte während dieses Wochenendes zu verzichten. Erst dann werde man sich vollkommen auf den in Gang zu setzenden heilenden Prozess einlassen können. Aber, wie zu erwarten, haben sich nicht alle Teilnehmer daran gehalten, sodass auf der Stelle wild herumgegoogelt wird. Niemand jedoch kann diese Talkshow finden, und schon wird der junge Mann mit schrägen Blicken beworfen. Er selbst hatte tatsächlich sein iPhone zu Hause gelassen. Das gibt's doch nicht, das kann doch nicht wahr sein, verdammt noch mal, so eine Zeitverschwendung. Wollen die uns fertigmachen, diese Gesundbetermafia, ich hab's ja gesagt …

Zwei oder drei Gäste sind so verärgert, dass sie ihr Gepäck aus den Zimmern holen, ohne zu bezahlen das Hotel verlassen und mit ihren Wagen nach Berlin zurückfahren.

Fassungslosigkeit breitet sich aus. Dem hinzukommenden Sandow stehen sichtbar Schweißtropfen auf der Stirn. Er kann auch nicht weiterhelfen. Sofort umringt, erstattet er eine Art Bericht. Frau von Bülow und er hätten die ganze Zeit nichts anderes getan als im Internet und telefonisch nach dem Professor zu suchen. Aber es sei einfach nichts Neues herauszufinden. Sie hätten mit allen Polizeistellen der Region telefoniert, hätten versucht, Leute zu kontaktieren, die als Referenz in dem Werbematerial des Schlafpapstes genannt sind, hätten bei dem Fernsehsender angerufen, wo er als Teilnehmer in einer Talkshow gewesen sei, und sie hätten sich mit verschiedenen Zeitungen und mit den dortigen Redaktionen in Verbindung gesetzt. Aber nirgends habe man eine brauchbare Auskunft über den Gesuchten erhalten können. Es sei, als habe es ihn nie gegeben, diesen Professor. Frau von Bülow und er selbst seien sprachlos angesichts solcher Rätsel, und es tue ihnen wirklich leid für die Gäste.

Für Sandow beginnt die Sache mehr als unangenehm zu werden, wurde ihm doch zugetragen, man glaube, das Ganze sei vielleicht ein Jux, den sich jemand mit ihnen, den Schlaflosen, geleistet habe. Womöglich sogar in Absprache mit der Hotelleitung, die auf diese Weise ihren dürftigen Umsatz zu steigern versuche. Warum gerade dieses Gerücht? Jetzt schon wieder? Denken die Leute immer als Erstes, dass sie betrogen werden? Vielleicht hat es was mit der allgemeinen Stimmung in der Krise zu tun?

Solche Gedanken gehen Sandow durch den Kopf, aber er gibt nicht auf. Er kann selbst nicht glauben, was da vorgeht. Irgendwie hofft er, dass der Professor früher oder später doch noch auftauchen wird.

Ein paar Leute hocken in der Bibliothek vor dem Fernseher und sehen Tatort. Einige sitzen noch im Speisesaal und vertreiben sich die Zeit mit Essen, ein paar wenige haben sich in ihre Zimmer zurückgezogen, und da und dort hat es sich jemand mit einem Buch oder einer Zeitschrift gemütlich gemacht oder liegt einfach so in einem Sessel, ohne erkennbare Beschäftigung vor sich hin dösend und wartend.

Die Moll steht mit zwei Frauen auf der Terrasse, eine von den beiden trägt ein auffallend rotes Kleid. Sie hat sich schön gemacht für den Abend, denkt die Moll. Ob jemand überhaupt schon mal bei diesem Schlafpapst gewesen sei? Ob das immer so bei dem ablaufe – mit so viel Verspätung? Die Moll ist mit ihrer Geduld am Ende. Wenn sie etwas nicht ausstehen kann, sind es Dinge, die nicht klappen. Ihrer Meinung nach gibt es kein Problem, das man nicht lösen kann. Verflixt, das gibt's doch nicht, murmelt sie und nimmt aus ihrer großen Handtasche einen zerknitterten Zettel, den Beweis dafür, dass sie noch gestern E-Mails mit dem Professor ausgetauscht hat. Sie zeigt den Wisch herum, und dabei stellt sich heraus, dass auch andere in den letzten Tagen sich noch lebhaft mit dem Schlafpapst verständigt haben, vor allem zu der Frage, ob es wirklich notwendig sei, ohne Laptop zu kommen. Jeder hat das Foto des Professors vor Augen, ein Mann um die vierzig, mit leicht angegrautem Haar, das lockig nach hinten gekämmt ist. Er trägt einen dunklen Pullover, und seine ganze Erscheinung wirkt weder unseriös, weder sektenhaft noch in sonst einer Weise verdächtig. Jemand hat das Bild auf seinem iPhone und zeigt es herum, sodass man es kopfschüttelnd ansehen kann. Man beschließt, trotz allem zu warten. Was soll man auch sonst tun?

Das Grüppchen löst sich auf, und die Moll wandert durch den Raum, endlich will sie die Besichtigungsrunde machen, zu der sie noch gar keine Zeit hatte. Jedem Detail widmet sie Aufmerksamkeit. Schließlich ist das ihr Metier, hier ist sie zu Hause. Bisher hatte sie noch gar keine Zeit dazu gehabt, sich in Ruhe umzusehen. Sie kam mit großer Verspätung an und war froh, nicht gleich zu dem Seminar zu müssen, sondern erst einmal etwas essen zu können.

Vom blauen Salon durch die Bibliothek zum Vortragsraum wandernd, nimmt sie alles in Augenschein. Es ist immer wieder ein erregendes Ereignis für sie, wenn sie ein Haus, eine Wohnung, ein neues Objekt besichtigen kann. Es war die beste Entscheidung ihres Lebens, ihre Stelle bei einer Bundesbehörde aufzugeben und eine Immobilienfirma zu gründen, davon ist sie überzeugt. Kurz nach der Jahrtausendwende ist sie nach Berlin gezogen, nicht nur weil sie sich dort die besseren Geschäfte erwartete, sondern vor allem aus ›Lust an Gemäuer‹.

Und so ein Gemäuer wie hier hat sie seit damals wohl mehr als hundert Mal besichtigt. Die Umgebung von Berlin ist voll davon – Schnitterhäuser, Bauernhäuser, Stadthäuser, Gutshäuser, Herrenhäuser, mit und ohne See. Die meisten hoffnungslos verrottet, manche halb renoviert, und nur ein paar wenige wirklich gut instand gesetzt. Spielfeld für Romantiker, Preußennostalgiker und Spekulanten. Letztere allerdings haben nicht selten aufs falsche Pferd gesetzt und Geld verloren. Vor allem die Hoffnung manch eines Geschäftemachers, ein Herrenhaus zum mehrfachen Preis an arabische oder amerikanische Investoren zu verkaufen, hat sich sehr bald zerschlagen.

Einer, dem die Moll für wenig Geld die Ruine eines großen Herrenhauses verkauft hatte, das er mit ungewöhnlichem Aufwand herrichten ließ, wurde es danach nicht mehr los. Er bekam nicht einmal das zurück, was er hineingesteckt hatte, und er konnte es auch nicht so vermieten, dass er von den Einnahmen die Hypothekenzinsen hätte bedienen können. Die Gemeinde hatte Mitspracherecht beim Weiterverkauf, und als der unglückliche Eigentümer einen Interessenten präsentierte, der hier den Traum von einem Luxushotel mit Golfplatz, Tennisplätzen, Reithalle und Thermalbad verwirklichen wollte, machte der Bürgermeister von seinem Vetorecht Gebrauch. Am Ende kam das Ganze in die Zwangsversteigerung. Die Finanzkrise tat das Ihre dazu, und eines Tages war der neue Eigentümer ein

Spekulant aus Berlin, der das Herrenhaus in Ferienwohnungen aufteilte, für die sich nach langer Suche und mehreren Preisnachlässen endlich Käufer fanden.

Die Moll hat sich vor derart spekulativen Geschäften immer gehütet. Zu oft hat sie erlebt, wie Kollegen damit Schiffbruch erlitten haben, ja wie ganze Existenzen zerbrochen sind, nur weil immer wieder jemand sich den ganz großen und schnellen Gewinn versprach.

Dennoch hat auch sie ein paar Prozesse laufen, die ihr im Magen liegen wie Wackersteine. Am liebsten will sie gar nicht daran denken. Vor allem gegen die Käufer eines Hauses, die ihr vorwerfen, sie habe gewusst, in was für einem maroden Zustand die Dachbalken sind. Kaum waren sie Eigentümer, schon kamen hohe Kosten auf sie zu, mit denen sie nicht gerechnet hatten. Eigentlich ist die Moll vorsichtig, aber solche Konflikte sind nicht zu vermeiden. Trotzdem liebt sie ihren Beruf immer noch. ›Ich habe meine Sucht zum Beruf gemacht‹, so ihre Erklärung.

Ihre Erfahrungen bei der Bundesbehörde kommen ihr dabei zugute. Mit Amtsvorgängen, Baugenehmigungen und Bürokratie, kurz mit all dem, was für viele ein Mysterium ist, kennt sie sich aus. Das ist ihr Vorteil. Sie weiß, wie die Leute auf den Ämtern denken, und das hilft ihr, die Dinge realistisch einzuschätzen. Auch hat sie einen guten Instinkt für Wertveränderungen und Preise – und das gepaart mit ihrer Leidenschaft für Architektur und altes Gemäuer ist die ideale Voraussetzung für den Beruf des Maklers.

Wie sie in diesem Moment die schmiedeeiserne Wendeltreppe betastet, die zur Empore im blauen Salon führt, beobachtet Sandow wohlgefällig. Sein Blick liegt auf ihrer großen schmalen Hand.

Gefällt sie Ihnen?, fragt er.

Die Moll fühlt sich ertappt, als hätte sie etwas Unerlaubtes getan, und darüber lacht sie nun aus vollem Hals.

Ja, sehr …

Sandow erzählt ihr stolz, wie er vor ein paar Jahren diese Treppe in einem Laden, der sich ›die Archäologen Preußens‹ nennt, aufgetrieben hat.

Sie soll von Schinkel sein, aber ganz bewiesen ist es nicht.

Das hab ich mir schon gedacht.

Die Moll hat immer noch ihre große Hand auf der schwarzen Stufe aus Eisen liegen, und Sandow bietet sich an, eine Privatführung durch das Haus zu machen, falls sie wolle. Etwas später, wenn er erledigt habe, was in diesem Tollhaus jetzt noch auf ihn warte.

In einem ähnlichen Hotel hat die Moll ihren letzten runden Geburtstag, den dreißigsten, gefeiert, und sie hat ihren Freunden in einer kleinen Rede etwas von sich mitgeteilt, das sie eigentlich gar nicht hatte sagen wollen, sondern das ihr vor lauter Rührung oder Trunkenheit, auf jeden Fall unkontrolliert herausgerutscht ist: Ich danke euch, dass ihr alle da seid für mich, denn das beweist mir, dass es mich scheinbar wirklich gibt. Und als Korrektur hinterhergeschoben: Nicht scheinbar, sondern wirklich!

Alles lachte, und sie schämte sich für die egozentrische Definition von Freundschaft. Später war sie froh, dass ihr nicht auch das noch rausgerutscht war.

Ihre Liebe zu alten Häusern erklärt sie damit, dass Häuser etwas sind, das man anfassen kann. Nichts Abstraktes, keine Einbildung, sondern etwas Reales, Festes, Begehbares.

Selbst in ihren Träumen findet sie sich in Häusern wieder, läuft sie durch Räume, Zimmerfluchten, Gemächer. Sie träumt von Türmen, Hallen und Sälen, von langen Gängen und hohen offen stehenden Fenstern, durch die Vorhänge wehen, und von großen Spiegeln, vor denen Bäume im Wind rauschen.

Dann wacht sie auf und wundert sich, dass sie von Räumen träumt, die sie in der Wirklichkeit noch nie gesehen hat, aber im Traum schon tausend Mal.

Warum träume ich nie von Häusern, die ich aus der Wirklichkeit kenne? Darüber grübelt sie, wenn sie morgens aufwacht und noch von der seltsamen Atmosphäre eines seltsamen Gebäudes umgeben ist.

Häuser geben ihr das Gefühl, die Dinge im Griff zu haben, und indem sich Dinge wie ein Haus als wirklich erweisen und ihr konkrete Aufgaben stellen, die sie genauso konkret lösen kann, hat sie das Gefühl, für sich selbst auch konkret zu werden. Wirklich zu sein. So ein Haus ist einfach das Wirklichste, was es gibt. Noch wirklicher als manch ein Mensch. Auf jeden Fall wirklicher als ein Gedanke oder eine Idee oder eine Ansicht. Und am besten ist es, wenn ein Haus und die Vorstellung, die man davon hat, in eins gebracht werden können, also wenn man ein altes, verfallenes Haus in ein bewohnbares und ansehnliches verwandeln kann.

Sogar nach einigen Jahren in diesem Beruf überkommt sie immer noch die Lust, Häuser zu erkunden. Schon wenn sie sich am frühen Morgen oder nachts am Computer in die Fotografien von annoncierten Gebäuden hineinfantasiert, setzt so etwas wie ein Instinkt ein, eine Sucht, die sie weiter und weiter treibt, einem Fieber gleich, einer Euphorie, die sie in unermüdlicher Suchlust hält. Ein Trieb, den sie sich anders nicht erklären kann und der sie über alle Misserfolge, die es bei alledem auch gibt, hinwegträgt und zu immer neuen Einfällen beim Akquirieren treibt.

Oft ist sie gefragt worden, wie sie diesen Beruf aushalte, so mitten im Haifischbecken der großen Gier. Was sie daran fessele und woher sie die Nerven nehme. Und sie hat nie eine andere Antwort darauf als die, dass sie es spannend findet. Und dass sie zufrieden ist, wenn alles klappt, wenn ein Haus sich aus einem verwahrlosten Zustand in einen guten Zustand verwandelt. Wenn sie ihre Stimme, ihr Wissen, ihre Überzeugungskunst einsetzen kann, um etwas zu erreichen. Wenn sie ihren Kunden Hypothekenbanken, Architekten, Handwerker und Verwalter empfehlen kann. Ihr Gespür für die Machbarkeit eines Vorhabens trügt sie so gut wie nie, und das zu wissen ist ihre größte Sicherheit.

Sie wundert sich oft über die naiven Vorstellungen mancher Käufer. Selbst Geschäftsleute sind da keine Ausnahme. Männer, die auf anderen Gebieten großen Erfolg haben, können vollkommen entscheidungsunfähig und umständlich werden, wenn es um das eigene Haus geht. Das findet die Moll einen der interessantesten Aspekte dabei. Wie manche Leute sich bei der Besichtigung von Wohnungen verhalten, in die sie selbst einziehen wollen.

Einmal hat sie ein Objekt für eine bekannte Politikerin gesucht, die, sobald sie eine Wohnung betrat, zu einem kleinen trotzigen Kind wurde. Wenn jemand bei einer Wohnungssuche unruhig wird, nervös, kindisch, wenn es ein Hin und Her zwischen Ja und Nein gibt, wenn Kunden ihre skurrilsten Seiten zeigen, wundert sich die Moll gar nicht mehr. Es ist ihr vertraut, und sie weiß, woher es kommt. Derlei Gedanken ziehen ihr durch den Sinn, während sie hinaus auf die Terrasse tritt und weiter die Stufen hinab in den Park, über dem eine Herde Wolken mächtig nach Osten zieht, mit heftig wechselnder Beleuchtung.

Nocturne

Sie schüttelt die Schuhe von den Füßen und tritt auf den Rasen.

Das Gras ist weich, feucht, ein Labsal. Die Moll richtet sich auf und reckt sich. Frische Luft! In diesem Moment sieht sie aus wie eine Statue, den Kopf zurückgeworfen, die Brust gewölbt, den Hals weiß gebogen, die Beine lang gestreckt, die Arme weit ausgebreitet, die Handflächen nach oben, die Finger gespreizt. Aaah, was für eine Luft! Und während sie in tiefen Zügen Atem holt, tritt eine Gestalt aus dem Dunkel der Bäume, die sich im Halbrund um die Wiese reihen. Weder das plötzliche Rascheln noch der Schatten der Person können die Moll jetzt stören. Sie merkt nicht, wie Peter Mulik in vorsichtigem Abstand von ihr haltmacht. Es ist derselbe Peter, der soeben noch mit seinen Kollegen von der Versicherungsgesellschaft an dem runden Tisch im Speisesaal saß. Er lässt sich auf dem Rasen nieder, und zwar so, dass er die seltsame Erscheinung beobachten kann. Ist es eine Fata Morgana, die gleich verschwindet?

Die Moll regt sich nicht, sie steht da wie ein Standbild. Erst jetzt erkennt Mulik, dass das Standbild dieselbe Frau ist, die er vorhin während des Essens flüchtig wahrgenommen hat, als sie suchend umherstreifte, um dann an einem Tisch Platz zu nehmen, der außerhalb seines Blickfelds lag. Er hatte sie nicht weiter beachtet, die Gespräche an seinem eigenen Tisch bannten zu sehr seine Aufmerksamkeit.

Ach ja, die junge Kollegin in Schwarz, diese Friederike. Was für eine Generation! Er ist so weit von diesen jungen Leuten im Betrieb entfernt, dass er nicht einmal mehr Neid empfindet, wenn sie mit ihren diversen digitalen Geräten herumzaubern, wenn sie flink und unfassbar chaotisch zu genauso unfassbar präzisen Informationen kommen, denen er aber ähnlich misstraut wie dem Pendel seiner Tochter, die sich seit einiger Zeit in esoterischen Kreisen tummelt. Er hat nicht einmal gemerkt, dass Friederike ihn mit bezirzender Ironie angesprochen hat. Und er hat auch nicht verstanden, dass sie ihn mit ihrer Frage, ob man überhaupt glücklich sein könne als Schlafloser, nur in eine persönlichere Unterhaltung locken wollte, als es in Gegenwart von Kollegen üblich ist.

Selbst als sie sich nach dem Dessert, von dem sie das meiste übrig ließ, über den Bauch strich und zwinkernd in seine Richtung raunte: Viel zu viel gegessen, tommy touches table …, hat Mulik nichts kapiert.

Jetzt hockt er im Gras unter einer Rotbuche, deren Äste ein ausladendes, wippendes Dach bilden. Am liebsten würde er einschlafen unter diesem Fächer Gottes, für immer schlafen.

Kurze Zeit später sieht man die Moll neben ihm sitzen, sie fährt sich mit gespreizter Hand durchs Haar und zündet sich eine Zigarette an. Er gesteht ihr, dass er im ersten Moment dachte, da stehe eine Skulptur.

Die beiden sind in dem von der Terrasse herüberscheinenden Licht gut zu sehen – sie mit gekreuzten Beinen, leicht gegen den Baum gelehnt, lebhaft rauchend, die freie Hand immer wieder in den wirren Locken. Der Mann ihr zugewandt redend, gestikulierend, nickend. Aus seiner Perspektive schimmert das Profil ihres Gesichts im Gegenlicht, sogar die feinen Härchen über ihrem Mund flimmern. Kleine Rauchfetzen verschwinden im Dunkel und lösen sich auf, die Stimme der Frau vermischt sich mit dem aufsteigenden Duft nach Gras und Erdfeuchte. Die beiden verständigen sich schnell darüber, dass sie mit großen Erwartungen hierhergekommen sind, sie stellen einander vor, und bald geht es um Ruhe, um die Sehnsucht nach Ruhe, und es fallen Sätze wie ›ich kann nicht mehr‹ oder ›nie hätte ich gedacht, dass es so weit kommen könnte mit mir‹ oder ›wenn ich doch endlich mal einen freien Kopf hätte‹.

Lange Pausen unterbrechen das Gespräch, in denen vereinzelte Stimmen von der Terrasse herwehen. Die Frau ist jetzt mitten in ihrer Geschichte, der Mann hört ihr zu und stellt manchmal eine Frage. Mir gefällt Ihr Name, sagt er, und sie spricht von sich als einer Kurzschläferin, als einer klassischen Schlafgegnerin seit sie denken könne. Bis vor kurzem habe sie damit auch kein Problem gehabt. Plötzlich aber sei alles anders.

Man sieht, wie die Frau den Kopf auf ihre Knie legt und wie der Mann ihr über den Rücken streicht, nur einmal, kurz, und man hört ein Schluchzen.

Von wem sie den Namen ›Moll‹ habe, will der Mann wissen. Er findet ihn musikalisch, passend, stolz.

Das ist mein Mann, und Inge, mein Vorname, das ist meine Großmutter.

Sie zieht ihr Kleid fest um die Beine, sie fröstelt. Ihr Mund ist ausgetrocknet, sie weint und sie weiß nicht, warum. Sie sagt, dass sie durstig ist. Man sieht den Mann jetzt, wie er sich etwas umständlich hochhievt und die Idylle unter dem Baum verlässt, und wie er auf der Terrasse gleich umringt wird von seinen Kollegen. Wo er denn so lange geblieben sei, sie hätten schon geglaubt, er habe sich davongemacht … Aber nein, was denken Sie, das würde ich doch nie … mit ein paar höflichen Floskeln macht er sich schnell wieder frei. Er will zurück zu seinem Tête-à-Tête mit dieser Frau, die im selben Alter wie seine Tochter sein muss.

Die Moll versucht eine entspannte Haltung zu finden, ihr tut der Rücken weh, und sie probiert alle Bewegungen aus, um den Schmerz loszuwerden. Man sieht sie das eine Bein über das andere schlagen, es wieder zurücknehmen, beide Beine ausstrecken, beide Beine anwinkeln und den

Rock darüberziehen. Einmal hockt sie da wie die kleine Meerjungfrau, dann wieder mit zusammengefaltetem Körper, am Ende streckt sie sich auf dem Boden aus, schiebt den Schal unter den Kopf und blickt durch taumelndes Blattwerk auf das Haus mit den erleuchteten Fenstern.

Warum ist plötzlich alles so ungreifbar? Dabei könnte es doch so gut sein. Was ist los mit dir, Moll? Wo bist du hingeraten? Hat es was zu bedeuten, dass dich den ganzen Tag niemand angerufen hat, absolut niemand? Und der Mann mit der schwarzen Lederjacke und dem blauen T-Shirt neulich, was hat er von dir gewollt in dieser Berliner Wohnung mit den grünen und blauen Wänden in der Hagenstraße? Wie hat er noch mal gesagt? Nehmen Sie sich in Acht, Sie leben gefährlich. Soll man solche Geschichten glauben? Dass der Verkäufer nur Unglück verkaufe? Alle hätten seit dem Kauf einer Wohnung in diesem Haus nichts als Unglück in ihrem Leben gehabt.

Aber Moll, sagt sie dann zu sich selbst, Irre gibt's doch überall. Wie willst du denn wissen, ob du es nicht mit einem Wahnsinnigen zu tun hast? Du hast doch nie Angst gehabt!

Heut früh, als du die Amsel hörtest oder die Lerche, egal, du hattest doch eine Schlaftablette genommen? Oder nicht? Warum hat Leo gesagt, wir müssen eine Ordnung finden in unserer Sache – was hat er damit gemeint? Hat er gemeint, wir müssen es Lothar sagen, du musst dich von ihm trennen, wir müssen heiraten? Oder hat er das Gegenteil gemeint – dass er Schluss machen will? Dein Leben ist bizarr geworden, Moll, du verstehst dein eigenes Leben nicht. Dabei hattest du alles so gut im Griff. Und ob dieser Traum eine Bedeutung hat?

Jedenfalls darfst du ihn nicht vergessen: Du wandelst durch eine weiße Gasse, alles ist weiß, der Boden ist weiß, die Häuser rechts und links sind weiß, sogar der Himmel ist weiß. Kein Wölkchen, nichts. Ein glatter, verschlossener, weißer Himmel. Und du, du machst in dem Weiß alles schmutzig. Du hast schreckliche Angst, deinen dunklen Schmutz in diese weiße Reinheit zu tragen. An deinen Schuhen klebt etwas wie Teer oder Kot oder getrocknetes Blut. Du läufst eigentlich nicht, sondern es gelingt dir zu schweben, handhoch über dem Boden. Du musst höllisch aufpassen, damit nichts schmutzig wird. Dabei musst du jetzt pinkeln und stellst fest, du hast nichts an, es tropft dir schon die Beine entlang …

Was soll so ein Traum? Man sollte mal herausfinden, wie man Träume in Szene setzt. Wäre doch eine Marktlücke: mit Computersimulationen Träume visualisieren. Wunderbar, damit könnte ich reich werden … was denkt eigentlich Leo wirklich von mir? Für manche bin ich das Letzte, seit ich in Immobilien mache … Makler sind genauso übel wie Banker, hat das nicht neulich jemand im Fernsehen gesagt?

Aber wann siehst du schon so etwas Wunderbares wie diese weiße Gasse? Wenn du Künstlerin wärst, würdest du so eine Gasse bauen und jemanden darin nackt hin und her laufen lassen … Moll, du solltest aufhören zu rauchen, du kriegst kaum noch Luft … ob Leo den Tag danach noch in Berlin geblieben ist? Ich muss ihn unbedingt anrufen … aber will er das? Du weißt nie, was er will … und ob er dich nicht einfach nur benutzt, weil du so leicht zu benutzen bist? Nein, hör zu, du bist es doch, die ihn benutzt … es wird so viel geredet über diese Dinge, aber darüber spricht keiner, dass eine ganz normale Person nicht wieder loskommt von einer anderen ganz normalen Person … es ist wie Alkohol … vielleicht bist du das, was man depressiv nennt? Vielleicht brauchst du diesen starken Tobak, den Leo dir gibt, um nicht ganz im Trübsinn zu versinken? Vielleicht braucht deine müde Seele diese scharfe Würze, die so wehtut? Vielleicht braucht sie das, damit sich das Leben wie das Leben anfühlt? Wenn du wieder nichts fühlst, dann gehst du zu Leo und lässt dich wieder fühlen machen. Nein, Moll, das wirst du Lothar nicht sagen, das musst du getrennt lassen … schon Lothars Gesicht, das er dabei machen wird, wenn du sagst, hör zu, Schatz, ich gehe mit Leo ins Bett … dieses Gesicht wirst du dann nie wieder vergessen können … so ein Gesicht kann ein ganzes Leben ändern. Wenn er dieses Gesicht macht, das ich mir jetzt vorstelle, werde ich ihm nie wieder eine Wahrheit sagen können, und alles wird noch viel schlimmer werden … und schon denkst du wieder an Leo, er springt dir mitten in deinen Kopf … Jetzt schon wieder …

Ach sieh mal an, da kommt der Opa mit dem Wein zurück! Wie er da andackelt, die Flasche in der Hand und die Gläser, die klimpern als wären sie unschuldig … wenn der wüsste! Es ist schon in Ordnung, dass man alte Knacker in Pension bugsiert. Aber wie denkst du denn, Moll, du bist wirklich nicht mehr ganz bei Trost. Kein Herz für Senioren, genau das, was man von einer kalten, herzlosen Maklerin erwartet … er könnte dein Vater sein, dein Papa … dein KV, dein Kindsvater, und dir kommen schon wieder die Tränen … Moll, Moll, Moll, was soll das? Du hängst hier rum, dabei solltest du doch etwas lernen – lernen, wie man schläft, wie man richtig schläft und nicht falsch, denn wenn man falsch schläft, dann kann man nicht schlafen, dieses ganze Elend … Mach Sex, Moll, vielleicht ist das des Rätsels Lösung, vielleicht solltest du einen Puff gründen, in dem man in ganz weißen Räumen in ganz weißer Wäsche mit ganz weißen … da ist er schon, der liebe Alte, der sich so anstrengt für dich. Ach, wie er sich eben hochgestützt hat, um aufstehen zu können … da wäre fast ein Schimmer Rührung aufgekommen in deinem coolen Busen …

Jetzt kann man sehen, wie sich der Mann mit der Flasche Wein niederlässt, wie er einschenkt, wie die beiden anstoßen, wie sich die Frau eine Zigarette zwischen die Lippen schiebt und sie wieder herausnimmt, wie sie etwas sagt, die Zigarette wieder dem Mund nähert, sie wieder fortbewegt, den Daumen weit abgestreckt, mit der Hand fuchtelt, indem sie auf den Mann einredet, während sie mit der anderen Hand das Glas hält, wie er ihr fürsorglich das Feuerzeug aus der Hand nimmt und ihr die Flamme in seiner schützenden Handmuschel hinhält und wie sie die Zigarette in die Flamme hebt und ihre Lippen das Mundende umfassen.

Woran denken Sie jetzt?

Dass ich hier doch was lernen wollte ... Ich wollte doch endlich lernen, wie man anständig schläft ... ich hasse schlafen, ich bin Kurzschläferin, wie gesagt ... aber ich würde am liebsten überhaupt nicht schlafen, ich habe das Gefühl, immer etwas zu versäumen, immer glaube ich, während ich schlafe, passiert das Eigentliche ...

Und was ist das Eigentliche?

Ach, wenn ich das wüsste ... etwas ganz Wichtiges jedenfalls, weiß auch nicht ...

Sie zieht tief an der Zigarette und bläst die Wölkchen davon, lächelnd ... versonnen.

Haben Sie Kinder?

Ach das ... jetzt kommt das ... das hätt ich mir schon denken können ... diese Leier, Kinder sind das Allerwichtigste im Leben ...

Ich habe überhaupt keinen Wunsch nach Kindern, komisch, nicht wahr? So spricht keine normale Frau, werden Sie jetzt sagen ... ich bin sogar noch nie schwanger gewesen, obwohl ich gar nicht mal besonders aufgepasst habe ... Wissen Sie, ich stecke fest, ich hänge an einem Punkt in meinem Leben, wo es nicht mehr weitergeht. Ich stagniere an dieser einen Stelle, und ich weiß nicht, wo die ist, irgendwo in einer weißen Gasse. Sie lacht.

Wieso in einer weißen Gasse?

Nur so im Spaß, davon habe ich geträumt …

Vielleicht muss man aufhören, warum zu fragen …

Und das sagen Sie, ein Versicherungsexperte?

Von der Seele reden … wissen Sie, was das heißt?

Irgendeiner von diesen alten Philosophen, ich glaube Platon, soll dem Sinn nach gesagt haben, dass jemand, der schläft, genauso wenig zu etwas nutze ist wie jemand, der tot ist. Er hat nicht viel übriggehabt fürs Schlafen. Und ich kann das gut verstehn. Ich hasse schlafen … schon wie man aussieht, wenn man schläft! Ich habe mal eine Videokamera über mein Bett gehängt und mich schlafend gefilmt, und als ich es mir angesehen habe, dachte ich, das darf nicht wahr sein. Mein Gesicht sah aus wie aus Pudding, mein Mund war schlapp runtergefallen, meine Backen hingen unförmig aufs Kissen, dazu noch mein Schnarchen … seither bewundere ich meinen Mann, dass er das aushält … das hat natürlich meine Schlaflust nicht sonderlich gesteigert …

Mulik lacht auf …

Aber im Ernst – wahrscheinlich hat jeder etwas, worüber er nicht sprechen kann. Jeder hat doch seine Angst, so was wie Angst vor der Kernschmelze … es hat mit diesem heimlichen Kern zu tun, der manch einen nicht nur am Schlafen hindert, sondern am ganzen Leben …

Die Moll denkt nach. Vielleicht meinen Sie die Seele?

Mulik streckt die Beine aus und fordert sie auf, den Kopf daraufzulegen. Er hat ja gemerkt, dass sie sich dauernd umsetzt und keine Lage findet, die ihr bequem ist. Ihr kurzes ›Darf ich?‹ klingt überraschend weich, und indem sie es ausspricht, hat sie sich auch schon zu ihm hinübergeschoben, die Zigarette zwischen den Fingern hindert sie nicht an der etwas umständlichen Bewegung. Seine Hand fährt in ihr Haar und spielt zerstreut mit den warmen Locken, zieht Strähnen hoch, verwickelt sich darin, gibt sie wieder frei und greift von neuem in das warme Gewühl.

Die Moll will wissen, was ihn hierhergetrieben hat, er könne doch anscheinend auch nicht schlafen. Oder ob es berufliche Dinge seien, so ein heimlicher Kern, von dem er eben gesprochen habe.

Ach. Er zögert.

Vielleicht wollen Sie ja testen, ob der Guru ein ernstzunehmender Arzt ist?

Die Moll bohrt weiter. Wenn ein armer Schlafloser ein Seminar wie dieses hier mitmachen will und Ihre liebe Versicherung einen Grund sucht, nichts dafür rauszurücken? Nicht zahlen, das ist doch euer Hauptanliegen, sich drücken, wo ihr nur könnt, ihr Versicherungsganoven! Geben Sie's zu!

Sie lacht und berührt für einen Augenblick seine Hand, die immer noch in ihrem Haar liegt.

Was mich betrifft, sagt sie, ich krieg's von meiner Krankenkasse bezahlt. Von Ihrer Konkurrenz.

Sie schiebt das Kinn hoch, um sein Gesicht zu sehen.

Drüben auf der Terrasse wird es lauter, man hört erregte Stimmen, ohne jedoch ein Wort verstehen zu können. Mulik überlegt kurz, rüberzugehn und zu sehen, was sich da oben tut, aber im selben Moment verwirft er den Gedanken. Um nichts in der Welt will er jetzt diesen Platz verlassen. Selbst wenn der Schlafpapst aufgetaucht wäre, würde er hierbleiben. Mit diesem warmen Kopf in seinem Schoß.

Woran denken denn Sie, wenn Sie nicht schlafen können?

Wollen Sie das wirklich wissen? Wirklich?

Warum nicht?

Na ja, seien wir doch ehrlich, es sind verwirrende Dinge, an die man dann denkt, sagt Mulik.

Und bald schon, nach ein bisschen Hin und Her und ein paar weiteren Schlucken Wein (direkt aus der Flasche jetzt) kommt er ins Reden.

Jetzt ist es die Frau, die tröstend ihre Hand auflegt, die die Wade des Manns tätschelt, auf dessen Schoß sie den Kopf liegen hat, ein Tätscheln, das einen Vertrauensfluss in Gang setzt, warm, zuversichtlich, sodass dem Mann von den Lippen fließt, was er bis dahin in einem gut verschlossenen inneren Tresor eingelagert hatte.

Zum Beispiel, dass ich ein Schwein bin … ich habe manchmal das Gefühl, dass ich all das, was ich täglich entscheide, was Zigtausende, Hunderttausende, ja Millionen betrifft, dass ich all das zum größten Teil überhaupt nicht verstehe. Dass ich mich stur an den Bestimmungen festhalte, weil es sonst viel zu kompliziert wäre, und weil kaum jemand wirklich einen Durchblick hat … wir wissen alle, worum es eigentlich gehen müsste, und sind nur hilflos … wie oft geht es um Leben und Tod, um die letzte Behandlung etwa, da rechten wir um jede kleine Summe, und ich sehe die Kranken, die so ohnmächtig ausgeliefert sind wie meine Frau, als sie Krebs hatte … und dann verweigern wir eine Therapie, nur weil sie etwas teurer ist als eine andere, und das entscheide ich jeden Tag. Ich bearbeite die Zweifelsfälle, und ich habe sie immer im Sinne des Kleingedruckten entschieden …

Eine lange Pause entsteht, die Moll hat aufgehört zu tätscheln.

Ich bin jetzt bald fünfundsechzig, und manchmal denke ich, du bist das Allerletzte, das Allerallerletzte auf dieser irren Welt.

Aber das glauben Sie nicht im Ernst? Wir haben doch alle unsre dunklen Seiten …

Na ja … aber es hat alles nichts mit der Schlaflosigkeit zu tun, die war schon vorher da, die hat alles überlebt, die hat die Sorgen um meinen depressiven Sohn und das schrecklich lange Sterben meiner Frau und auch das andere überlebt …

Nie hat Mulik sich so nach Schlaf gesehnt, wie in diesem Moment.

Danach, sich aufzulösen, nicht mehr sein zu müssen …

Von weitem sehen die beiden wie ein bäuerliches Paar auf einem romantischen Gemälde aus. Die Blätter bewegen sich so sanft, so beruhigend, wie ewig. Mulik hat jetzt den Kopf nahe zu Molls Kopf sinken lassen, man hört heftiges Flüstern einer heiseren männlichen Stimme.

Nur die Moll weiß jetzt etwas von Muliks Not, nur sie hat jetzt eine Ahnung von seinem dunklen Kern. Er spricht oder besser stottert davon, dass er eine Liebesbeziehung mit seiner Tochter hat … er findet kaum die Worte, um zu sagen, was er sagen will. Die Moll erfährt, dass er sich eines Nachts eng umschlungen mit der Tochter gefunden hat.

Sie sei bei ihm zu Besuch gewesen und habe bei ihm übernachtet, und da sei es geschehen. Er könne es selbst nicht fassen. Er frage sich jeden Tag von neuem, wie es dazu kommen konnte. Er blicke in den Spiegel und könne nicht begreifen, dass die Person, die ihn anblickt, er selbst sei. Als es angefangen habe, sei seine Tochter eine Frau von fast vierzig Jahren gewesen. Und jetzt könnten sie nicht mehr damit aufhören. Es sei eine Qual und eine unvorstellbare …

Was? Fragt die Moll leise …

Das Gegenteil von Qual …

Niemand wisse davon, kein Mensch … Vielleicht habe er jetzt den schlimmsten Fehler seines Lebens gemacht.

Sie beruhigt ihn, schwört, dass sie schweigen wird wie ein Grab … Obwohl – Grab ist kein gutes Wort, schickt sie hinterher.

Die beiden bleiben noch eine Weile auf ihrem von Blättern umfächelten Lager.

Das Schlimmste wäre, wenn Andi davon erfahren würde, Andi, der es ohnehin so schwer mit sich hat, denkt Mulik. Von ihm hat er gar nicht gesprochen.

Aus der Ferne sieht man, wie die Frau dem Mann über den Kopf streicht, wie die beiden aufstehen, den Staub von den Kleidern schütteln und sich langsam auf das festlich erleuchtete Haus zubewegen. Dort nehmen sie verschiedene Wege.

Ach Gott

… kommen Sie mir jetzt nicht mit den berühmten Männern, die mit zwei Stunden Schlaf auskamen!

Die Moll schnappt nach Luft angesichts des aggressiven Ausbruchs eines vielleicht Vierzigjährigen mit Lockenkopf, der mehr einem ewigen Studenten gleicht als einem Versicherungsangestellten. Sie hebt die Brauen, gespannt, was noch kommt.

Man kann's ja sogar verstehn, denkt sie bei sich, man verzeiht einander so vieles in dieser schlappen Runde. Im Grunde ist so eine Attacke gar nicht übel, macht wach, bringt Leben in die schlaffen Synapsen.

Ja ja, Napoleon, Churchill, ach Gott … diese Kerle hatten ohnehin die Energie menschlicher Atombomben, mit so jemandem kann sich unsereins natürlich nicht vergleichen … dann eher Kafka, unser Kollege … sozusagen prädestiniert für Schlaflosigkeit, viel zu sensibel für das Leben. Ich sage Ihnen, liebe Frau … wie war noch mal Ihr Name?

Sie sagt es ihm mit unwilliger Höflichkeit: Moll.

Ach ja, liebe Frau Moll, ich behaupte, man hat Ihnen einen Bären aufgebunden, es gibt keine gesunden Kurzschläfer. Der Mensch braucht einfach eine bestimmte Menge Schlaf, da beißt die Maus keinen Faden ab … Schaffen, Scheißen, Schlafen – das ist es. Wenn das eine nicht klappt, klappt auch das andere nicht. Wussten Sie, warum Kafka Verdauungsprobleme hatte? Und warum er immer wieder seine Verlobung aufgelöst hat? Weil er nicht schlafen konnte, ich sag's ja, wenn das eine nicht klappt, dann … Übrigens, Churchill hat sich maßlos vollgefressen, und das nur, um seine schlaflosen Nächte zu füllen … was soll man auch machen, wenn man kein Auge zutun kann, wie soll man die

Zeit rumkriegen? Man frisst und denkt daran, wie man die umlegt, die schlafen können … dann denkt man sich Kriege aus … es hat schon welche gegeben, die haben ihre Frau und ihre Kinder massakriert – nur weil sie nicht schlafen konnten …

In dem Moment erscheint Mulik. Der junge Schlafverteidiger reckt sich, winkt ihm eifrig zu und klopft mit der freien Hand auf den leeren Sessel neben sich. Kommen Sie, Kollege, kommen Sie zu den schlaflosen Experten der Schlaflosigkeit. Und darf ich Ihnen Frau Moll vorstellen? … Und zur Moll gewandt: Mein Kollege Mulik. Der deutet eine Verneigung an. Mit einem forschenden Blick in Molls Gesicht versucht er, sich ihrer Schweigsamkeit zu versichern. Hoffentlich, denkt er, behält sie das Geheimnis für sich.

Die Moll versteht, was er denkt. Sie nickt ihm ein Lächeln zu, das niemand sonst bemerkt.

Wir sind gerade in einer hitzigen Debatte, Frau Moll meint, man brauche gar nicht so viel Schlaf wie immer behauptet wird, und führt als Beweis dafür berühmte Männer der Geschichte an. Ich aber bin da ganz anderer Meinung. Denken Sie nur an Kafka, der mich, wie Sie wissen, besonders interessiert, allein schon weil er ein Kollege war …

Glauben Sie, er war glücklich? Nein, das war er nicht! Es gibt ein Meer von Beweisen dafür in seinem Tagebuch. Er war sterbenstraurig mit seiner Schlaflosigkeit. Glücklich war er erst, als er schwer krank war. Vielleicht konnte er da besser schlafen, weil er Medikamente nahm gegen seine Tuberkulose. Vielleicht war dies auch der eigentliche Grund, dass er endlich eine Frau lieben konnte, herzhaft lieben meine ich, anders als er früher, in gesundem und schlaflosem Zustand, geliebt hat, wo sich seine Liebe mehr in Briefen kundtat als in ausgelebter Form. Mit seiner letzten Liebe hat er sogar zusammengewohnt. Nein, keiner kann mir weismachen, dass es Menschen gibt, die mit drei

Stunden Schlaf auskommen. Meiner Ansicht nach wird man mit so wenig Schlaf zum Massenmörder. Siehe Hitler, siehe Napoleon, siehe Churchill. Ich will ja nicht sagen, dass Churchill ein negativer Massenmörder war, Sie brauchen gar nicht so erschrocken zu gucken, liebe Frau Moll. Er war zwar ein Massenmörder, aber die Geschichte hat es gewollt, dass er ein guter Massenmörder wurde. Hätte es Hitler nicht gegeben, wäre er vielleicht ein böser Massenmörder geworden. Wer weiß?

Immerhin hat er Europa gerettet, sagt die Moll.

Glauben Sie nur nicht, er habe seine Kriege nur zu einem guten Zweck geführt. Er hat seine Kriege geführt, weil er ein Massenmörder war, und er war ein Massenmörder, weil er nicht schlafen konnte.

Was für ein Quatsch!

Hitler und seine Schweine umzulegen ist wahrlich heldenhaft, aber stellen Sie sich nur vor, er hätte keinen Hitler als Gegner gehabt. Was hätte er sich da ausgedacht? Nachts, wenn er nicht schlafen konnte und schon so vollgefressen war, dass er nichts mehr runterkriegte?

Die Moll tauscht vielsagende Blicke mit Mulik aus, sie tippt sich mit dem Zeigefinger an die Schläfe und erntet diskret gezeigte Zustimmung. Was für ein Nervtöter, dieser Mensch! Möge der Herr ihm baldigen gesunden Schlaf schenken! Sofort, auf der Stelle am besten!

Und ich sage Ihnen, fährt der Mann fort, Kafka war auch ein verkappter Mörder.

Wenn einer das Gegenteil von einem Mörder war, dann Kafka.

Wer kann sich so was wie die Strafkolonie ausdenken? Da muss man doch eine Mörderfantasie haben. Ich will ja nicht behaupten, dass alle Mörder und Massenmörder Schlaflose sind, aber ich wage zu behaupten, dass alle wirklich Schlaflosen einen Hang zum Morden haben.

Hören Sie auf mit dem Unsinn, die Moll ist angewidert. Geradezu Hass kommt in ihr hoch. Am liebsten würde sie sich auf ihn stürzen und ihn schlagen. Noch nie hat sie es über sich gebracht, in der Nähe von Menschen zu bleiben, die sie so abstoßen wie dieser Kerl hier. Er ist ihr so zuwider, dass sie nicht einmal die Luft einatmen will, die er ausatmet – und deswegen kann sie nur aufstehn und gehn.

Jemand hat jetzt angefangen zu singen, eine Frau in einem kurzen roten Kleid. Sie lehnt sich leicht gegen den Flügel, an dem ein junger Mann sie begleitet. Es ist einer der Kellner. Die Chefin hat ihn dafür freigestellt. Geh und unterhalte die Leute, bevor noch was passiert, hat sie zu ihm gesagt.

Die Sängerin singt so leise, dass man sie kaum versteht. Auf den Ruf ›Lauter, lauter!‹ reckt sie sich und holt tief Luft oder vielleicht Mut, um dann von neuem ihre für das Lied viel zu helle Stimme zu erheben.

Die Nacht ist nicht allein zum Schlafen da, die Nacht ist da, dass was gescheh' … das Schiff ist nicht nur für den Hafen da, es muss hinaus auf hohe See, singt sie mit kindischer Übertreibung. Trotzdem wird begeistert applaudiert, und Friederike ist sogar aufgesprungen und klatscht so demonstrativ, dass alle die Köpfe zu ihr hinwenden.

Jetzt drängen sich immer mehr Gäste in den blauen Salon, wo bereits da und dort die Leute beisammenstehen, Gläser in Händen, über die neuesten Mutmaßungen palavernd. Irgendjemand will den Schlafpapst im Laufe des Nachmittags doch noch gesprochen haben. Der habe sein Kommen mit absoluter Sicherheit bestätigt, nur dass er sich etwas verspäten werde, aber nur ein bisschen.

Sandow ist mit einer sehr aufgeregten Frau beschäftigt, deren Stimme immer lauter wird. Vergeblich versucht er, sie aus dem Geschehen zu drängen, um nicht noch mehr

Unruhe in die schon aufgeladene Stimmung zu bringen. Aber die Frau strebt, ganz im Gegenteil, mitten hinein, dem Klavier zu, wo sich jetzt auch viele andere Gäste wippend und summend versammeln, während die Sängerin weiter piepst.

Nein, ruft die empörte Frau aus, Sie haben das extra gemacht. Sie haben uns mit Absicht hierhergelockt, das ist eine ganz infame Abzocke, und dieser blöde Bülow, dieser Gauner, hat genau gewusst, dass es gar kein Seminar gibt, heute nicht und auch morgen nicht ... das lassen Sie sich mal gesagt sein, schreit die Frau mit schrill werdender Stimme ... mein Schwiegersohn ist ein bekannter Anwalt, und Sie werden noch von mir hören, bilden Sie sich nur ja nicht ein, Sie könnten uns ungestraft an der Nase ... und außerdem, hier sind bestimmt ein paar Journalisten, die werden diesen Skandal ans Licht bringen, schreit sie. Das ist unsäglich, unsäglich, was wir hier erleben müssen ... bodenlos!

Sandow weiß nicht mehr, wie er die Frau beruhigen soll. Die in diesem Moment auftauchende Moll erscheint ihm wie ein Engel, er wirft ihr einen flehentlichen Blick zu. Aber was soll sie tun? Sie hebt die Handflächen zur Decke und zuckt ratlos mit den Schultern. Die Augen aller sind jetzt gebannt auf Sandow gerichtet und auf die immer wilder sich gebärdende Frau. Auch die Sängerin hält jetzt inne, nur der Pianist spielt unverdrossen weiter.

Das Ganze hört sich wie eine moderne Oper an – das Geklimper auf dem ungestimmten Klavier, Sandows vergebliche Versuche und sein beschwörend wiederholtes ›Gnädige Frau ...‹, das Getuschel der anderen, und über allem wie eine Arie das irre Schreien der außer sich Geratenen, die jetzt in ihrer Empörung wie eine Furie mit hochgestreckten Armen fuchtelt, sich mal drohend auf Sandow zubewegt, dann wieder von ihm fortspringt, und dabei

Zustimmung suchende Blicke in die Runde schleudert, bis dem armen Sandow nichts mehr einfällt als kopfschüttelnd die Flucht zu ergreifen und die ratlose Gesellschaft dem Pianisten zu überlassen.

Bülow

Die einspurige Strecke an der Baustelle, die Bülow bestimmt schon siebzig Mal gefahren ist, war diesmal zur Falle geworden. Meist lief der Verkehr mehr oder weniger flüssig durch, nur einmal hatte er eine längere Verzögerung erlebt, als ein Abschleppfahrzeug mitsamt drei aufgeladenen Wagen umkippte, aber da war nach anderthalb Stunden alles wieder frei. Jetzt steht Bülow bereits sechs Stunden hier. Er hat sich extra früh auf den Weg gemacht, denn er wusste, heute wird er gebraucht. Er will seine Frau nicht über die Maßen strapazieren, und er weiß, bei einem Ereignis wie heute legt sie sich ins Zeug, in diesen Dingen ist sie eine Perfektionistin, ohne sie wäre das Hotel nicht das, was es ist. Mit ihrer Umsicht, ihrem Witz und ihrem hinreißenden Sächsisch bringt sie Stimmung ins Haus. Sander Sandow allein könnte niemals eine solche Atmosphäre schaffen, und es gibt Gäste, die vor allem ihretwegen immer wiederkommen, und nicht nur zur Freude des nach etlichen Ehejahren immer noch verliebten Bülow. Da ist zum Beispiel der junge Schauspieler, dessen Truppe ein nicht weit von Gut Sezkow gelegenes Haus gekauft hat und dort ihre Stücke vorbereitet, die in Berlin und sonst wo aufgeführt werden. Ein junger Mann mit einer großen gebogenen Nase, der zaubern und tanzen kann, ein Artist, der auch so aussieht. Meist trägt er weiße Hemden, die geschnitten sind wie anno dazumal, mit weiten Ärmeln und irgendwie gerafft, am Hals offen, dazu schwarze weite Hosen, die seinen schlanken, durchtrainierten Körper noch schlaksiger erscheinen lassen und in Beat von Bülow etwas bewirken, wovor er glaubte von Natur aus gefeit zu sein – die reine Eifersucht. Schon aus diesem Grund wollte er heute pünktlich da sein, wer weiß, wer alles auftaucht bei einer solchen Veranstaltung? Schlaflos muss schließlich nicht heißen alt und dick. Dass seine Frau auf andere Männer einen wilden Reiz ausübt, hat ihn lange Zeit nicht tangiert, bis dieser Artist auftauchte und sie nicht nur einmal, sondern mehrmals zu dem Haus fuhr, wo der Kerl neuerdings wohnt. Zornige Auftritte, dramatisch wie in Filmen, folgten darauf, während derer Bülow neben sich stand und über sich selbst lachte, zugleich aber, vom Teufel des Argwohns besessen, immer weiter bohrte und wütete. Was habt ihr gemacht? Wann bist du nach Hause gekommen? Warst du mit ihm im ... Die üblichen Fragen, die in der ganzen Menschheitsgeschichte kein einziges Mal ehrlich beantwortet worden sind. Bülow weiß das natürlich, und dennoch bringt er es nicht fertig, sich diese in ihrer Vergeblichkeit nicht zu übertreffenden Fragen zu verkneifen. Und das Idiotische dabei war, dass er sich bei alledem zugleich selbst beobachtete und verspottete.

Seine Frau ist während der Schwangerschaft noch eigenartiger geworden, noch rätselhafter. Ihr Gesicht, das sonst fast zu schmal und beinahe hart wirkt, ist jetzt von einem, ja es fällt ihm kein anderes Wort ein als dieses, das er sonst niemals in den Mund nehmen würde: Liebreiz ... von einem Liebreiz, der seine Sehnsucht an die Grenze des Erträglichen treibt.

Bin ich ihr verfallen?, fragt er sich und muss darüber lachen ... er lacht über sich selbst und über die merkwürdigen Vorgänge, die das auslöst, was man Liebe nennt. Auf jeden Fall ist es da, denkt er, auf jeden Fall ist es etwas, was vorher noch nie so war in deinem Leben.

Und jetzt sitzt er hier seit sechs Stunden fest und kann nichts tun, kann ihr nicht helfen bei dem Tohuwabohu, das sich in Sezkow anzukündigen scheint. Wieder und wieder hat er mit ihr telefoniert, aber jetzt ist sein Akku leer, und er weiß nicht, wann er hier herauskommt. Grund der Sperrung ist ein Unfall, ein mit Baumstämmen beladener Laster musste plötzlich bremsen, die Stämme rammten sich in den Wagen, in dem ein Vater mit seinem Kind saß. Die Nachricht hatte sich schnell verbreitet, und Bülow machte sich zu der Unfallstelle auf, die nicht sehr weit von seinem Standort entfernt war. Der Anblick des vollkommen zerstörten VW-Käfers, den die Baumstämme durchbohrt hatten, der im Schock herumirrende Fahrer des Lastwagens, das entsetzliche Schreien des eingeschlossenen Kindes, die verzweifelten Männer, die den Wagen aufzuschneiden versuchten, ohne die Eingeschlossenen zu verletzen, das Aufgebot an Polizisten, die Neugierige von der Unfallstelle drängten, die Hubschrauber und die Helfer, und immer noch das Schreien des eingeklemmten Kindes und die stumm dastehenden Zuschauer, denen das Entsetzen in den Gesichtern stand.

Bülow, der nicht an Gott glaubt, merkte, dass er betete. Er musste sofort an seine Frau denken und an das Kind, das sie erwartet. Am Handy sagte er ihr nur, dass da ein Unfall sei, aber nicht, was er wirklich gesehen hat. Das würde sie nicht verkraften, bei all ihrer Stärke, das wäre zu viel, dachte er. Er ist dann zu seinem Wagen zurückgelaufen und hat immer wieder versucht, Sandow zu erreichen, bis es endlich klappte.

Der Tag scheint unter einem schlechten Stern zu stehen, hat Sandow gesagt und hatte es gleich darauf bereut. Irgendwann im Laufe des Abends hatte er aufgehört, mit Bülow zu rechnen. Der indessen setzt sich mit seinem Wagen endlich in Bewegung und passiert die mit dunkel durchnässtem Sägemehl bestreute Unfallstelle. Als er an der Raststätte ankommt, muss er erst einmal aussteigen und etwas trinken. Während er die Kaffeetasse zum Mund führt, merkt er, dass er zittert, ja, so sehr zittert, dass der Kaffee über den Rand schwappt. Erst der Underberg, den er schnell herunterkippt, beruhigt ihn ein wenig, aber als er während der Fahrt nach Sezkow in den Nachrichten von dem Unfall hört, setzt das Zittern wieder ein, und er muss anhalten und sich beruhigen. Jetzt erst merkt er, dass er ein nasses Gesicht hat, dass er weint. Niemals hat er sich so sehr nach seiner Frau gesehnt wie in diesem Moment, und auf der Fahrt denkt er die ganze Zeit an ihr Kind. Er will nicht, dass diesem Kind jemals so etwas passiert, und zugleich sieht er in einer zwanghaft sich wiederholenden Bilderfolge, wie Miriam in einem Unfallwagen eingesperrt ist und schreit. Er versucht, sich zur Vernunft zu rufen, er hält an und lehnt die Stirn an das kalte Metall des Wagens, er schlägt mit Fäusten auf die Kühlerhaube ein, aber die Bilder hören nicht auf. Bis er seine Frau wirklich in den Armen hält.

Miriam

Miriam hat es geschafft, die empörte Frau in das kleine, den Gästen nicht zugängliche Zimmer zwischen dem blauen Salon und der Küche zu bugsieren, um ihr die Beweise für die Wirklichkeit des Professors vorzulegen. Gnädige Frau, so spricht sie mit eindringlicher Stimme die Empörte an, und sie legt ihr alle die Mails und Briefe vor, die im Laufe der letzten Wochen zwischen dem Professor und dem Hotel ausgetauscht wurden. Die Frau ist so aufgeregt, dass Miriam den Atem anhält. Ihr ist, als könne sie sich anstecken wie bei einer Krankheit. Als würde sie vergiftete Luft einatmen. Die Frau ist so außer sich, dass ihr die Haut unter den aufgerissenen Augen zittert.

Wenn Miriam eine Begabung hat, dann ist es die, Frieden zu stiften, zu vermitteln, Missverständnisse zu klären, aufgebrachte Seelen zu beruhigen, schlechte Stimmung in gute zu verwandeln, und das alles mit wenigen Worten, eigentlich nur mit ihrer Stimme. Damit ist sie aufgewachsen, das war schon immer ihre Rolle, und darin ist sie sich gewiss.

Sie hat gerade ein paar Papiere vor der hoch erregten Frau auf dem Tisch ausgebreitet. Sie weiß auch, wie man mit jemandem am besten umgeht, der ausfällig geworden ist, weiß, dass man dann eine besondere Sprache anwenden muss, eine mit einfachsten Worten, eine ganz klare Sprache, um ein verwirrtes Hirn wieder zur Besinnung zu bringen. Sie weiß, dass man mit so jemandem wie mit einem Kind reden muss, und so tut sie es jetzt auch.

Ich bitte Sie, gnädige Frau, sehen Sie, das ist alles wirklich so besprochen worden, wollen Sie es sich nicht einmal anschauen? Sie bietet ihr einen Platz in einem Sessel an, der genau für solche Gelegenheiten hier steht, und sie spricht ganz langsam und eindringlich. Tatsächlich lässt sich ihr Gegenüber darauf ein, anfangs widerstrebend, aber dann williger, greift nach dem mit betont ruhiger Hand gereichten Ausdruck einer Mail-Nachricht des Professors und scheint den Inhalt tatsächlich aufzunehmen. Man kann ihrem mageren Körper ansehen, wie die kämpferische Spannung daraus schwindet. Ja, aus ihrem grimmigen Blick wird ein zugewandter.

Miriam legt ihr die Hand auf die Schulter, und es gelingt ihr, dass die Frau unter dem sanften Druck ihre Habacht-Position auf der vorderen Sitzfläche aufgibt und sich vertrauensvoll in den Sessel sinken lässt.

Miriam wollte gerade erklären, wie es zu dem Kontakt mit dem Professor kam und wie sie und die Hotelleitung sich durch alle verfügbaren Quellen über die Seriosität des Schlafpapstes informiert hatten, da ging die Tür auf und der erwartungsvolle Blick ihres Mannes traf sie. Und schon findet sich Miriam in inniger Umarmung, so fest, dass sie sich instinktiv daraus befreit.

Mit einer Art Spiralbewegung dreht sie sich aus den Armen des großgewachsenen Bülow und wendet sich mit kurzer Entschuldigung wieder der Frau zu, die von ihrem Sessel aus neugierig zu den beiden hochblickt. Miriam überlegt einen Moment, ob sie den Artisten vielleicht doch besser nicht hätte anrufen sollen, sagt so etwas wie ›ein Glück, dass dir nichts passiert ist, mein Schatz …‹, stellt Beat der Frau vor.

Mein Mann, sagt sie – Frau Blau.

Bülow küsst dem Gast die Hand und gibt dann einen kurzen Bericht über den Unfall, die Katastrophe auf der Autobahn und sein sechsstündiges Warten im Stau. Am liebsten würde er Miriam mit hinausziehen, am liebsten hätte er sie jetzt für sich, er muss wissen, dass alles in Ordnung ist. Sie aber vertröstet ihn auf später, wirft ihm einen

Blick zu, der sagt, lass mich noch kurz mit der Nervensäge allein, und schickt ihn zu Sandow, der sich mit der Moll soeben zu einem Rundgang durch die unteren Räume aufmachen will, um ihr, wie versprochen, die Sauna und den Weinkeller zu zeigen. Sandow begrüßt seinen Freund ebenfalls mit ›Ein Glück‹ und mit einem geflüsterten ›Du ahnst ja nicht, was hier los ist‹.

Die empörte Frau hat das Intermezzo des Eheschauspiels von ihrer ursprünglichen Erregung abgelenkt, und so als hätte sie im Fernseher einen neuen Kanal angeklickt, richtet sich jetzt ihr Interesse auf Miriam und ihren Mann. Ob sie schon lange verheiratet seien, und wo sie denn herkomme. ›Ursprünglich‹, schickt sie ihrer Frage hinterher, und was sie überhaupt nach Deutschland geführt habe – all die Fragen, mit denen Miriam seit sie denken kann vertraut ist und die sie mal so und mal so beantwortet. In diesem Moment begreift sie die Neugier an ihrer Person einfach als gute Gelegenheit, die Aufmerksamkeit der Frau von der Aufregung mit dem Schlafpapst abzulenken, und gibt geduldig Antwort. Dabei überlegt sie, wie sie die Frau loswerden kann ohne dass diese erneut durchdreht und die Gesellschaft aufwiegelt.

In gewisser Weise kann Miriam sie sogar verstehen. Sie selbst wäre über so eine Bestellt-und-nicht-abgeholt-Veranstaltung nicht weniger empört, aber sie würde nie so unbeherrscht die Kontrolle verlieren. Frau Blau, das hat Miriam auf der Stelle erkannt, ist nicht eine von denen, die sich selbstverständlich bestimmten Kreisen zugehörig fühlen, obwohl sie so gekleidet ist, dass man sie sofort zuordnet – beinahe aufdringlich bürgerlich. Nein, in Miriams Wahrnehmung ist sie eine, die gewissermaßen ein Fähnchen vor sich herträgt, auf dem geschrieben steht ›ich gehöre dazu‹. Die anderen, die, die dieses unsichtbare Fähnchen sehen, wissen zwar nicht so ganz genau, was sie damit anfangen sollen, aber jeder, der Erfahrung hat mit Menschen, die sich ihres Platzes in ihrer Umgebung nicht sicher und also umso mehr damit befasst sind, wittert sofort: Hier ist jemand, vor dem musst du dich in Acht nehmen! Denn die mit den Fähnchen sind gefährlich. Sie beißen, wenn sie glauben, jemand hege Zweifel an ihrer (worauf immer auch bezogenen) Zugehörigkeit.

Miriam kann inzwischen durch ihre Erfahrungen im Hotel recht gut einschätzen, zu wem Leute, die so ein Fähnchen vor sich hertragen, gehören wollen. Sie erkennt es an ihrer Kleidung, ihrer Frisur, ihren Koffern, ihrer Schrift – und wenn es sich um Frauen handelt, sogar an ihrem Lippenstift. Natürlich auch daran, wie sie die Angestellten hier im Hotel begrüßen, was sie beim Einchecken sagen und auch an der Art und Weise, wie sie ihr Auto parken. Ob sie es mitten hinein in eine breite Lücke stellen oder nah an die bereits parkenden Wagen, sodass noch andere Platz dort finden können. Manche spielen den Bohèmien und geben sich lockerer als sie in Wirklichkeit sind. Manche tun intellektuell und andere behandeln das Personal mit kleinen Witzchen. Leute, die ganz in sich ruhen, die einfach die sind, als welche sie erscheinen, trifft man selten. Das jedenfalls ist Miriams Erfahrung.

Wenn jemand eine untrügliche Sensibilität für die feinen Symbole gesellschaftlicher Zugehörigkeit, also für Aufsteiger, Insider, Outsider, Schauspieler und Aufschneider hat, dann ist es Miriam. Seit sie denken kann, sind die Leute nicht nur neugierig auf ihre Herkunft, sondern lassen sie auch, meist mit dem Ton ihrer Stimme oder etwa einer kleinen, wischenden Handbewegung, wissen, mit wem sie es zu tun hat. Du brauchst dir gar nichts einzubilden, kann das heißen. Oder: Ach du Arme, du hast es sicher furchtbar schwer hier, so fern der Heimat, ich weiß das und behandele dich armes Würstchen mit meiner evangelischsten

Sanftmut. Oder: Du exotisches Früchtchen, woher hast du eigentlich dieses Selbstbewusstsein? Oder: Pass nur auf, den Platz, den du hier einnimmst, bestimmen wir. Dieser Platz kann alles Mögliche sein, es kann sogar ein ziemlich angenehmer Platz sein, nur: Wir haben unsere Hand drauf. Oder: Ach wie nett, nur kulturell schwierig, und wie man weiß, gibt das Probleme. Verschiedene Kulturen, ob Japaner oder Eritreer, immer ein kulturelles Problem. So Bülows Mutter, die sich, erfahren wie sie ist, immer zwang, mit Kommentaren zur Braut-Wahl ihres Sohnes vorsichtig zu sein. Gleichzeitig aber verwies sie durch eine Art wortloser Mitteilung ihre Schwiegertochter dahin, wo sie sie haben wollte, nämlich auf den Platz einer zu Erziehenden. Auch das ist Miriam nicht entgangen, trotz all der freundlichen Gesten ihrer Schwiegermutter, trotz der schönen Geschenke, trotz des rücksichtsvollen Tons beim Fragen nach ihrer Familie und trotz der oft zum Ausdruck gebrachten Achtung vor Miriams Intelligenz, eine Wertschätzung, die sich aber manchmal so anhörte, als gäbe es einen Grund, erstaunt zu sein.

Bei der empörten Frau ist es nicht anders als sonst. Miriam erzählt ihr, dass ihr Vater vor vielen Jahren aus Äthiopien auswanderte, um in der damaligen DDR ein Studium aufzunehmen, und dass sie selbst in Dresden geboren sei. Daraufhin kommt das erste ›Ach, Sie Arme‹. Das zweite kommt, als Miriam davon spricht, dass auch sie nach einer schweren Krankheit eine Zeit lang an Schlaflosigkeit gelitten habe.

›Das tut mir leid, in so jungen Jahren, das ist ja schrecklich, ich weiß ja, wie das ist …‹

Eigentlich mag Miriam die Frau, und wenn sie ehrlich ist, spürt sie sogar Mitgefühl. Sie hat jedenfalls mehr Sympathie für sie als für manch andere, die heute hier erschienen sind, wie etwa die große Starke mit dem wilden Haar, dem langen Kleid und der mächtigen grünen Kette. Diese Person, denkt Miriam, die aussieht, als wäre sie imstande, so jemanden wie mich mit einem einfachen Dreh ihrer großen Hand in die Luft zu schleudern.

Ja, es scheint Leute zu geben, die überhaupt keinen Zweifel an ihrem Stand im Sammelsurium der Menschen haben, Leute, die einfach da sind, wo sie sind, und die sich immer obenauf fühlen. Ach was, fühlen, nein, sind. Die nie auf die Idee kämen, sich zu fragen, wohin sie gehören und wo andere sie sehen und ob diese beiden Orte vielleicht nicht ganz übereinstimmen könnten. Auch in Bülows Freundeskreis gibt es solche Leute, und Miriam hat sich nicht selten gefragt, ob sie sie beneiden oder froh sein soll, nicht an ihrer Stelle zu sein. Denn etwas geht ihnen ab im Leben, auf diese Formulierung hat sie sich mit Beat geeinigt. Aber was? Jedenfalls etwas, was das Salz in der Suppe ist. Was den Reiz eines Gegenübers ausmacht. Ein Splitter Irrsinn in der Intelligenz vielleicht, der erst das schöne Schillern eines Menschen ausmacht und seine Klugheit aufblühen lässt. Aber sind denn alle klugen Menschen von Irresein befallen?

Natürlich – wenn man den Zweifel an sich selbst so versteht, und wenn man weiß, dass man sich immer irren kann! Dann fühlt man sich doch so was wie irre? Findest du nicht? Wenn das fehlt, ist immer etwas Langweiliges oder Fades dabei – oder Überhebliches … Man kennt das doch, Besserwisser, Aufschneider, Blender …

So oder so ähnlich spintisieren Miriam und Beat morgens im Bett, wenn sie grade aufgewacht sind und dabei noch leicht verdöst. Das ist die beste Zeit, über dies und das zu reden, einander in den Armen liegend, ihr Ohr auf seiner Brust, in vollkommener Entspannung, manchmal nachdem sie sich geliebt haben, wenn die Gedanken umso freier losflattern und ohne dass jemand etwas von ihnen erwartet, dann können sie einander am besten Dinge sagen, die man sonst schwer sagen kann, ohne die Hemmungen, die stets zurückkommen, wenn die Gedanken wieder ordentlich auf der Erde gelandet sind und sich zum Alltagsgebrauch einpflanzen und aufrichten. In solch leichtsinnigen Momenten haben Miriam und Beat oft darüber sinniert, wie der eine oder andere in ihrem Freundeskreis sich wohl selbst sieht, und was für Anstrengungen er dafür aufbringen muss, eine Position zu verteidigen …

Was für Fragen, meine Süße … sagt Bülow dann, was für tiefgründige Fragen …

Sagst du, murmelt dann Miriam, sagst du so einfach … du warst ja immer klar an deinem Platz. Du kannst dir wahrscheinlich gar nicht vorstellen, wie es ist, sich seinen Platz erkämpfen zu müssen. Du verwöhnter Kerl, du. Und sie knufft ihn in die Seite, küsst ihn auf die Nase: Ihr Blaublüter, ihr profitiert doch noch Jahrhunderte von euren Ahnen, da kann doch einer so doof sein, wie er will – ist doch so, oder?

Und Beat lacht und packt sie und sagt, wenn ich dich nicht hätt … und sie dann: Dann hättste ’ne andere …

Unterirdisch

Die Moll folgt Sandow durch eine offen stehende Tür, die zum Saunabereich führt. Über ein paar Stufen geht es hinab bis zur Ebene eines Souterrains, wo sich unter gewölbten Decken ein kleiner Raum ausbreitet, möbliert mit ein paar Liegen, Schemeln und hölzernen Regalen, in denen sich dicke Frotteetücher stapeln. Ein behaglicher Raum, dessen Wände als unverputztes Mauerwerk belassen und in blendendem Weiß gestrichen sind. Dahinter, durch eine Glastür getrennt, die Duschen, in denen sich dichter Dampf ausbreitet. Drei Männer stürmen herein, sie kommen von draußen, wo ein riesiger hölzerner Badezuber mit kaltem Wasser zur Abkühlung nach der Sauna steht. Sie schütteln sich prustend und pflanzen sich, nackt wie sie sind, vor der Moll und Sandow auf.

Na, Chef, was ist jetzt mit dem Papst? Hat er sich im Keller versteckt?

Sie sagen es, wir holen ihn da raus, lacht Sandow zurück und neigt sich der Moll zu. Die sind schon in Stimmung, raunt er verächtlich, die sind jetzt schon blau … eine gegarte Alkoholleiche in der Sauna, das hat uns grade noch gefehlt.

Die Männer werden vom Dunst des Duschraums verschluckt, von wo Moll und Sandow beim weiteren Abstieg in die Tiefe noch eine ganze Weile eruptive männliche Lacher, Platschen und Klatschen vernehmen.

Ein dunkler Schlund öffnet sich nach unten, die Steintreppe ist arg ausgetreten, die Moll stolpert, und hätte Sandow sie nicht am Handgelenk gepackt, wäre sie gefallen. Sie bittet ihn, sich an ihm festhalten zu dürfen, zu steil geht es hinab. Hier sind die Wände nicht mehr geweißt wie weiter oben, sondern aus dunklem Sandstein, da und dort hell ausblühend, und das aus wenigen Lampen herabscheinende Licht ist so trüb, dass die Moll sich mehr auf Sandows Hand verlässt als auf das, was sie sehen kann.

Sie hat schon so manchen Keller besichtigt, ist in nicht wenige dunkle Gänge gestiegen, gefürchtet hat sie sich nie. Im Gegenteil, es regt sie an, verschafft ihr den Kick, der vielleicht sogar das Eigentliche ist, wenn sie über den Grund nachdenkt, warum sie einen Narren an altem Gemäuer gefressen hat. Nie ist es die Architektur, die Kunst der Baumeister allein, sondern die Menschen sind es, die in so einem Gemäuer gelebt haben. Nicht der Stein oder die Form oder die Schönheit oder die Besonderheit der Landschaft, nein, es sind immer die Geschichten der Menschen, die sich ihr aufdrängen und etwas in ihr anklingen lassen, das dann von selbst weitertönt. Geschichten, von denen sie später oft nicht mehr weiß, ob sie wahr sind, ob jemand sie ihr erzählt hat oder ob sie aus ihrer eigenen Fantasie kommen, weit entfernt von aller Realität. Wenn man überlegt, in jedem Haus waren so viele Leute, so viele Bewohner, so viele Besucher, in jeder Wohnung haben sich so viele Leben gekreuzt über so viele Jahre hin, und jedes, wie kurz es auch war, wie ärmlich und erbärmlich, jedes Leben hat seinen eigenen wunderbaren Wahnsinn. Jedes einzelne Zimmer ist dicht gefüllt mit Menschen, man hört ihr Raunen, man riecht ihr Leben, ihr Schicksal, ihre Angst und ihre Lust sogar. Davon ist die Moll überzeugt.

Wenn Wände sprechen könnten! Die Moll muss lachen, wenn sie das hört. Für sie ist es eine Tatsache, dass Wände sprechen. Manchmal so laut, so aufdringlich, so schmerzhaft, dass sie hinterher nicht schlafen kann. Dass sie nicht einmal die vier Stunden schlafen kann, die sie inzwischen schlafen will.

Hier sind wir.

Sandow öffnet eine hart scheppernde Metalltür, die Moll verzieht den Mund, so ein Geräusch! Sie blickt in einen Gewölbekeller, gefüllt mit Weinregalen, in denen dunkel schimmernde Flaschen lagern.

Sehen Sie, Sandow vollführt mit ausgestrecktem Arm einen Halbkreis, der Schatz unseres Hauses, und einige Flaschen davon sind gar nicht übel. Wir verkaufen überallhin, sogar nach Frankreich. Sehen Sie hier, unser Alter Fritz – und er hebt der vorgebeugt blinzelnden Moll eine Flasche entgegen, damit sie das Etikett sehen kann. Darauf sei er besonders stolz, ein berühmter Cartoonist, Fritz Waechter, habe es gezeichnet. Der Wein und der Entwurf des Etiketts seien sozusagen eins, ein kongenialer Wurf. Bülow, Waechter und er selbst hätten bei einem pfälzischen Winzer die verschiedensten Weine gekostet, dazwischen hätten sie Spaziergänge in der Landschaft gemacht und die Wirkung der Sorten an sich selbst ausprobiert. Sie hätten geredet und Boule gespielt und getrunken, bis sie sich für diese lichte, sozusagen mit feinem Strich gezeichnete Sorte entschieden hätten, die, wenn man nicht zu viel davon trinke, eine erstaunliche Wirkung habe, das Denken zu schnellen Sprüngen anrege, zu blitzartigen Erhellungen, zu seltener Schlagfertigkeit und Assoziationslust. Wie gesagt, ein perfekter Gesprächswein, man werde klüger davon, aber nur, wenn man nicht zu viel trinke. – Sonst.

Was sonst?

Die Moll muss nachdenken, wie viele Gläser sie eben geleert hat.

Sonst wird man rechthaberisch, lacht Sandow.

Er hält die Flasche so zärtlich in der Hand und blickt so versonnen darauf, dass die Moll glauben muss, er erinnere sich in diesem Moment an eine Liebesgeschichte.

Übrigens sei Waechter, den seine Freunde Fritz nannten, noch bevor der erste Jahrgang abgefüllt werden konnte gestorben. Daraufhin hätten sie beschlossen, den Wein ›Alter Fritz‹ zu nennen. Was, wie man weiß, in Preußen zu einem Missverständnis führe, da es sich ja in diesem Fall um einen ganz anderen als den kriegerischen Alten Fritz handelt, der Deutschland nicht nur die Kartoffeln beschert hat. Er müsse zugeben, dass der Wein ein richtiger Verkaufserfolg geworden sei.

Auf dem Etikett erkennt die Moll drei Elefanten, die ihre Rüssel in die Höhe strecken, wobei jeder Rüssel mit seinem weich ausgerüschten Ende ein Weinglas umschlingt. Aus einer darüberschwebenden Wolke fallen Tropfen herab. Die Elefanten fangen sie mit ihren Gläsern auf. Das Komische dabei ist, das sieht die Moll erst, als Sandow ihr mit dem hellen Schein einer Taschenlampe zu Hilfe kommt, das Komische ist der Gesichtsausdruck der Elefanten – ihre begehrlich vorgestülpten Unterlippen, ihr gieriges Lechzen, ihr geiles Lächeln, das etwas töricht Menschliches hat.

Sie muss laut lachen und will von Sandow wissen, ob sie jetzt auch so aussehe wie diese Elefanten da. Sie habe übrigens bereits eine ganze Menge vom Alten Fritz intus, aber sie wisse nicht, ob sie noch klug oder schon besserwisserisch sei.

Es ärgert sie, sich nicht mehr zu erinnern, wie viel genau sie eben zum Abendessen und dann unter dem Baum mit Mulik getrunken hat.

Bei mir jedenfalls hat das Denken noch keine Funken geschlagen, sagt sie. Vielleicht liegt das an der Schlaflosigkeit, an meinem allgemeinen trüben Geisteszustand?

Und sie stellt die Überlegung an, dass der ›Alte Fritz‹ bei Schlaflosen womöglich eine andere Wirkung haben könnte als sonst, bei Normalen, so drückt sie sich aus.

Und die wäre?

Ach ich weiß nicht –

Vielleicht werden Sie heute Nacht besonders gut schlafen, meint Sandow. Vielleicht macht der Wein ja gesund? Vielleicht ist das der Zauber, den Sie brauchen?

Schön wär's …

Die Moll denkt nach. Da fällt ihr Blick auf eine Tür, eine niedrige Holztür am Ende des Weinkellers.

Sagen Sie, kann man da weiter?

Ach Gott, das ist ein Verlies – ziemlich ungemütlich.

Sandow hat schon die nächste Flasche in der Hand. Ob sie nicht einen Bordeaux probieren wolle. Auch der sei etwas Besonderes. Etwas Paradiesisches – und das sei nicht übertrieben. Auch hierfür habe Waechter das Etikett gezeichnet. Der Wein heißt ›Les enfants du paradis‹. Er, Sandow, könne ihr versichern, so einen habe sie noch nie getrunken. Es sei, als schlüpfe einem der liebe Gott in roten Samthosen durch die Kehle. Ob sie mal einen Schluck davon …?

Die Moll will.

Auf dem Etikett ist ein Pantomime zu sehen, ein feingesichtiger, weiß geschminkter, in einem weiten, flatternden Kostüm. Er hüpft daher mit bewegten Armen, die wie Flügel aussehen.

Die Moll nimmt einen Schluck, behält ihn im Mund, zieht die Zunge über den Gaumen und lässt sie ein bisschen in der Flüssigkeit baden, dann probiert sie einen zweiten Schluck und noch einen dritten, aber sie kann nichts dazu sagen. Man könnte ihr jetzt auch den billigsten Supermarktwein einschenken, sie wäre nicht in der Lage, ihn von diesem hier zu unterscheiden. Es fällt ihr einfach nichts dazu ein.

Verzeihen Sie, aber die Tür da hinten, ich würde gern …

Sandow sieht auf die Uhr. Wirklich? Es ist nur ungemütlich, es ist eine Höhle, und es ist sehr dunkel.

Aber die Moll drängt weiter, jetzt umso mehr.

Kennen Sie eigentlich den Film?

Welchen Film?

›Les enfants du paradis‹, diesen französischen Film, auf den sich der Name des Weins bezieht.

Muss man den kennen?

Keine Sorge, wahrscheinlich sind Sie zu jung dafür. Für mich war es der schönste Film überhaupt.

Und die Moll hört sich die rührende Geschichte von Baptiste und Garance an, aber es langweilt sie. Diese Alten mit ihrer Romantik, denkt sie.

Sandow sieht erwartungvoll zu ihr hoch. Sie blickt auf seinen weißen Scheitel, über den sich ein paar unordentliche Strähnen verirrt haben, und fragt sich, was er eigentlich von ihr erwarte. Hat er etwa gedacht, sie flirte mit ihm, vorhin, an der Treppe?

Sie sei nicht sehr gebildet in diesen Dingen, es sei eine rührende Story, so wie sie sich anhöre. Nur müsse sie gestehen, dass sie schrecklich neugierig sei, zu sehen, wie es hinter der Tür da aussehe.

Ach, das ist eine Geschichte für sich. Und außerdem, oben bei den Gästen sei die Hölle los und es gehe eigentlich nicht, dass er sich hier mit ihr so lange herumtreibe. Aber wenn sie unbedingt wolle … sie könnten es ja kurz machen. Einen Blick bis zu einer bestimmten Stelle, und dann zurück.

Am liebsten möchte er jetzt seinen Kopf auf ihren weichen Rücken legen, auf das dunkel duftende Kleid.

Haben Sie Kinder?

Die Moll hat gemerkt, was er denkt, und sie will der Sentimentalität eine Grenze setzen. Familie ist ein grenzziehendes Thema, verbindend und zugleich so allgemein, dass es Distanz schafft, wenn man es in einem bestimmten Konversationston anschneidet. Sandow weiß nicht, wie alt die Moll ist, aber sein Sohn dürfte etwas älter sein als sie.

Ich habe einen Sohn, der in den Staaten lebt. Ich habe ihn seit Jahren nicht gesehen. Und nach einer Pause. Aber warum wollen Sie das wissen?

Die Moll zuckt die Schultern – einfach so, es interessiert mich eben.

Der Schlüssel liegt auf einem Steinvorsprung über dem Türsturz, Sandow schließt auf, ein kühler Höhlengeruch kommt ihnen entgegen. Die Moll kann kaum etwas erkennen.

Ich hab's Ihnen ja gesagt. Wollen Sie trotzdem weiter?

Sie nickt entschieden und folgt ihm. Der Gang ist sehr schmal und so niedrig, dass selbst Sandow sich klein machen muss. Und so gehen sie gebückt hintereinanderher, halb krauchend.

Das hier sei eine Art Labyrinth, ein unterirdischer Schutzbau aus dem Dreißigjährigen Krieg, zum großen Teil noch verschüttet, bis heute wisse man nicht, wie weit er reiche. Aber die Gänge unter dem Anwesen des Landguts seien heute frei, und es gäbe eine Menge Geschichten darüber zu erzählen.

Etwa die von den drei Männern, die aus dem Lager Sachsenhausen geflüchtet seien. Frau Barrault, die Bibliothekarin, habe sie unten am See, wo sie sich im Schilf versteckten, gefunden und den Mut gehabt, sie hier zu verstecken. Niemand habe davon gewusst, nur sie und ein Dienstmädchen. Das Dienstmädchen sei eingeweiht gewesen, für den Fall, dass Frau Barrault etwas zugestoßen wäre. Dann hätte das Mädchen die Männer versorgt und ihnen Essen und Wasser gebracht. Ein Zugang zu der Höhle befinde sich unter Frau Barraults Keller, so konnte sie die Männer unbemerkt in das Versteck bringen.

Die Moll und Sandow gelangen in einen düsteren Raum mit Lehmwänden, eine Höhle eher, die sich wie ein Magen aus einer Speiseröhre heraus öffnet. Unter einer schwach leuchtenden Lampe ist eine Pritsche zu erkennen und ein kleiner Holztisch.

Manchmal kommen Schulklassen hierher, um den Ort zu besichtigen, sagt Sandow, und bis vor ein paar Jahren noch hat Frau Barrault den Kindern erzählt, was damals hier passiert ist. Jetzt ist sie zu alt dazu, sie bringt alles durcheinander.

Und nach einer Pause: Ach wissen Sie, im Grunde interessiert es ja auch heute keinen mehr.

Es waren politische Häftlinge gewesen, drei Kommunisten, einer von ihnen ein Jude. Der Älteste von den dreien ist da unten gestorben. Eines Morgens ist er tot gewesen, eine Ratte hat ihm schon das Augenlid angefressen gehabt. Und dann – wie sollte man damals eine Leiche vom Anwesen verschwinden lassen, ohne dass jemand etwas merkte? Zu der Zeit, kurz vor Kriegsende, war das Haus schon Zuflucht vieler Flüchtlinge aus dem Osten gewesen, ein wildes Kommen und Gehen, alles vollgestopft mit Leuten und Gepäck, und die SS immer und überall. Das Dienstmädchen und Frau Barrault haben den Toten mithilfe der beiden anderen Männer nachts nach draußen gezogen. Vorher hatten sie noch daran gedacht, dem Hund ein Schlafmittel einzuflößen, damit er nicht anschlug. Unten am See haben sie die Leiche ins Schilf gelegt, wo jemand sie fand. Er ist außerhalb der Friedhofsmauer beerdigt worden, weil die Leute dachten, er sei ein Verbrecher. Die Leute hier im Ort waren fast alle Nazis gewesen, und so haben sie eben gedacht – wer eine KZ-Nummer auf dem Arm trug, war für sie ein Verbrecher.

Und dann die Russen, die bald kamen – sie haben die beiden Überlebenden beinahe erschossen, weil sie sie für getarnte SS-Leute hielten. Das war damals der Trick, SS-Leute zogen die gestreiften Hosen und Jacken derer an, die sie getötet hatten, um sich vor den Siegern als Opfer auszugeben. Und erst als die beiden Männer ihre Arme freimachten und die KZ-Nummern vorzeigten, haben sich die Sowjetsoldaten mit ihnen verbrüdert und sie eingeladen, im Weinkeller die Befreiung zu feiern.

Der Gutsherr übrigens hat sich kurz vor dem Eintreffen der Russen das Leben genommen. Wie der Führer es befohlen hat. Er war von Anfang an Parteimitglied gewesen. Zuerst hat er seine Frau und seine Tochter und dann sich selbst erschossen. Die Bibliothekarin kann mehr davon erzählen, wenn sie einen klaren Tag hat.

Sandow leuchtet mit seiner Taschenlampe zu noch einer Holztür. Hier geht das Labyrinth weiter, in unendlichen Verzweigungen, wir kennen noch gar nicht alle, sagt er. Und die Geschichte geht immer weiter, weiter, weiter …

Manchmal ist übrigens auch etwas zu erzählen, was man gerne erzählt. Der Jude, der sich hier verstecken konnte, hat seiner Retterin noch oft geschrieben, und zwar aus Israel, wo er nach der Staatsgründung lebte. Seine Enkel sind vor einiger Zeit aus Tel Aviv hierhergekommen und haben ein paar Tage im Hotel gewohnt. Über die Bibliothekarin stand sogar ein Bericht in einer israelischen Zeitung.

Die Moll nickt. Sie hat sich auf eine Pritsche sinken lassen, sie ist müde.

Solche Geschichten kennt sie. Sie hat so viele von ihnen gehört. Kein Haus, in dem nicht der Geruch von Geschichte hängt. Sie möchte jetzt am liebsten schlafen.

Sandow blickt auf die Uhr, er hat es jetzt eilig. Er reicht der Moll die Hand, hilft ihr auf, und sie gehen in gebückter Haltung zurück. Der Aufstieg fällt ihr schwer, sie schnauft, jede Stufe strengt sie an. Sandow geht voran, gelenkig steigt er hoch und zieht sie nach sich wie ein Kind, bis sie wieder oben im blauen Salon sind.

Die Moll braucht jetzt Stärkung, etwas zu trinken, einen Schnaps oder einen Kaffee, am besten beides. Sandow winkt den jungen Kellner herbei, während sein Blick fürsorglich auf der jetzt Dahingesunkenen ruht. Sie nimmt den kleinen Silberbecher mit Marillenschnaps entgegen, den Sandow ihr reicht, kippt ihn hinunter und schüttelt sich. Am liebsten würde sie sich jetzt in ihr Zimmer verkriechen und auf dem Bett ausstrecken. Ja, ausstrecken, nur ausstrecken, einfach hinlegen. Ins Dunkle sinken, nichts sonst, keine Geschichten mehr, keine fremden Leben, nur schlafen, weit fort von diesem allem. Aber selbst dazu ist sie zu müde – so müde, so unendlich müde. Sie wird es nicht mehr schaffen bis dort oben hin zum Bett. Ihr ist, als wäre sie immer so müde gewesen, ihr ganzes Leben lang, als bestünden sie und ihr großer Körper aus nichts denn aus Müdigkeit, aus schwerer, schwerer Müdigkeit. Alles unter ihrer Haut ist Müdigkeit.

Sandow schiebt ihr eine Tasse mit Kaffee hin, sagt etwas zu ihr, streicht ihr beiläufig über den Arm, der lang ausgestreckt auf dem Polster der Sessellehne ruht, und sie dankt es ihm mit einem Blick von unten aus dem rundleibigen Sessel hervor. Dabei fallen ihr langsam die Augen zu, so langsam, dass Sandow zusehen kann, wie das Weiße in ihren Augen unter den Lidern verschwindet. Ihr Kopf sinkt auf den Arm, sie ist eingeschlafen. Sandow legt eine Decke über ihren Schoß, nimmt die unberührte Kaffeetasse wieder mit, die Umsitzenden lächeln.

Jeanine

Nach ihrem brüsken Aufbruch vom Tisch der Kollegen hat Jeanine sich zuerst in ihr Zimmer zurückgezogen, wo sie, als sie sich auf dem Bett ausstreckte, von Tränen überwältigt wurde. Schon lange hatte sie nicht mehr einen solchen Anfall von Trostlosigkeit. Mit ihrem verschwollenen Gesicht und den roten Augen wollte sie nicht mehr unter die Leute gehen, schon gar nicht wollte sie so von den Kollegen gesehen werden. Sie nahm ein Bad und schlief dabei ein. Als sie aufwachte, war es schon fast Mitternacht. Sie wusste nicht, was sie tun sollte. Sie war so unruhig, dass sie, kaum hatte sie sich hingelegt, wieder aufstehen musste. Sie hielt es nicht mehr länger aus in dem Zimmer, zog sich an und ging, möglichst ohne gesehen zu werden, nach draußen.

Jetzt sitzt sie auf einer Bank am See, die Knie unter's Kinn gezogen, fröstelnd.

Du weißt, dass es vorübergeht, du weißt es doch, es geht vorbei ... sagt sie zu sich selbst. Aber jetzt ist es da, das, was du nicht benennen kannst, eine Art unkörperlicher Übelkeit mit körperlichen Folgen, etwas, das sich plötzlich über dich schiebt und auf dich legt und dich umhüllt und dich davonträgt in ein diffuses Reich, etwas, das man nicht anfassen kann, das aber alles verändert, ein Frost, der durch die Haut und tief in die Muskeln dringt, in die Nerven, ins Blut, ins Herz ... und du kannst dich nicht wehren, und am schlimmsten ist, dass du das Gedächtnis verlierst, du vergisst alles, was war, manchmal vergisst du sogar das Wissen davon, dass es überhaupt etwas anderes gegeben hat.

Wenn du jetzt zurückgehst und dich unter die Leute mischst ..., könnte sein, dass es sich verzieht. Aber wie sollst du jetzt diesen Lärm ertragen? Und was werden sie von dir denken?

Womöglich wird gleich eine SMS an die Personalleitung gehen: Die Kollegin ist untragbar. Dabei siehst du von außen ganz normal aus. Immer ist das so. Du stehst morgens auf und gehst ins Büro und setzt dich an den Schreibtisch und telefonierst und schreibst Gutachten und sitzt abends vor dem Fernseher und kaufst ein und bringst der Nachbarin Blumen und siehst Talkshows und Tatorte, die ganze Palette, holst die Wäsche aus der Maschine und funktionierst. Ob es der Frau mit der verrutschten Kappe, dieser älteren, auch so geht? Sie sieht jedenfalls so aus, als könnte es ihr auch so gehn. Oder der Kollegin, die eine Psychoanalyse macht, dieser Friederike? Sollte ich vielleicht doch … sie ansprechen, die Frau mit der Kappe? Oder einfach so – mich in einen dieser dicken Sessel fallenlassen und mich zurücklehnen und warten bis es vorüber ist?

Der See flimmert bis in die Ferne, am Ufer raschelt es, da wo das Schilf sich drängt … und diese dünne, schmutzige Schwarz-Weiß-Folie unter den Wolken … etwas plätschert, als sprängen Fische hoch oder als wäre da jemand … da ist auch etwas, ganz hinten, ein zappelndes Wesen, das sich nähert, eine seltsame Gestalt, die anwächst, dunkel, ruhig, auf dem Wasser gleitend …

Und jetzt erkennt sie ihn, überall würde sie ihn erkennen. Hendrik!, ruft sie, und Henni!, so wie sie ihn gerufen hat, als er ein Junge war: Hörst du mich? – sag was, antworte mir, keine Angst, ich halte dich nicht fest, du bist ganz frei, Henni, ich bin stolz auf dich, ich bin sogar stolz auf den Mut, mit dem du dir deine Freiheit nimmst … ich bewundere dich dafür, aber gib mir ein Zeichen, Henni … in unserm Haus ist noch alles da, all deine Sachen, die Muschel aus dem Atlantik, der versteinerte Frosch, die Schultüte und das Kamel mit dem gebrochenen Fuß, alle Plakate sind noch an der Wand, auch das von deinem Lieblingssong, Touch the Sky … Kannst du dich erinnern? Touch the Sky … ich höre es …

Hendrik wendet sich ihr zu, aber er hat kein Gesicht … sie will ihn rufen, sie will ihm entgegenlaufen, seine Hand nehmen, aber sie kann nicht … sie kann sich nicht bewegen, sie kann nur zusehen, wie er näherkommt, langsam, sehr langsam und zugleich geräuschlos versinkt, ohne ein Zeichen, ohne einen Ton … am Ende ist nur noch sein dunkles, wirres Haar über dem Wasser zu sehen, bis es sich schließt und wieder daliegt, als wäre nichts passiert … ohne Kreis, ohne Welle, ohne Bewegung, ein verschlossener Spiegel.

Irgendwann steht sie auf, sucht den Pfad am Rand des Wäldchens, durch das sie gekommen war, tappt durch Gestrüpp, hört Stimmen, Klavierspiel, eine Opernmelodie, der Kuss der Tosca vielleicht … Das erleuchtete Haus liegt da wie damals das Chateau, als sie nach der Wende mit Hendrik die lang ersehnte Frankreichreise machen konnte, und als sie im Elsass eine Vorführung von ›son et lumière‹ erlebten, draußen im Gras nebeneinanderhockend, Erdnüsse kauend, und dabei die Geschichte der Marie Antoinette sahen, wie sie vor den Häschern der Revolution floh, wie das Volk brüllte, wie die Zofe ihr das lange Haar kämmte, der törichten Königin, die vor Eitelkeit die Gefahr nicht erkannte, und als Hendrik wissen wollte, was die Königin denn verbrochen habe … man hörte den Galopp der Pferde, die Seufzer der Marie Antoinette, die flehende Stimme der Zofe, beeilt euch, beeilt euch, die Musik im Schloss und die wütenden Leute auf der Straße …

Diese Jahre, in denen dich etwas getragen hat, das Glück vielleicht, ja, ein unschätzbares, für immer vergangenes Glück, für das du dankbar sein solltest, du hast es ja erlebt, es ist in deinem Leben, etwas, das bleibt, eine Erinnerung, in der du dich wiegen könntest, so wie man sich in Sicherheit wiegt, in einem tiefen Wissen, dass alles gut war und ist und sein wird für deinen Sohn, deinen Henni, dieses Wissen, das jetzt fort ist, mit ihm verschwunden, und das nur manchmal auflebt, wenn du zerstreut mit ihm sprichst, so wie du früher mit ihm gesprochen hast … bring doch schon mal den Mülleimer runter, heute kannst du nach der Schule nicht zum Fußball, das geht jetzt mal gar nicht, du musst mir helfen, bitte, oder: jetzt reicht's aber, jetzt ist Schluss, ab in die Klappe, Punkt, basta … wenn du gar nicht merkst, dass dein einseitiger Dialog ins Leere hallt, und wenn du dann nach dem Brief greifst und ihn zum tausendsten Mal zu begreifen suchst, wenn du dich fragst, warum das sein musste und ob alles so schlimm für ihn war, die Ohrfeigen oder die Verbote oder der Freund, den du damals hattest, den er nicht leiden konnte … was war es, was ihn in der Seele getroffen hat, so schmerzhaft, auf so tiefem Grund, was ihn vertrieben hat? Und du fängst wieder an zu murmeln, wird schon gut, schon gut, so wie damals, wenn er krank im Bett lag und vorgelesen haben wollte, Alfons Zitterbacke …

Und dann der Tag, der alles verändert hat.

Immer fallen ihr manche Dinge nicht mehr ein, und die undeutlichen Bilder von dem Tisch, auf dem der Brief lag, in dem dieser Satz steht: Hallo Mama, ich brauche meine Freiheit, such mich nicht, bis ich wiederkomme. Die Bilder vermischen sich mit dem Stimmengewirr und dem Geklimper vom Haus her und mit der Nacht.

Jeanine merkt, sie schafft es nicht, sie wird nicht da hinein zu den Leuten gehen können. Sie streift durch Gestrüpp, legt sich wieder auf eine Bank und wartet. Sie kann in den Saal hineinsehen, wo die Leute sich tummeln. Es wird vorbeigehen, denkt sie, irgendwann wird es vorbei sein, du musst es lassen, du musst es ertragen, das kannst du doch, das ist doch immer so gewesen.

Alles Chaos

Ist es Rottmann, der da im Gegenlicht an die Kommode unter dem Spiegel gelehnt steht, den Ellbogen aufgestützt, in der Hand ein Glas, den Blick in die Runde gerichtet? Ja, er ist es. Spielerisch dreht er das Glas zwischen seinen Fingern und wippt im Rhythmus des Klaviergeklimpers. Die andere Hand umfasst das Handy, das ihn aus der Tasche seines Jacketts ansurrt, aber er zögert, es herauszunehmen.

Ob die beiden etwas miteinander zu tun haben? Sein Blick ruht auf der hingesunkenen Moll und dem sich zu ihr herabneigenden Sandow, der ihr eine Wolldecke auf die Knie legt und sie so fürsorglich ausbreitet und noch einmal und noch einmal darüberstreicht, bevor er sich wieder aufrichtet und einem anderen Gast zuwendet. Rottmann ist ganz erledigt von dem Gespräch mit Margot und von dem vielen Essen und Trinken. Alles zu viel, und er überlegt, ob er nicht einfach das Taxi, das ihn vor ein paar Stunden von dem nicht weit entfernten Wochenendhaus seiner Freunde hierherbrachte, bestellen und wieder zurückfahren soll.

Aber würde er da Ruhe finden? Sicher nicht. Sicher würde er da an das denken, worüber er mit dieser Margot gesprochen hat, und die Selbstzweifel würden sich in der Leere des unbewohnten Hauses erst recht ausbreiten können. Wie oft hat er qualvolle Nächte dort verbracht, ohne Ablenkung, ohne die Hilfe eines zerstreuenden Fernsehprogramms, nur seinen privaten Dämonen ausgeliefert, deren Toben sich in der Wüste einsamer Nächte seines Kopfs bemächtigt und ihm Angst macht, reine Angst. Das hat er sich erst in den letzten Jahren eingestehen können, dass das, was schon seit so langer Zeit nachts über ihn kommt, Angst ist. Früher wäre er nie auf die Idee gekommen, diese Zustände Angst zu nennen. Dämonen, ja, das klingt irgendwie noch akzeptabel, sogar kämpferisch. Aber Angst – das klingt, als wäre er ein Kind.

Da bleibt er doch lieber hier und lässt sich unterhalten. Es muss ja nicht den ganzen Abend mit derselben Person sein, etwa mit dieser schrägen Margot, die ihn auf so widersprüchliche Weise fesselt. Dass sie seinen Schwager gekannt hat, ist einer von den Zufällen, über die man sich wundert, über die man Bemerkungen macht wie ›die Welt ist doch klein!‹, und die viel öfter vorkommen, als man denkt. Er streicht über die glatte Oberfläche des Handys in seiner Jackentasche, wie einen Handschmeichler benutzt er dieses kleine, schmale, elegante Ding, der Innenfläche seiner Hand tut die Glätte des schwarzen Schutzetuis wohl. Es surrt jetzt schon wieder, und als er es dann doch hervorzieht und auf das Display blickt, bestätigt sich, was er befürchtet hat. Der Anruf kommt von seiner Mutter. Seit einem oder mehr als einem Jahr ist er in beständiger Furcht, ihr könne etwas zustoßen, sie vergesse, den Herd auszumachen, sie habe sich verlaufen und nicht mehr nach Hause finden können, sie sei in ihrer Wohnung gestolpert und gefallen, sie sei in ein Auto gelaufen und verletzt.

Sie wohnt immer noch alleine in der Wohnung in der Uhlandstraße, die er ihr vor Jahren gemietet hat, als er sie aus dem teuren München nach Berlin holte, wo Wohnungen um die Jahrtausendwende noch bezahlbar waren. Jetzt lebt sie im zweiten Stock und nimmt die Stufen immer noch ohne Mühe. Sie ist erstaunlich gesund für ihre zweiundneunzig Jahre. Die Ärztin, die sie bis vor kurzem regelmäßig aufsuchte, hat ihm das bestätigt. Noch nie habe sie eine Frau gesehen, die in diesem Alter so gelenkig und geistig beweglich sei und die so gute Blutwerte habe. Nur ist die Mutter seit einiger Zeit davon überzeugt, sie werde verfolgt. Auch habe sie herausgefunden, dass diese Ärztin zum

Kreis der Verfolger gehöre und dass sie sie habe umbringen wollen. Ja, sie habe sie vergiften wollen. Und auf seine wiederholte Frage, wer sie denn sonst noch verfolge, schüttelt sie immer beharrlich den Kopf und behauptet, das wisse sie nicht. Aber sie merke es, immer sei jemand hinter ihr her, der sie fertigmachen wolle. Ja, so drückte sie sich aus, ›der will mich fertigmachen‹. Er wolle sich rächen an ihr für etwas, das sie gar nicht getan habe. Manchmal fragt Rottmann dann etwas aus ihr heraus, das sie späterhin nicht gesagt haben will und dann einfach abstreitet. Und einige Male hat sie sich vor ihm gebrüstet, auf wie trickreiche Weise sie die Verfolger abgehängt habe, welche Umwege sie genommen, in wie vielen Hauseingängen sie sich versteckt, wie oft sie unverhofft die Richtung geändert und mit welch pfiffigen Einfällen sie die Kerle getäuscht habe. Und einmal hat sie flüsternd gesagt: Du weißt doch, wer die Verfolger sind? Rottmann schüttelte den Kopf. Und dann kam es: Das sind die Juden. Die rächen sich jetzt. Rottmann war auf alles gefasst gewesen, aber darauf nicht. Am Ende hat er es sich damit erklärt, dass im Alter das herauskommt, was in der Kindheit in einen Kopf, eine Seele oder was auch immer hineingekommen ist.

Mehrmals hat er sacht die Möglichkeit eines Altersheims angedeutet, ja, er hat ihr Kataloge mitgebracht und ihr dargelegt, welche Vorteile betreutes Wohnen habe. Aber davon wollte die Mutter, wie nicht anders zu erwarten, nichts wissen. Auch nichts wissen will sie von einer Hilfe, von jemandem, der ein oder zwei Mal in der Woche zu ihr kommen und putzen könnte, den Müll zur Tonne bringen und die Teppiche entstauben. Auch das hat sie heftig abgelehnt, so heftig, dass ihr Tränen in die Augen stiegen und Rottmann sogleich das Thema sein ließ. Nicht einmal ein neues Schloss an ihrer Wohnungstür will sie haben, obwohl das, das sie jetzt hat, wenn es innen verschlossen ist, von außen nicht geöffnet werden kann, sodass Rottmann, wenn er die Mutter tagelang nicht erreichen kann, dann vor ihrer Tür steht und vergeblich klingelt und klopft, nichts anderes übrigbleibt, als die Tür aufbrechen zu lassen. Einmal war es schon so weit, da öffnete sie in dem Moment, als der Schlüsseldienst schon gekommen war. Sie hatte einfach nichts gehört, hatte fernsehend im Bett gelegen und war darüber eingeschlafen. Ohne Gebiss, im Nachthemd, ganz klein und mit aufgelöstem dünnem Haar stand sie plötzlich vor ihm und lachte verlegen. Seitdem hat Rottmann den Entschluss gefasst, ihr ein neues Sicherheitsschloss einzubauen, verschiebt es aber immer wieder. Er weiß, dass die Aktion ihn viel Kraft kosten wird. Die Mutter will keine Änderung, nicht einmal, wenn sie so sinnvoll ist wie dieses neue Schloss. Sie wird ihm unentwegt reinreden und hinterher wird sie ihn verdächtigen, ein Schloss eingebaut zu haben, zu dem auch die Verfolger einen Schlüssel hätten. Sie wird ihm befehlen, ihr auch seinen Schlüssel zu dem Schloss auszuhändigen, damit nur sie alleine über sämtliche Schlüssel verfüge, und er wird so tun, als gäbe er ihr alle Schlüssel, wird dann aber einen dritten und vierten ohne ihr Wissen bei sich und bei seiner Schwester deponieren.

Er blickt auf das Display und beschließt, diesmal nicht zurückzurufen. Er hat zwar kein gutes Gefühl dabei, wie er ohnehin immer gegen seinen Willen eine Spur Schuld verspürt, wenn er an seine Mutter denkt und daran, was ihr alles zustoßen könnte, und trotzdem will er jetzt nicht ihre Stimme hören. Er schüttelt die Vorstellung aus seinem Kopf, es könne ihr etwas passiert und ihr Ruf nach seiner Hilfe könne vergeblich sein. Das wiederum amüsiert ihn, alle Mütterwitze kommen ihm in den Sinn, und er denkt, dass man tatsächlich einmal ein Wochenende lang unerreichbar sein solle. Dass die Empfehlung des Schlafpapstes gar nicht so dumm ist.

Ein Mann am Klavier spielt eine Melodie, die Rottmann, ohne sich dessen bewusst zu sein, mitsummt. Er merkt es erst, als die von hinten kommende Margot ihm leicht auf die Schulter tippt. Auch sie summt jetzt: Wenn die Igel in der Abendstunde ... dah-dadah-dadah ... Anna Luise, Anna Luise ...

Kennen Sie das auch?

Rottmann nickt.

Ich glaube, ich hab mich hundertsiebenundfünfzig Mal davon in den Schlaf singen lassen ... Ich hatte eine Schallplatte von Ernst Busch, und die lief so gut wie ununterbrochen. Aber das ist lange her, sehr lange ... Wir waren damals auf romantische Weise links, den realen Sozialismus haben wir gemieden, er hätte uns die schwärmerische Sicht kaputtgemacht.

Margot hört nicht richtig hin. Ihr gehen die Dinge im Kopf herum, über die sie eben gesprochen hatten. Die Möglichkeit, das Leben freiwillig zu verlassen.

Auch Rottmann denkt daran. Wie hatte Margot so schön gesagt? Ins Grab schlüpfen, als sei es ein warmer Schlafsack.

Was für eine Formulierung! Bei Rottmann hat sie eine geradezu körperliche Wirkung hervorgerufen, eine heftige kurze Sehnsucht nach Tod.

Er war nach dem Dessert mit einer Entschuldigung aufgesprungen und hat eine Runde im Park gedreht, den Kopf in die frische Luft gestreckt, sich der Idee hingebend, auf die andere Seite zu schlüpfen, in die Ewigkeit, in eine dunkle Dimension. So wie man in die Welt hineinschlüpft, schlüpft man auch wieder aus ihr heraus. Das Sanfte des Schlüpfens, das Widerstandslose, die Vorstellung eines samtigen Gleitens ...

Er hat nicht weiter darüber reden wollen. Margot sagte noch, indem sie ihre Kappe übers Ohr schob, Kafka habe seiner armen Verlobten, die er so oft verlassen hat, damit sagen wollen, wie unüberwindlich seine Furcht vor der letzten Konsequenz sei, dem Sexualakt. Wie solle man denn sonst das Schlüpfen verstehen? Der Akt führt zum Tod, ins Grab, die Verlockung der Frau ist die Verlockung des Todes. Er habe nicht sagen wollen, so wie man in die Welt hineinschlüpft, könne man auch wieder aus ihr herausschlüpfen. Nein, er habe den Ursprung des Lebens, das weibliche Innere, als Grab empfunden … anders könne man das doch gar nicht verstehen …

Margot hat diese kleine Debatte höchst erregt geführt und sich dabei dauernd an die Kappe gefasst oder das Messer neben den Teller gelegt und sich mit dem abgestreckten kleinen Finger am rechten Mundwinkel gekratzt und ratlos gestikuliert.

Rottmann lächelt in sich hinein. Er erinnert sich an nächtelanges Kafka-Lesen, damals, als er noch studierte. Im nachhinein gesehen, kommt es ihm vor, als sei in jungen Jahren Kafka einer seiner Lebensbegleiter gewesen. Auch seinen Kunstwerken hatte er Titel gegeben, die er Kafkas Schriften entnahm.

›Vor dem Gesetz‹ etwa, eine Serie schwarz-weißer Schriftbilder, die auf den ersten Blick aussahen, als seien sie eine ernstzunehmende richtige Schrift, die aber, sieht man genauer hin, aus einer Fantasieschrift bestanden, einer nervösen, feinstrichigen Schrift mit jähen Schleifen nach oben und unten, mit diagonalen Ausrutschern der klecksenden Feder, mit militanten Querschlägern über die ganze Seite hinweg, aggressiv und regellos, dann wieder fein und schön, zum Teil einfach übereinandergeschrieben. Davon wollte er damals siebenundzwanzig große Tafeln anfertigen, das Material hatte er bereits im Atelier gelagert, ›Vor dem Gesetz‹ sollte etwas Großes, Besonderes, Wegweisendes werden, und gerade da kam ihm das dazwischen, für das er bis heute keine Erklärung hat.

Seine Krise, sein Umbruch, seine Lebensentscheidung. Alle diese Bezeichnungen treffen nur äußerlich zu, besagen aber nichts über die tiefe Bedeutung für sein eigenes Leben, für das Leben seiner Familie, seiner Tochter, für das, was er damals Zukunft nannte. Von einem Tag auf den anderen brach er das Projekt ab und hörte auf, Kunst zu machen.

Sein Stiefvater war zur gleichen Zeit gestorben, und ein Erbe von ein paar tausend Mark erlaubte ihm das Risiko eines neuen Anfangs. Er wurde Graphikdesigner, er entwarf Buchumschläge und Markenlabels und alles, was an ihn herangetragen wurde, und er hatte unerwarteten Erfolg damit. Er verdiente gut, und bald blieb auch etwas übrig, um Kunst zu kaufen. Zeichnungen und Aquarelle von Kirchner, Otto Mueller, seine geliebten Expressionisten, auch George Grosz und Dix. Das war damals alles noch erschwinglich, ein paar hundert Mark das Blatt. Später kaufte er auch Pop-Art, und bald fing es an, dass man Geld in Kunst anlegte. Die Nähe zu Kunst wurde mit den Jahren immer mehr so etwas wie ein angesehener Gesellschaftsduft. Es war nicht egal, um welche Kunst es sich handelte, aber das Geld spielte eine Rolle dabei. Kunst wurde immer teurer. Jedenfalls die, die es schaffte, an die wertsteigernde Oberfläche zu gelangen. Es gab eine Menge ungeschriebener Gesetze. Wer etwas kaufte, musste sich verpflichten, beim späteren Wiederverkauf zehn Prozent an den einstigen Verkäufer, von dem er das Bild hatte, zu zahlen. Niemals an den Künstler selbst, sondern immer an den Verkäufer. Das machte sich bezahlt, und Rottmann spielte mit. Er fand das Spiel zwar nicht ganz sauber, aber er spielte trotzdem mit. Jedenfalls kam er auf diese Weise zu einem gewissen Wohlstand, denn zwanzig Jahre später hatten sich manche Kunstwerke, etwa eine Zeichnung von Warhol, um das Hundertfache im Wert gesteigert, und davon profitierte Rottmann, und nicht nur er. Es war zu der Zeit, als heftig darüber debattiert wurde, was Kunst überhaupt ist oder sein könnte. Jeder weiß, dass vieles darunter Schrott ist und dass von den Klassikern Fälschungen kursieren, aber jeder, der mit Kunst handelt, lacht darüber. Auch Rottmann lacht darüber und macht seine Witze. Insgeheim aber dankt er dem Himmel, falls es so etwas gibt wie den Himmel, dass ihm bis heute noch kein Brief von der Staatsanwaltschaft ins Haus geflattert ist. Er ist so zuversichtlich wie man beim Befahren einer zu schmalen Hochgebirgsstraße im Moment der Ankündigung eines Erdrutschs zuversichtlich ist. In ganz deprimierten Momenten sagt er zu sich, siehst du, du wolltest Künstler werden und jetzt bereicherst du dich durch Kunst und weißt nicht mal, ob sie echt ist.

Er hätte auch Kunstlehrer werden können, zum Leben etwas absolut Sicheres, aber zu sehr hat ihn die Freiheit gereizt, etwas selbst in die Hand zu nehmen und zu einem richtigen Erfolg zu treiben. Seine Frau sagt, du bist manisch, alles, was du machst, machst du so ausschließlich, dass es nur das gibt für dich. Sie komme sich manchmal vor, als lebe sie mit einem Autisten, mit jemandem, der nicht ansprechbar ist. Und vielleicht stimmt das ja – aber hatte er eine Wahl?

Hat überhaupt jemand eine Wahl, aus dem herauszukommen, was er geworden ist? Dabei weiß Rottmann, wie anders er nach außen hin wirkt. Wie verbindlich, sensibel, ja überempfindlich. Und genau das scheint gerade nicht zu stimmen. Er wirkt einfühlsam, aber in Wirklichkeit hat er keine Ahnung, wie er tatsächlich ist. Kann das sein? Sind es nicht vielleicht winzige Unterschiede, die dich verwirren? Woran etwa kann man testen, ob man einfühlsam ist? Und wenn sich am Ende herausstellte, dass man kein bisschen Empathie aufbringt? Dass man die Signale der anderen nicht versteht? Kein Mitgefühl verspürt in dem Moment, da andere es empfinden? Und wenn, was wäre so schlimm daran? Hätte er sonst seine Frau überhaupt kennengelernt? Schließlich war er der Einzige damals auf der regennassen Autobahn zwischen Mannheim und Frankfurt, der anhielt, nachdem sie schon lange vergeblich um Hilfe gewinkt hatte. War er da nicht gelenkt von einem Impuls, zu helfen? Oder hat er nur angehalten, weil die Frau, die da in der Kälte stand, so schön war?

Die momentane Blickfahrt durch sein Leben lässt einen leichten Schwindel in ihm aufkommen, er schwankt angesichts der Flut vergangener Bilder. Ist es der Alkohol oder ist es die Macht der Müdigkeit? Rottmann sieht sich als jungen Mann: das Gesicht im warmen Duft der eigenen Armbeuge, die vorbeiziehende Szenenfolge seines sich unendlich spiegelnden Daseins, die Fahrt in das tiefe, wunderbare Dunkel, das man Schlaf nennt. Plötzlich schreckt er auf, der Kopf ist ihm auf die Brust gefallen, im Stehen war er eingenickt, Margot hat es gemerkt, vorsichtig hat sie ihm das Glas aus der Hand genommen. Da schnellt ihm der Kopf schmerzhaft in den Nacken und er reißt die Augen auf.

Pardon –

Margot steht immer noch mit dem Glas da und will wissen, was sie für ihn tun kann. Sein Ringfinger wandert zu der kitzelnden Nase, er ist ganz weit fort, und noch einmal,

Pardon! Ich glaube …

Und er macht sich davon ohne weitere Erklärung. Margot kennt das. Es könnte ihr genauso gehen.

Von oben gesehen

Von der Empore, die sich über dem Flügel an der Wand entlangzieht, hat man einen guten Blick über die kleinen Szenen im blauen Salon. Da liegt immer noch hingegossen in einem Clubsessel die schlafende Moll. Sie hat die Beine halb ausgestreckt, das Wollkleid ist ihr über die Knie gerutscht, die Decke liegt am Boden, daneben ein Schuh. Eine Hand ruht auf dem abgewetzten Polster der Lehne, die andere halb verdeckt im Stoffgeknäuel unterhalb des Bauchs, der sich in der Bewusstlosigkeit des Schlafs rund, beinahe schwanger aussehend, hervorwölbt. Alles ist Schlaf, das auf dem Oberarm liegende Gesicht, der zur Seite fallende geöffnete Mund, das dunkle Haar, die breit fallende Brust, die sich im Atemrhythmus auf und ab bewegt … Und wer genauer hinsieht, wie der jetzt an der Schlummernden vorbeitorkelnde Rottmann, kann erkennen, wie ungewöhnlich groß und makellos die Flächen ihrer Fingernägel sind, mit schmalen, hellen Monden, matt schimmernd. Die natürliche Schönheit einer Hand, die jetzt in vollkommener Ruhe daliegt, nachdem sie zuvor in beständiger Bewegung war, unermüdlich gestikulierend. Von Zeit zu Zeit schlüpft aus dem schlafschlaffen Mund ein flacher Schnarcher, der von tief unten aus der Brust kommt und mit einem Schnarren auf dem Weg von der Kehle in die Nase endet. Jeder kennt dieses kleine Drama, vor allem bei ungewolltem Einnicken während eines Konzerts oder in der U-Bahn, und jeder weiß, wie es ist, wenn man dann aufwacht und mit aufgerissenen Augen in die ebenso aufgerissenen Augen eines Gegenübers starrt und dabei unauffällig versucht, mit dem Handrücken ein Speichelrinnsal vom Mundwinkel zu wischen.

Die Moll aber wacht nicht auf, sondern schläft weiter, trotz der Geräusche um sie herum schläft sie weiter, trotz des Gesumms und Gebrumms und Geklimpers. Die Moll schläft und träumt. Träumt von einem Pferd, das sich in einem Park auf dem Rücken ausgestreckt hat, die Läufe nervös nach oben, den schwarzen Schweif auf der Wiese ausgebreitet, ausschweifend ausgebreitet, zu einem glänzenden Rosshaarteppich. Darüber schreitet die Moll auf den Pferdeleib zu, der sich ihr im hellen Mondlicht entgegenwölbt. Um auf ihn hinaufzukommen, muss sie zwischen den Hinterbeinen hochklettern. Sie schafft es mit Leichtigkeit, tritt barfuß mit den großen Flächen ihrer großen Füße auf warmes Bauchfell, ein Wagnis bei den zappelnden Hufen, kniet nieder, legt sich, streckt sich aus, da hebt ein Schnauben an, ein strudelnder Rossduft hüllt sie ein, und sie schiebt die Füße in warme Hautfalten, gibt sich der Angstlust ganz hin auf ihrem tierischen Lager. Du träumst ja nur, denkt sie dabei, da kann dir ja nichts passieren

Rottmann wagt nicht, die Moll zu wecken. Nachdem er ihr eine ganze Weile beim Schlafen zugesehen hat, den Blick auf ihrem mal auflächelnden, mal sich kräuselnden Gesicht, auf ihren Lidern, die unter den dunklen Wimpern schmale Streifen von Augenweiß freigeben. Er kann sich von ihrem Anblick nicht losreißen, und so nimmt er neben ihr Platz und winkt, einen Finger auf den Lippen, die junge Bülow zu sich her. Er ist durstig. Die Bülow beugt sich zu ihm hinab, um ihn in vorsichtig gesenkter Stimme zu bitten, einen Augenblick seinen Platz zu verlassen und hinüber in die Bibliothek zu kommen, dorthin, wo jetzt die ganze Gesellschaft hinstrebt. Ihr Mann habe etwas zu sagen, und da man die Schlafenden nicht stören wolle, seien die wachen Gäste gebeten, kurz rüberzukommen.

Direkt neben dem Flügel, flach ausgestreckt auf dem Boden liegt noch ein Schlafender. Geräuschvoll zieht er den

Atem ein, nicht einmal einen Teppichplatz hat er sich ausgesucht. Er liegt auf dem nackten Holzboden, die Beine halb unter dem Corpus des Flügels und den Kopf so, dass er beinahe die bronzene Vogelkralle eines menschenhohen Kunstwerks berührt, das sich da in der Ecke aufrichtet und soeben noch Anlass eines heftigen Streitgesprächs zwischen zwei männlichen Gästen war.

Es ging darum, ob die Skulptur, die eine Mischung aus Vogel und Mensch ist, ernstzunehmende Kunst sei. Der eine, jener, der am Tisch den ›Spiegel‹ las, polemisierte heftig gegen diese Art Wohnzimmerdekoration, gegen das Vogelgesicht mit menschlichem Ausdruck, gegen die aufdringliche Aussage. Da hat jemand wahrscheinlich Giacometti imitiert, schlechter könne man es nicht machen, so eine verkrotzte Vogelmissgeburt mit einem süßlich lächelnden Gesicht, das sei doch das Allerletzte. Viel zu nett! Er konnte sich gar nicht mehr beruhigen. Der andere warf ihm Arroganz vor, es sei doch schrecklich, wenn ein Künstler stets nach allen Seiten lauere, was erlaubt sei und was nicht, das wären ja DDR-Verhältnisse … er finde übrigens, man könne sich doch an der Vieldeutigkeit des Vogels erfreuen.

Eindeutigkeit, miese Eindeutigkeit, das ist es ja, konterte der andere, Vieldeutigkeit, wie schön wäre das! Aber diese Art Eindeutigkeit sei doch völlig banal … schob er mit gestrecktem Zeigefinger hinterher, die Mundwinkel verächtlich nach unten gezogen.

Auch diese beiden Männer folgen jetzt der langsam schlurfenden kleinen Herde in die Bibliothek. Rottmann wirft einen Blick auf den am Boden Liegenden und denkt, er ist gekleidet, wie man es sich für eine Gesellschaft in einem Herrenhaus vorstellt. Hellblaues Hemd, Schal mit heraldischem Muster und ein Jackett aus beigem Glencheck, an den Ellbogen Lederflecken.

Aber im Schlaf sind alle gleich, denkt Rottmann und

beugt sich hinab zu dem geröteten, aufgedunsenen Gesicht. Auch hier ist der Mund geöffnet, aber nicht süß wie bei der Moll, sondern die Lippen fallen nach innen, als fehle die Zahnreihe dahinter, und Rottmann wundert sich über den Umfang des aufragenden Bauchs zwischen auseinandergefallenen Rockschößen und halb geöffnetem Hemd, das einen erhabenen Nabel freigibt und an Figuren alter holländischer Meister erinnert, auf denen Männer breitbeinig ihren Rausch ausschlafen.

Bülow erhebt die Stimme, meine Damen und Herren …

Er entschuldigt sich für den Professor, der ja nun leider tatsächlich nicht zu kommen scheine. Seine Hoffnung, dass nach dem großen Stau auf der Autobahn, in dem er selbst sechs Stunden eingeschlossen gewesen sei, sich auch das Rätsel des Professors lösen würde, sei nun dahin. Er habe noch einen letzten Versuch zur Aufklärung unternommen und nachgeforscht, ob der Erwartete vielleicht einer der Unfallbeteiligten gewesen sei.

Man kann ja nie wissen!

Aber diese Frage sei nun eindeutig mit Nein zu beantworten. Und somit seien leider alle Fragen offen, niemand wisse, wo sich der Herr Professor befinde. Er, Bülow, könne der Gesellschaft nur noch anbieten, alles zu tun, dieser Nacht eine positive Wende zu geben, indem er die Küche bis morgen früh offen halte, damit die, die nun wirklich gar kein Auge zutun könnten, die Gelegenheit hätten, sich jederzeit mit leiblichen Genüssen darüber hinwegzutrösten. Auch werde die Sauna, die von einigen Gästen bereits getestet und für gut befunden worden sei, in Gang gehalten.

Wie auch für Unterhaltung gesorgt sei, ein Zauberkünstler sei eigens zu diesem Zweck nach Sezkow gekommen, damit die Gäste sich nicht langweilen.

Vielleicht könne man ja die Nacht unter dem Motto ›Aus der Not eine Tugend machen‹ begreifen – er seinerseits seine Frau sowie Herr Sandow und das ganze Sezkow-Team stünden den verehrten Anwesenden mit allem, was in seiner Macht stehe, zur Verfügung. Es falle ihm nun leider auch nichts mehr ein als zu einem fröhlichen CARPE NOCTEM aufzurufen. Und da die Nacht dem Paradies näher sei als der Tag, wolle er seinen persönlichen Beitrag dazu leisten, indem er aus seinem privaten Weinkeller ein paar Flaschen seines besten, berühmtesten Weines heraufholen und der Gesellschaft spendieren wolle – den ›Les enfants du paradis‹, der mehrere Medaillen gewonnen habe und einem die Kehle hinuntergleite wie der liebe Gott in roten Samthosen.

Bülow verbeugt sich gekonnt, wie er es als Junge gelernt hat, und ist in diesem Moment seiner Erziehung dankbar, denn irgendwie hat er das Gefühl, über dem ganzen Schlamassel zu stehen. Selbst dass der Zauberer nun eine Rolle für den Abend zugeteilt bekommen hat, ist ihm in diesem Moment beinahe egal, wenn nur alles im Rahmen bleibt und funktioniert.

Seine Frau hat er fürs Erste ins Bett geschickt. Sie war, nachdem sie die überall verstreuten Gäste zusammengetrommelt hatte, beinahe zusammengebrochen vor Müdigkeit. Er hat sie nach oben in die gemeinsame Wohnung unterm Dach begleitet, hat gewartet, bis sie Schuhe und Rock ausgezogen und sich hingelegt hatte. Wie schwer ist es ihm da gefallen, seinen Kopf aus ihrem Haar zu heben und sich von ihrem seligmachenden Geruch zu lösen. Am liebsten wäre er bei ihr liegen geblieben und hätte seine Hand auf ihren Leib gelegt, auf ihr gemeinsames Kind.

Später will sie wieder aufstehen, das hat er ihr nicht ausreden können. Und es wird auch dringend nötig sein, das weiß Bülow schon jetzt, nämlich wenn all diese Leute tatsächlich nicht schlafen können.

Was Margot sieht

Von ihrem Sitz auf der Empore im blauen Salon beobachtet Margot die da unten schlafende Moll. Margot ist der Gesellschaft nicht gefolgt, als diese sich in den Raum nebenan bewegt hat, es war ihr zu anstrengend. Stattdessen ist sie auf ihrem Platz geblieben, hoch über dem Geschehen, möglicherweise war sie auch kurz eingenickt, das weiß sie nicht so genau. Jetzt, wo es still geworden ist da unten, ist sie aber hellwach. So ist das nicht selten bei ihr, dass sie beim Lärm menschlicher Stimmen einschläft und bei Stille aufwacht – diese unnatürliche Reaktion, die sie gezwungen hat, über das Rätsel ihrer selbst nachzudenken. Ein Psychotherapeut hat sie darauf gebracht, dass dahinter ihre Furcht vor Menschen stecken könne, infolge derer sie eine innere Abwehr einschlafen lässt, sobald menschliche Stimmen sie bedrohen. Und immer dann fühlt sie sich bedroht, wenn Menschen in Gruppen auftauchen und sie selbst Teil einer solchen Gruppe sein soll. Deshalb hält sie immer Ausschau nach einem Platz außerhalb der Gemeinschaft, und ein solcher Platz ist der hier oben auf der Empore. Margot blickt auf die Moll herunter, die ihr jetzt ein kleines Schauspiel bietet.

Sie murmelt etwas vor sich hin, was Margot nicht verstehen kann. Es muss aber mehr als wortloses Gemurmel sein, denn sie kann Wörter hören, vielleicht Wörter einer anderen Sprache. Dabei hat die Moll ihre Hand in Bewegung gesetzt und ist nun dabei, sich von ihrem Kleid zu befreien. Die obersten Knöpfe unter dem Kinn sind schon geöffnet, und die Moll kratzt sich unter der Achsel. Dann versucht sie, sich ihrer Kette zu entledigen. Sie reißt daran herum. Dies alles schlafend und mit geschlossenen Augen. Nach einigen vergeblichen Anstrengungen sackt sie wieder in sich zusammen und schlummert bewegungslos weiter. Ihre linke Brust liegt jetzt beinahe frei und leuchtet prächtig in dem flackernden Licht.

Margot ist gespannt, was demnächst passieren wird. Die Moll scheint wirklich tief zu schlafen. Ihre Rechte umfasst den Knopfsaum ihres Kleids, und es sieht aus, als sei sie im Begriff, das Oberteil noch weiter zu öffnen. Dabei schläft sie wieder vollkommen reglos und bewegt nur von Zeit zu Zeit die Lippen.

Margot überlegt, nach unten zu steigen und der Entblößten die Decke, die zu ihren Füßen liegt, über den Körper zu legen. Aber sie tut es nicht. Der Abstieg von der Empore über die gewundene Eisentreppe kommt ihr, wenn sie darüber nachdenkt, wie eine Unzumutbarkeit vor, etwas, das sie nicht schaffen kann, eine entsetzliche Anstrengung, die mit einer Katastrophe enden könnte. Und so bleibt sie oben auf ihrem Posten und blickt weiter hinab auf die Moll. Dabei fällt sie in einen Dämmer momentaner Unaufmerksamkeit, der sich in einen kurzen Schlaf hinein verlängert. Obwohl ihre Unterlage, nämlich der Eisenboden der Empore, nicht bequem ist und sich in ihr Gesäß als gestreiftes Druckmuster eingepresst hat, schläft sie ein paar Minuten lang tief und fest, und als sie aufwacht, ist die Moll wieder aktiv und dabei, sich weiter zu entkleiden. Zugleich liegt sie in tiefem Schlaf.

Sie hat jetzt das Oberteil ganz geöffnet, und Margot beobachtet, wie sie sich daraus befreit. Sie schiebt den dunklen wolligen Stoff mit ihren schmalen großen Händen wie eine lästige Haut von sich, und auch den einen Ärmel ihres Kleids hat sie herabgeschoben. Ihr BH öffnet sich unter ihren Fingern wie von selbst, und ihre Brust liegt jetzt hell und breit da. Ihr Bauch ragt gewölbt über dem Slip hervor, und ihre Strumpfhose ist bis zu den Knien gerutscht. Jetzt gleitet auch die Kette herab, man hört erst ein kleines Rasseln und dann ein zartes Rollen am Boden. In diesem Moment sinkt die Moll wieder in Bewegungslosigkeit, eine Hand auf der breitflächig hingeflossenen Brust, deren Haut unwirklich weiß leuchtet, die andere auf der Sessellehne. Die Beine hat sie breit auseinander geschoben, und ein Fuß steckt immer noch in seinem glänzenden Schuh.

Ach du liebes bisschen!, ertönt da eine weibliche Stimme, das gibt's doch nicht.

Margot sieht, wie eine Frau sich vor der Schlafenden aufpflanzt und sie anstarrt, als habe sie so etwas noch nie gesehen. In diesem Moment wird die Moll wach und scheint, von oben besehen, nicht zu verstehen, was los ist. Sie richtet sich halb auf und lässt sich sogleich wieder in den Sessel sinken, denn angesichts der allmählich um sie herum auftauchenden Zuschauer, die sich zwar in einem gewissen Abstand halten, aber dennoch neugierig auf sie niederäugen, denkt sie, sie träume.

Sie zerrt an ihrem Kleid, aber als sie richtig aufwacht und realisiert, wo sie ist, lässt sie sich wieder zurückfallen und schließt die Augen. Sandow eilt herbei. Was er erblickt, erschüttert ihn. Die Moll liegt da, ganz nackt, die eine Brust von der Hand bedeckt, die andere so weiß, wie er noch keine gesehen hat, darauf eine dunkle Warze, die sich hochreckt wie ein selbständiges Mini-Wesen, das schon fast seine Stimme erheben könnte.

Er tippt vorsichtig auf Molls Oberarm. Sie öffnet die Augen, er reicht ihr die Hand und zieht sie aus dem Sessel, hilft ihr in ihr Kleid hinein, das sich irgendwo um ihren nackten Fuß herumgeknüllt hat, schiebt ihr den Schuh über, legt ihr die Decke um die Schultern und geleitet sie, die langsam und wie in Trance ihre Füße einen vor den anderen setzt, in den kleinen Raum hinter dem Empfang, wo sie sich in dem Sessel niederlässt, in dem vorhin noch die empörte Dame saß. Sandow versucht, sie zu beruhigen, indem er ihr über den Rücken streicht, über den Kopf und immerzu wiederholt, es sei gar nicht schlimm, sie solle ganz ruhig sein, ganz unbesorgt. So spricht er zu ihr, die immer noch nicht ganz begreift, wie ihr geschieht, und erst nach einem Schluck Wasser wieder zu ihrer Sprache findet. Sie hält die Decke vor ihren Körper und sagt, sie habe gedacht, sie läge zu Hause im Bett, sie hoffe, dass er jetzt keine Schwierigkeiten ihretwegen bekomme, es sei ihr alles schrecklich unangenehm. Und Sandow redet auf sie ein. Kaum einer habe sie gesehen, und wenn schon, sie habe ausgesehen wie jemand, der am Strand liegt, und da sei doch wirklich nichts dabei. Es klopft an die Tür, und der Kellner, dessen Nasenflügel die Moll so gerne geküsst hätte, bringt eine Schale, in welcher er die Perlen ihrer Kette aufgesammelt hat. Die Moll nimmt sie entgegen, nickt mit einem zerstreuten ›Danke‹ und schiebt sich das Haar aus der Stirn, als könne sie so wieder Ordnung schaffen.

Danke, danke, danke, wiederholt sie, und bittet ihn darum, noch ihre Handtasche aufzutreiben, falls das möglich sei. Der Kellner macht sich auf, ihr diese Bitte zu erfüllen. Schon sofort, sagt er ironisch und verschwindet, gefolgt von Sandow, der noch einmal zurückblickt und der Moll ein aufmunterndes ›Wird alles gut‹ zuruft.

Moll, Moll, Moll, was hast du da schon wieder angestellt, spricht sie zu sich selbst und zieht den BH hoch, der sich im rechten Ärmel verfangen hat, schließt ihn, schlüpft wieder ganz in ihr Kleid hinein, knöpft es zu und streicht den Stoff über Brust und Bauch glatt, als könne sie so das Desaster ungeschehen machen. Sie entdeckt einen Spiegel über einer Kommode, und als sie sich darin sieht, fällt ihr plötzlich ihr Traum ein. Dass sie auf dem Bauch eines auf dem Rücken liegenden Pferdes lag und dabei die Füße in etwas Weiches schob. Sie kann sich jetzt ganz genau an das helle, kurzhaarige Fell erinnern und an das glänzende Schwarz des Schweifs, an das glatte Rosshaar unter ihren Sohlen.

War es ein Albtraum oder einfach nur ein Wirrtraum oder gar ein schöner Traum? Und als Sandow mit der Handtasche zurückkommt, will sie von ihm wissen, ob er glaube, dass sie wieder in die Gesellschaft zurückkehren könne, ohne sich lächerlich zu machen – so wie sie jetzt aussehe. Das wolle sie nämlich unbedingt. Denn wenn sie eines fürchte in diesem Moment, sei es das Alleinesein.

Zu fortgeschrittener Stunde

In der Mitte des blauen Salons haben die Kellner und einige aus dem Dorf zu Hilfe gekommene junge Leute eine Tafel aufgebaut. Die Dorfbewohner helfen öfter in dem Hotel aus, nämlich immer wenn wegen unvorhergesehenen Andrangs Not am Mann oder an der Frau ist wie beim Beschneiden der Bäume, bei kleinen Renovierungsarbeiten oder bei Stoßbetrieb in der Küche. Auch kommt es manchmal vor, dass Gäste in Dorfhäusern untergebracht werden, etwa wenn zu einer Hochzeit mehr Leute kommen, als im Hotel untergebracht werden können. Dies sind immer lohnende Nebenverdienste, nicht selten verbunden mit einem gewissen Unterhaltungswert. Denn über manche Gäste lassen sich Geschichten erzählen, die sonst nicht so oft in diesem Dorf jwd hinter Berlin zu hören sind.

Miriam ist wieder auf den Beinen, richtig schlafen konnte sie ohnehin nicht, dazu ist sie viel zu nervös heute. Sie fühlt sich verantwortlich für alles, was hier geschieht und nicht geschieht. Es war auch ihre Idee, die Tafel aufzubauen, Kerzenleuchter hinzustellen und Wein und Speisen zu servieren wie etwa nach eritreischem Rezept zubereitete Hähnchenschenkel, Pasteten aus Wild, Ente und Gänseleber, Wildschweinschinken, Räucheraal und verschiedene Käsesorten – Delikatessen, von denen immer größere Mengen vorrätig sind und die jederzeit aufgetischt werden können. Dafür hat Miriam gesorgt, als sie Bülows Frau wurde und die Regie des Hotels mit übernahm.

Jetzt wirft sie einen zufriedenen Blick auf das Arrangement, die flackernden Kerzen, die glänzenden Tellerstapel und die Körbe mit frisch aufgebackenem Brot. Den Gästen soll es an nichts fehlen, das ist das Beste, was man aus der verfahrenen Situation machen kann. Aus der Not eine Tugend, das war schon immer ihre Strategie, das hat sie von ihrem Vater gelernt. In diesem Fall ist die Tugend eine Werbeveranstaltung für das Hotel. Es allen zeigen! All den Zweiflern und Meckerern beweisen, was für eine vorzügliche Bewirtung hier zu haben ist! Was für ein schöner Ort! Was für erlesene Weine! Was für eine charmante Bedienung!

Miriam schwelgt in Superlativen, als sie den zu später Stunde verzagten Bülow aus seiner pessimistischen Laune zu holen versucht. Komm, Liebling, nicht schwarzsehen … auch negative Energien kann man nutzen, man kann sie in positive verwandeln, das geht mit einem ganz kleinen Trick. Du musst nur im Kopf einen Schalter umlegen. Es ist nur eine Sache des Bewusstseins. Komm schon, nicht den Kopf hängen lassen, alter Preuße … und sie gibt ihm mit der zusammengerollten Speisekarte einen Klaps auf die Brust.

Sie selbst will den Rotwein ausschenken, den ›Les enfants du paradis‹. Für die Nacht hat sie sich umgezogen. Jetzt trägt sie nicht mehr den verspielten Rock, dessen durchsichtiger Saum Rottmann vor ein paar Stunden so bezirzt hat, sondern ein schwarzes, kurzes Kleid ohne Ärmel, dessen Einfachheit das Ebenmäßige ihres Körpers noch hervorhebt. Und sie ist sich ihrer Wirkung sicher. Kleine Katastrophen sind genau das, was sie belebt. Sie hat alles im Blick, nichts entgeht ihr, weder die Veränderung der Moll, noch die leichte Zerstreutheit dieses Rottmann, noch der Alkoholisierungsgrad der drei Männer, die aus der Sauna kommen und sich Herrenwitze erzählen. Aber sie ist fest entschlossen, das Ganze als eine Herausforderung zu nehmen. Ein paar Ungeduldige haben sich an der Tafel versammelt und strecken ihr schon die Gläser hin, um den edlen Tropfen darin zu empfangen.

Peter Mulik, soeben aus seinem Zimmer zurückgekehrt, wo er sich ausgeruht und vielleicht sogar kurz geschlafen hat, er weiß es nicht so genau, betritt den Raum und blickt um sich. Die Begegnung mit der Moll hat ihn in einen merkwürdigen Zustand versetzt. Wie betrunken ist er davon. Bei dem Gedanken daran, was er ihr anvertraut hat, stockt ihm der Atem. Ihm ist einen Augenblick lang schwindlig davon. So sinnierend, hält er Ausschau nach dem schwarzen Lockenschopf, der grünen Kette, dem hellen Gesicht. Inmitten der plaudernden Gäste steht er da und wundert sich über sich selbst. Der Raum sieht jetzt anders aus als noch kurz zuvor – feierlicher, größer, fremder. Und indem Mulik sich der Tafel nähert, die so einladend dekoriert ist, hört er eine Unterhaltung zwischen zwei Gästen mit an. Es geht um eine junge Frau, die sich vor aller Augen nackt ausgezogen habe, völlig schamlos. Alle hätten es gesehen, und sie sei seelenruhig nackt im Sessel sitzen geblieben, bis dieser Herr vom Empfang, dieser Sadow oder Sandow, sie nach hinten in ein Zimmer verfrachtet habe.

Die Frau ist wahrscheinlich psychisch gestört, ziemlich durchgeknallt, die Arme. Na ja, so was kann passieren, vor allem wenn einer wirklich sehr lange nicht schlafen kann. Achgott, ist das ein Kreuz …

Darauf verständigen sich die beiden, und als die eine flüstert, ach, da ist sie ja, und in Richtung Flügel blickt, wendet auch Mulik seinen Blick dorthin.

Ist das nicht die Moll? Mulik strengt die Augen an. Irgendwie sieht sie anders aus als vorhin. Ihr Haar ist aus der Stirn gekämmt, als sei es nass. Auch hat sie ihre auffällige Kette abgelegt. Groß und dunkel steht sie da, ganz allein. Sie hält ein Glas in der Hand und blickt versonnen über alle hinweg. Er kann sie nicht genau sehen, das Licht ist zu schummrig, die Kerzenbeleuchtung bewirkt eher ein verwirrendes Schimmern als klare Helligkeit. Überhaupt irritiert ihn das Geplapper und dieses unaufhörliche Klaviergeklimper im Hintergrund. Seit der Arzt letztes Jahr nach einem Hörsturz bei ihm Schwerhörigkeit festgestellt hat, kann er auch immer schlechter sehen. Er war beim Augenarzt, aber der konnte keine Veränderung diagnostizieren, keine in Dioptrien messbare Verschlechterung jedenfalls. Es scheint eine innere Verwirrung zu sein, die damit zu tun hat, dass die Schwerhörigkeit ihn in einer Weise beeinträchtigt, die sich auch auf die anderen Wahrnehmungsorgane auswirkt. Und so ist es auch in diesem Moment, er hat das Gefühl, kaum sehen zu können.

Ja, er fragt sich sogar, ob die Frau da hinten überhaupt die Moll ist oder jemand ganz anderes. Solche Täuschungen sind ihm in letzter Zeit öfter passiert. Seither kommt es vor, dass er seiner eigenen Wahrnehmung nicht traut. Die Frau sieht aus wie eine Figur in einem impressionistischen Gemälde, auf dem vage Schemen zu erkennen sind, aber nicht genau identifizierbare Gesichter und Menschen. Und Mulik denkt, vielleicht war der ganze Impressionismus nur die Erfindung von ein paar verrückten Kurzsichtigen und Schwerhörigen, wer weiß. Eine gelehrte Begründung findet man immer hinterher … Er grinst in sich hinein, der Gedanke gefällt ihm. Na, da kann ich mich ja in Ruhe der Verwirrung hingeben, egal was der Abend bringt. Wie ein Kind kommt er sich vor in diesem Moment, wie der Junge von früher, der er einmal war und der kopfüber in dunkles Wasser springt, mitten in die Wasserschlangen, Frösche und Ungeheuer hinein.

In diese akustische und optische Verunsicherung dringen vom Empfang her plötzlich männliche Stimmen. Mulik horcht auf. Ja, da scheint was los zu sein, mal sehn, wer da an wen geraten ist. An die Tafel mit Leckerbissen will er sich ohnehin erst später machen, er hasst es, sich drängeln zu müssen. Und so nimmt er den Weg zur Rezeption durch die Bibliothek. Hinter einem Wandvorsprung findet er einen guten Beobachtungsposten. Tatsächlich, es gibt richtig Krach dort. Kein Wunder, eigentlich hat er nur darauf gewartet, dass jemand ausrastet. Herr von Bülow ist dabei, sich drei jungen Männern gegenüber zu rechtfertigen. Unter diesen ist auch Norbert, der lockige Kollege, der vorhin mit seiner Mördertheorie die Moll so verstört hat. Mulik stellt sich in Hörweite. Die drei bestehen darauf, ihr Geld zurückzubekommen. Schließlich seien sie nur hier, weil sie dieses Seminar besuchen wollten, das jetzt, wie sich herausstelle, überhaupt nicht stattfinde.

Ist ja wohl eine einzige Verarschung, ruft der Kollege aus. Zornig fordern die drei, aus dem Vertrag entlassen zu werden. Der eine hat Tasche und Mantel bei sich und kündigt an, einen Riesenkrach zu schlagen, falls Bülow ihn nicht sofort ohne jedwede Kosten auschecken lasse. Er sei Journalist, er könne das ganze Affentheater hier auffliegen lassen.

Bülow bleibt ganz ruhig. Es sei nicht sein Fehler, dass der Professor nicht komme, er könne die Empörung ja verstehen, aber man müsse doch unterscheiden. Nicht er sei dafür verantwortlich, sondern einzig und allein der Professor, der nicht komme. Der Kollege, der in Muliks Augen wie ein Hippie aussieht, unterstützt seinen Mitstreiter und schlägt dabei mit der Faust auf den Rezeptionstisch. Er droht sogar eine Untersuchung des Falls an. Nicht umsonst sei er Versicherungsfachmann, brüllt er, um sogleich mit schneidend kalter Stimme anzukündigen, dass ihn, Bülow, dies einiges kosten werde, wenn herauskommen sollte, dass das Ganze hier Schwindel sei. Dass er die Gesellschaft nur hierhergelockt habe, um seine marode Bude zu füllen.

Dann können Sie Ihren Laden dichtmachen, faucht er, und bei der Eisesmiene, die er dabei aufsetzt, muss Mulik unwillkürlich lachen.

Ich muss doch sehr bitten, sagt Bülow kühl, aber es ist ihm anzusehen, dass er kaum noch an sich halten kann.

Jetzt mischt sich auch der Dritte ein. Auch er ist reisefertig und kündigt an, dieses Schmierentheater zu verlassen, und zwar für immer. Nie wieder wolle er einen Fuß in diese Bruchbude setzen. Schon der Anblick von außen, diese verrottete Fassade, die miese kleine Sauna mit dem unappetitlichen Holzpott, diese säuselnde Asiatin …

Und Bülow wiederholt: Ich muss doch sehr bitten!

Dabei geht er auf den Mann zu und hält ihm die Faust unters Kinn, eine Geste, die Mulik ihm nie zugetraut hätte.

Der Mann muss betrunken sein. Er ist der Konsonanten nicht mehr mächtig und lässt sie immer fahriger ineinanderfließen, sodass man jetzt, wo sich seine Empörung steigert, aber seine Zunge ihren Absichten nicht mehr folgen kann, nur noch ein Lallen hört, einen Vokalbrei, der bald in seiner Lautstärke abflaut.

Plötzlich kippt er um. Die beiden anderen packen ihn und halten ihn auf den Beinen. Das Haar hängt ihm in die Stirn, er stützt sich auf den Rezeptionstisch und wehrt sich nicht, als die herbeigeeilte Miriam ihn beim Arm nimmt und in das für Gäste bestimmte Zimmer hinter dem Empfang führt. Die beiden anderen Empörlinge, so nennt sie Mulik bei sich, rechten weiter um ihre Übernachtungskosten. Bülow aber lässt sich nicht aus der Ruhe bringen. Am Ende scheint er ihnen einen Kompromiss anzubieten, den Mulik akustisch nicht verstehen kann. Sie nicken und sehen aus, als hätten sie sich geeinigt, nur um gleich weiterzustreiten.

Mulik ist froh, mit alledem nichts zu tun zu haben. Er will an diesem Abend seine Ruhe. Seine ihm zustehende Ruhe von allem, was mit Recht, Paragraphen und Kollegen zu tun hat. Ja, er stellt fest, dass er die Szene geradezu ausgekostet hat, er lacht in sich hinein. Könnte jemand sein Gesicht sehen, würde er mitlachen. Die Augen, der Mund, die Wangen Muliks, alles lacht.

Der Streit wäre vermutlich noch weitergegangen, hätte in diesem Moment nicht ein lauter Paukenschlag vom Nebenzimmer und ein im Chor hervorgebrachtes Aaaah die im Entree Weilenden in Neugier versetzt. So streben nun alle dem blauen Salon zu, von wo der kollektive Ausruf gekommen ist. Mulik kann zuerst nichts erkennen und schiebt sich zwischen den Sesseln hindurch bis hinten zur Terrassentür.

Es scheint etwas geboten zu werden, eine Vorführung auf dem Flügel. Ein Zauberer sitzt da im Schneidersitz. Er trägt ein schwarzes Käppchen und hantiert mit Spielkarten. Neben ihm steht die junge Kollegin, die aussieht wie ein Punk. Der Zauberer hat sie als seine Assistentin auserwählt, und diese Rolle passt sehr gut zu ihr. Sie betätigt einen CD-Player, aus dem ein anfangs leiser und dann sich steigernder Trommelwirbel ertönt.

Eine weitere Person aus dem Publikum wird nach vorn gebeten, diesmal ist es Miriam, die kleine Chefin, wie Mulik sie bei sich nennt. Ihr wird der Stapel mit der Aufforderung übergeben, ihn gut zu mischen.

Miriam tut, wie ihr geheißen, um dann dem Publikum strahlend den geschickt auseinandergezogenen Kartenfächer hochzuhalten.

Bitte treffen Sie Ihre Wahl!

Der Zauberer neigt ehrerbietig den Kopf. Miriam beherrscht ihre Rolle so gut, als sei sie schon lange auf den Zauberer eingespielt. Mit spitzen Fingern greift sie hin, zieht sich zurück, überlegt, beugt sich vor, nähert sich wieder den Karten und blickt mit hochgezogenen Brauen zu den Gästen hin, während der Trommelwirbel aus dem kleinen CD-Player für dramatische Begleitung sorgt.

Und jetzt, da sie nach einer Karte mitten aus dem Fächer greift, nicht nach der, auf die der Zauberer mit überdeutlichem Brauenspiel und seinem Zeigefinger hinweist, sondern nach einer anderen, nimmt der Trommelwirbel zu, spielt mächtig auf, und sie hält das Pik As in die Runde, während der Zauberer so tut, als überlege er angestrengt und warte auf Inspiration von oben. Er führt ein so vergnügliches Schauspiel auf, dass alle davon gefesselt sind. Vor allem von seinen langen, eleganten Fingern, mit denen er die aberwitzigsten Bewegungen vollbringt. Am Ende öffnet er den Mund und tut, als würde er etwas sagen, aber man hört ihn nicht.

Nein, fordert ihn Miriam mit Strenge auf, er solle es laut sagen. Und schließlich kommt er heraus mit der Stimme – Pik As! Die Zuschauer applaudieren, der Zauberer springt vom Flügel, verbeugt sich und alle werden beklatscht.

Bülow hat sich während der ganzen Szene etwas abseits gehalten. Er lehnt am Kamin und beobachtet die Sache im Spiegel. Er kann sich kaum noch beherrschen, aber er will sich auch nicht lächerlich machen.

Denn ist nicht ein eifersüchtiger Ehemann die lächerlichste Figur, die man sich denken kann?

Was er wahrnimmt, ist nicht nur, dass Miriam die Assistentin spielt, sondern dass sie dem Zauberer Blicke zuwirft, wie man sie sich vieldeutiger nicht vorstellen kann. Richtig verheißungsvolle Blicke. Und wie der Zauberer sich ihr nähert und ihr über die Schulter haucht! Und wie sie kichernd vor und zurück hüpft und sich aufführt! Bülow kann geradezu körperlich spüren, was sich zwischen den beiden tut. Er merkt plötzlich, wie seine linke Hand sich um die rechte klammert und muss unwillkürlich daran denken, wie sie sich kennengelernt haben, damals im Krankenhaus, wo er ebenfalls seine Hand festgehalten hat. Die Eifersucht durchfährt ihn wie eine Art Stromschlag, ihm ist ganz schlecht davon. Am liebsten würde er sich auf den Kerl stürzen und ihm ›die Fresse polieren‹. Genau das fällt ihm jetzt ein.

In dem Moment ruft eine Frau aus dem Publikum: Hören Sie, wenn Sie so gut zaubern können, dann zaubern Sie doch, dass wir einschlafen!

Es ist Frau Blau, die vorhin noch so wüst schimpfte und fast die ganze Gesellschaft in eine Art Mini-Bürgerkrieg gezogen hätte.

Der Zauberer schüttelt den Kopf, das könne er nicht. Aber vielleicht könne er es bei einer einzelnen mutigen Person versuchen. Versprechen jedoch könne er nichts ... Frau Blau erklärt sich bereit dazu. Mit seinem langen grazilen Zeigefinger dirigiert er sie geradewegs zu sich hin, vorne zum Flügel. Sie folgt ihm wie ferngesteuert. Er empfängt sie mit ausgebreiteten Armen: Ah, die werte Kandidatin!

Der Slalom um die Tafel herum und zwischen den vielen kreuz und quer stehenden Sesseln war gar nicht so einfach, aber sie hat es ohne Umstände geschafft. Sie wirkt auf einmal so leichtfüßig, wie man es ihr, die man Dame zu nennen geneigt ist, nicht zugetraut hätte.

Sie müssen alles tun, was ich Ihnen sage, flüstert der Zauberer. Sie nickt. Er nimmt sich Zeit, viel Zeit. Das Publikum verstummt. Es ist jetzt so leise, dass man nur hie und da ein Räuspern oder unterdrücktes Husten hört. Was nun weiter geschieht, ist von den Zuschauern kaum nachzuvollziehen. Der Zauberer bringt es fertig, die Frau allein mit den Händen, ohne jede Anstrengung, auf den Flügel zu heben.

Da liegt sie nun rücklings ausgestreckt. Dem Publikum bietet sich aus dieser Perspektive nur ihr nach unten fallendes blondes Haar, während ihre in spitzen zierlichen Schuhen ausgestreckten Füße in Richtung jener Skulptur zeigen, über deren künstlerischen Wert sich so gut streiten lässt. In diesem Moment ertönt ein leise gesungenes Schlaflied, Schlafkindleinschlaf ... Niemand weiß, wer es singt, der Zauberer jedenfalls scheint es nicht zu sein, seine Lippen bewegen sich nicht. Vielleicht ist er ein Bauchsänger? Er ist damit beschäftigt, sich zu versenken. Theatralisch neigt er sein Gesicht, um es dann lächelnd dem Licht entgegenzuheben. Dann wieder beugt er sich über die Frau und murmelt etwas. Es sieht fast aus, als würde er sie küssen wollen.

Dies alles ist für die Zuschauer gut sichtbar, denn der auf den Flügel scheinende Strahler ist sehr hell. Die übrigen Lichter sind erloschen, Miriam, die Kluge, hat sie ausgeschaltet. Nur die Kerzen flackern noch, und im unruhigen Halblicht dämmern die Gäste vor sich hin. Der Zauberer fährt mit seinen großen, gespreizten Händen über den Körper der Frau. Aber er berührt sie nicht. Es ist, als streiche er eine Aura nach, die sich um ihre Haut gebildet hat. Wie eine feierliche Beschwörung zelebriert er seine Vorführung.

Bülow, der immer noch zuschaut, denkt, was für ein Quatsch, was für eine Idiotie! Auch Rottmann verzieht spöttisch den Mund. Wenn er etwas verachtet, dann sind es diese Modegeschichten, die sich als Energy-healing und Naturtherapie anpreisen, dieser ganze Firlefanz, dem vor allem bestimmte Frauen verfallen, die nicht merken, dass ihnen damit das Geld aus der Tasche gezogen wird.

Und wieder ertönt eine Art Schlaflied, eher ein gesummtes, in dessen Verlauf nur wenige Male das Wort ›Ruhe‹ zu verstehen ist, dann: ›Tiefe tiefe Nacht‹. Es ist eine beinahe melodielose Tonfolge, die der Zauberer jetzt vor sich hin summt, immer langsamer in seinen Bewegungen werdend.

Dem Publikum bedeutet er, mitzusummen. Dabei kommt aber eher ein erbärmlicher Chor zustande, der kurz anhebt und sogleich wieder abflaut. Trotzdem schläft die Frau auf dem Klavier ein. Ihre Lider sind zugefallen, die von dem Zauberer als Zeugin herbeigerufene Miriam bestätigt es. Die nickt und hebt beide Daumen in Richtung des Meisters als Zeichen ihrer Bewunderung.

Ja, es hat geklappt!

Aber was nun? Wohin mit der Schlafenden, will man verhindern, dass sie wieder aufwacht? Kurz und flüsternd wird darüber beraten, bis zwei in erster Hilfe kundige Kellner sie auf eine schnell herbeigeschaffte Rettungsliege rollen, so leicht und so geschickt, dass sie tatsächlich weiterschläft. Sie decken sie zu und bringen sie nach oben in ihr Zimmer.

Das Publikum erhebt sich, der Zauberer verbeugt sich und legt seinen Zeigefinger auf den Mund. Auf Applaus wird verzichtet.

Wer hätte das gedacht

Ist das nicht da oben Margot? Da hinter dem Geländer?

Rottmann streckt sich – tatsächlich, er erkennt sie, sie ist es, sie sitzt auf der Empore und blickt durch ein Sichtloch in dem ziselierten Geländer nach unten. Vom langen Hocken sind ihre Muskeln verspannt, und sie ist gerade dabei, ein paar Lockerungsübungen zu machen, den Kopf zu rollen, die Beine anzuheben und zu strecken, da erscheint Rottmann auf der Wendeltreppe.

Wie geht es Ihnen? Was treiben Sie so? Wollen Sie nicht herunterkommen und sich unters Volk mischen?

Nein, sie will nicht. Sie ist genau an der richtigen Stelle hier. Die Leute da unten ängstigen sie. Lieber nimmt sie die Dienste Rottmanns in Anspruch und lässt sich von ihm ein Glas Rotwein heraufbringen. Und vielleicht noch ein Kissen, damit es bequemer ist.

Da sitzen sie nun beide etwas angeschlagen, jeder auf seinem Kissen, nahe bei den Büchern, angelehnt an die Wand. Sie prosten einander zu: Auf die Nacht! Auf den Schlaf! Auf das ersehnte Dunkel! Auf das Schwarz, das undurchdringliche Schwarz, in das wir sinken wollen! Die Gläser sind bald schon wieder leer.

Rottmann streicht über die Buchrücken. Sehen Sie, wir haben kein schlechtes Plätzchen gefunden, man könnte hier die Nacht verbringen. Sogar eine Leselampe gibt es da oben, und er weist auf einen am Regal angeklemmten Strahler. Ob wir es als Zeichen ansehn sollen, wo wir gelandet sind? Was machen Sie denn, wenn Sie nicht schlafen können? Lesen Sie auch so viel? In meiner Wohnung ist kein Zettel, den ich nicht mehrmals durchgelesen habe, unsre Wohnung quillt über von Büchern, und in meinem Arbeitszimmer kommt man nur noch durch einen schmalen Gang zu meinem Zeichentisch. Überall Bücherstapel. Ich rede mit meinen Büchern und sie reden mit mir. Ich sehe sie an und sie sehen mich an, ich stelle ihnen Fragen und sie antworten, sie lassen mich nie alleine … ohne sie wäre ich tot … sie führen ein geheimes Leben mit mir, über das ich kaum mit jemandem spreche … meine Frau liest wenig, schon gar keine Romane, und sie ist zufrieden, zu wissen, dass ich nachts nichts Schlimmeres tue als lesen … sie ahnt ja nicht, was Lesen für mich bedeutet …

Das hört sich ja fast an, als würden Sie Ihre Frau mit Büchern betrügen –

Ja, so kommt es mir auch manchmal vor, ich lebe in anderen Welten, und ich verliebe mich in Menschen, von denen ich meiner Frau kaum etwas erzählen kann. Lese ich ihr etwas vor, versteht sie oft überhaupt nicht, was mich daran fesselt oder abstößt oder erotisiert … Hier, sehen Sie mal, was da neben uns steht. Kennen Sie das? ›Einer Keiner Hunderttausend‹ – die Geschichte eines Mannes, der seine vielen Ichs erkennt und darüber im Irrenhaus landet. Es ist eines meiner Lieblingsbücher …

Ich kann nachts nicht lesen, mir fallen die Augen zu nach ein paar Seiten, ich bin zu müde in der Nacht, sagt Margot. Ich tue das, was die meisten tun –

Und das wäre?

Na ja, die Glotze – machen Sie das nie?

Doch, auch, aber das eine schließt das andere ja nicht aus.

Das Dumme ist nur – ich kann es nicht mehr ertragen. Immer dieselben Gesichter, immer dieselben Geschichten, alles ist, wie soll ich sagen, abgelabert … Bei manchen Gesichtern ist es mir schon peinlich, wenn ich sie sehe, alt geworden, mit mir zusammen alt geworden … es ist mir peinlich, weil sie mir leidtun, und sie tun mir leid, weil sie nicht zu ahnen scheinen, dass ihre Gesichter wie abgegessene Teller wirken, wie … wie missbraucht, von sich selbst missbraucht. Ich schäme mich für sie und für mich selbst schäme ich mich, dass ich nicht aufhören kann, sie immer und immer wieder zu sehen … Ich gehe gegen zwölf ins Bett, wache um zwei auf, nehme eine halbe Tablette, merke, sie nützt nichts, stehe wieder auf, trinke warme Milch, ekle mich dabei, lege mich wieder hin, schiebe mir das Kopfkissen so, dass es weich meine rechte Gesichtsseite umfängt, das ist wichtig, und es ist auch wichtig, dass es immer dasselbe Kissen ist und auch danach riecht, und wenn ich dann nicht einschlafen kann, mache ich den Fernseher an und zappe mich durch, bis ich etwas gefunden habe. Obwohl sie mich so anöden, diese immer selben Gesichter, bleibe ich doch Nacht für Nacht an ihnen hängen, sie sind wie meine Familie … und dann kann ich manchmal wieder einschlafen, bis ich aufwache und merke, die Brille sitzt immer noch auf meiner Nase und der Fernseher läuft …

Margot und Rottmann werden durch laute Stimmen aus ihrem Gespräch geschreckt. Von unten schallt es hoch, ›Budenzauber‹, ›Scheißschlafpapst‹.

Na ja, sagt Margot in ihrer rauesten Stimme, meinen Sie nicht auch, die Dame hat das alles nur gespielt? Ist sie nicht zuvor instruiert worden? Ist sie nicht überhaupt eine vom Theater, die sich auf diese Weise Geld verdient? Sie habe von solchen Jobs schon gehört, arbeitslose Schauspieler machen so was, es gibt da die verrücktesten Sachen. Sie saß vorhin neben mir im Sessel, da ist sie mir schon komisch vorgekommen.

Rottmann pflichtet ihr bei. Auch ihm kommt ein gewisser Verdacht. Vielleicht ist der Zauberer ja der Schlafpapst. Vielleicht ist er derjenige, der uns an der Nase herumführt? Vielleicht ist diese ganze Nummer nur Teil einer verrückten Idee? Vielleicht baut die ganze sogenannte

Behandlung auf einer gut ausgetüftelten Methode auf, mit der die Seminarteilnehmer zuerst in einen wehrlosen Geisteszustand versetzt und innerlich weich gemacht werden, um dann empfänglich für das zu sein, was das Eigentliche ist?

Und was meinen Sie mit dem Eigentlichen?

Na ja, irgendwelche geheimen Methoden, eine Art Hypnose vielleicht, ein suggestiver Trick, mit dem eine Kollektivreaktion hervorgerufen wird, was weiß ich …

Der Gedanke gefällt ihm. Könnte nicht jemand auf einen derart gemeinen Einfall kommen, wenn er schon viele Seminare mitgemacht und die Dynamik kleiner seelisch bedürftiger Gruppen erforscht hat?

Margot rückt ihre Kappe zurecht und erzählt Rottmann von einer Begegnung vorhin. Eine Frau, die ihr einen Zettel mit dem Aufdruck eines Lieds in die Hand drückte und von einem Verein sprach, der sich um Schlaflose kümmert. Sie träfen sich einmal in der Woche, am Sonntagmorgen meistens. Singtherapie nenne sich die Methode, die sie praktizierten. So was wie die Anbetung des großen Schlafs. Margot sucht den Zettel in ihrer großen roten Tasche, in der sie wieder einmal lange erfolglos herumkramt. Dabei kann sie kaum noch an sich halten beim Gedanken an das Lied. Endlich findet sie das Zettelchen, faltet es auseinander und hält es Rottmann hin.

Lesen Sie mal.

Rottmann wirft einen kurzen Blick darauf, aber er kann ohne Brille nicht lesen. Ob sie es ihm nicht vorsingen wolle?

Natürlich, nicht umsonst hat mein Vater mich zu den Pietisten geschickt, sagt sie angeheitert.

Zuvor müsse sie aber einen Schluck Wein haben, erst dann könne sie singen.

Dabei schiebt sie die Unterlippe vor und spielt die Bedürftige, bis Rottmann sich mit einem ›Na dann‹ über die

Wendeltreppe nach unten schafft, um hinter dem Rücken des Kellners eine volle Flasche des ›Les enfants du paradis‹ zu ergreifen und hinauf zu Margot zu befördern. Er stellt sie auf den Boden wie eine Trophäe.

Jetzt sind Sie an der Reihe, Madame.

Sie nimmt einen Schluck und versucht, nach der Melodie von ›Die güldne Sonn leucht jetzt herfür‹ ihre heisere Stimme zum Singen zu bringen.

O lieber Schlaf wir loben dich
oh schließe unsre Lider
oh süßer Schlaf erhöre uns
leg dich auf unsre Glieder

Und so weiter, und so weiter … Ich kann nicht mehr.

Margot muss schon wieder so lachen, dass sie sich verschluckt.

Rottmann klopft ihr auf den Rücken. Schlafblasphemie, köstlich. So was gibt's also auch. Wie sieht sie denn aus, die Gläubige?

Es seien anscheinend zwei oder drei von ihnen hier, sie hätten draußen auf der Terrasse im Chor gesungen. Alles Frauen, ganz normal aussehend, ziemlich jung übrigens. Eine von ihnen trage ein auffallend rotes Kleid, das falle ihr jetzt ein.

Rottmann klopft sich auf die Schenkel, herrlich, die muss ich sehen!

Inzwischen hat sich wieder jemand an den Flügel gesetzt und angefangen zu spielen. Diesmal einen langsamen Tango in der Art von Carlos Gardel, der sich so sehnend dahindehnt, dass die beiden auf der Empore den Blick voneinander abwenden, weil sie ein plötzlich aufflammendes Begehren überkommt. Sie sind ganz verwirrt davon. Wie gut, dass die Flasche da steht. Margot ergreift sie und füllt von neuem die Gläser, aus reiner Verlegenheit.

Wieder prosten sie einander zu, diesmal wortlos, beinahe verdruckst, während sich unten ein paar Leute zu Paaren zusammenfinden und anfangen, zu tanzen.

Margot hat sich aufgerichtet und mit den Ellbogen auf das Geländer gelehnt. Sie nippt an ihrem Glas und blickt auf die Tanzenden. Wie lange hab ich nicht mehr getanzt, denkt sie wehmütig. Der Wein ist ungewöhnlich warm und löst mit jedem Schluck Verwunderung aus – Verwunderung über alles, was hier geschieht. Rottmann erhebt sich von seinem Kissen und gesellt sich zu ihr. Sehen Sie, da ist sie ja, die von der Singtherapie, Margot weist zu einer Frau in einem roten kurzen Kleid, die im Durchgang zur Bibliothek steht und dem Treiben zuschaut. Die kleine Blasphemikerin, sagt Rottmann und versucht sich vorzustellen, wie sie diesen dämlichen Text ganz ernsthaft singt.

So stehen sie beide da und schauen nach unten. Irgendwann legt Rottmann den Arm um Margot. Nein, er bewegt nicht die Finger, und die Stelle, an der seine Hand liegt, ist auch ganz unverfänglich.

Aber als er unten die Moll entdeckt, die gerade Sandow umschlingt, um ihn zwischen zwei Sesseln zum Tanzen zu bewegen, überträgt sich von diesem Anblick etwas auf Rottmann, ein Funke Übermut. Jedenfalls greift er jetzt zielstrebig zu, lässt die Hand weiterwandern, setzt die Finger in Bewegung, drückt da und dort zu, klimpert leicht über Margots Brust, legt den Mund in ihren Nacken, schnurrt und schnauft und wandert vor über ihre Wangen bis zu ihren Lippen. Und endlich ein entschiedener, hingegebener, langer und wirksamer Kuss.

Wer hätte das gedacht!

Jetzt liegen die beiden auf der Empore, Rottmann auf dem Rücken, Margot über ihm, als wären sie ganz für sich und nicht inmitten einer lauernden Gesellschaft. Margot hat ihre Kappe fallen lassen, sie hat es gar nicht gemerkt, und wenn, dann wäre es ihr egal. Die beiden haben Erfahrung genug, um sich nach ein paar Versuchen so oder so auf einen Takt zu einigen. Die hochströmende Tangomusik tut das Ihre dazu, die Geräusche der Tanzenden, der Wein, seine betäubende Milde, alles regt an. Der letzte Tropfen ist auf Margots Fingerspitze gelandet, mit der sie ihn dahin führt, wo Feuchtigkeit gefragt ist – eine seit Jahren kaum berührte Stelle, wenn man von medizinischen Ausnahmen absieht. Margot spielt auf Zeit, sie erinnert sich an alles. Rottmanns zu Anfang gewaltige Stärke hat nachgelassen. Sie kennt das, es hat nichts zu bedeuten. Sie hilft ihm ein bisschen, sie weiß noch, wie man das macht. Sie hat nichts vergessen. Atmend und leise stöhnend wachsen Rottmann und Margot zusammen. Ihre Zielstrebigkeit ist schnell aufeinander abgestimmt, mit knappen Wörtern treiben sie sich an, halten inne, machen weiter, geben kurze Signale, küssen sich wieder, beteuern einander etwas, geben sich noch mehr hin, bis sie sich auf die letzte absolute Anstrengung einigen und niedersinken, vollkommen erschöpft. So bleiben sie lange liegen, Margots Wange auf Rottmanns Brust. Sie kann seinen Herzschlag hören, und vielleicht schlafen sie sogar ein Weilchen, niemand weiß es.

Bis Margot aufsteht, nach ihrer Kappe greift, ihre Strumpfhose hochzieht und nach den Schuhen angelt. Rottmann hat die Augen geschlossen, sie küsst ihn vorsichtig auf die Lider, er antwortet mit einem Lächeln. Dann packt sie ihre Handtasche und klettert die Treppe hinunter, ohne sich noch einmal nach ihm umzusehen. Er liegt da, tief atmend, fast wie im Schlaf.

Irgendwann später rafft er sich auf, reagiert nicht auf das erschrockene ›Oh Pardon!‹ der auf der Treppe erscheinenden und schnell wieder verschwundenen Friederike, zieht den Reißverschluss seiner Hose hoch, schließt die Gürtelschnalle und lässt sich von neuem auf dem Kissen nieder, um in aller Seelenruhe eine Zigarette zu rauchen.

Während er den Rauch von sich haucht und die Nase in den aufsteigenden und sich ausbreitenden bitteren Duft hält, glimmen ferne Bilder in ihm auf. Er sieht sich selbst an einem Küchentisch sitzen. An einem Ende des Tischs steht eine Nähmaschine, neben dem Teller mit der Stulle das zur Seite geschobene Rasierzeug eines Mitbewohners, ein Spiegel zum Aufklappen, ein hochgestellter dicker Pinsel, dessen feuchte Haare Spitzen bilden, und ein Aluminiumtöpfchen mit einem Rest Rasierseife. Im Ofen knistert das Feuer, es ist warm. Die Mutter sitzt am anderen Ende des Tischs vor der Nähmaschine und raucht. Ein herber Geruch erfüllt die Küche, die Mutter hat das Haar zurückgekämmt. Sie sieht seltsam aus, seltsam fremd, und er weiß nicht, warum. Er hält die Handmuschel über den Pinsel und stupst darauf. Die Mutter schaut ihm dabei zu. Sie ist so anders, dass er nicht wagt, sie anzusprechen. Er sitzt vor seinem Teller mit der Stulle, aber er rührt sie nicht an, und von der Mutter kommt auch kein ›Iss, Junge, los, iss!‹. Er und die Mutter sind gefangen in dem Rauch und dem Knistern und in dem Schweigen der Mutter. Die raucht und raucht eine Zigarette nach der anderen, und wenn sie die eine Zigarette zu Ende geraucht hat, zündet sie die nächste an dem glimmenden Ende der letzten an, die sie auf dem Teller ausdrückt. Sie schaut zu ihm hin und auch wieder nicht. Er traut sich nicht, aufzustehen, sondern bleibt sitzen und schaut der Mutter dabei zu, wie sie ihn anschaut und durch ihn hindurchschaut und raucht und den Rauch heraushaucht, und wie sie nichts sagt und nichts tut und ihn auf dem Rasierpinsel herumspielen lässt und nur raucht und die Tabakkrümel an der Lippe hängen lässt und nur leer schaut und unverständlich und komisch.

Erst viele Jahre später, als sie einmal im Krankenhaus lag und ihm bei der Suche nach Unterlagen für die Krankenkasse ihr Tagebuch in die Hände fiel, hat er erfahren, was sie in diesem Moment bewegte.

Die Verwandten, bei denen die Mutter hier auf Gut Sezkow für kurze Zeit Unterschlupf fand, hatten beschlossen, sich umzubringen, bevor die Russen kommen. Sie wollten die Mutter überreden, sich und auch ihren Sohn umzubringen, um dem zu entgehen, was nach der Kapitulation passieren würde. Die Mutter hat darüber nachgedacht, so steht es in ihrem Tagebuch. Sie hat alle Möglichkeiten erwogen. Sie wusste damals nicht, wohin. Und sie hat, als sie eine Zigarette nach der anderen rauchte, darüber nachgedacht, zuerst ihren Sohn und dann sich selbst umzubringen. Aber dann hat sie den Koffer gepackt und ist mit ihm losgezogen. Später haben sie erfahren, dass die Verwandten sich hier auf Gut Sezkow tatsächlich das Leben genommen haben. Der Vater hat zuerst seine Frau und danach seine Tochter erschossen. Die Tochter soll noch vor dem Vater weggelaufen sein, aber er hat sie trotzdem erschossen. Das fällt Rottmann in diesem Moment ein.

Ich möchte wetten, die nimmt Tabletten! Mit herausfordernder Stimme hat Norbert seinen Zeigefinger in Richtung Friederike ausgestreckt. Er, der Versicherungsangestellte, der soeben noch mit Bülow um die Hotelkosten gestritten hat, fläzt sich in einem Sessel nahe der Terrassentür, die Knie über eine Lehne geworfen, ungeniert, als wäre er hier zu Hause. Er will nun doch in Sezkow bleiben – nicht nur weil er sich nach der geglückten Einschläferung der Frau auf dem Flügel ebenfalls Hilfe von dem Zauberer erwartet, sondern auch, weil er zu viel getrunken hat. Der Alkohol reizt seinen ohnehin bissig gestimmten Geist zu Attacken. Immerhin kann er noch klar genug denken, um zu kapieren, dass er vor den Kollegen nicht das Gesicht verlieren darf. Der Straßenverkehrsordnung ist er nicht mehr gewachsen, diese Tatsache hat er noch klar erfasst. Was er intus hat, ist mehr als das Quantum, das ihm normalerweise als ›Zielwasser‹ dient.

Friederike ignoriert den Kollegen Norbert. Sie hat sich aufs Sofa fallen lassen, ihr blasses Gesicht nimmt Farbe an, ihre Wangen sind gerötet. Die ganze Zeit hat sie getanzt. Mal alleine, ganz für sich, mal mit Peter Mulik. Aber trotz ihrer Versuche, sein Interesse zu wecken, bleibt er der distanzierte Kollege. Nichts gibt er von sich preis. Und verführen lässt er sich erst recht nicht, nicht einmal zu einem Wange-an-Wange-Tänzchen. Er bleibt der Bürohengst, der er wahrscheinlich schon immer gewesen ist, denkt Friederike.

Wenn sie wüsste, was er der Moll von sich offenbart hat – sie könnte es nicht fassen. Aber sie weiß es nicht, sie ahnt nichts von seiner anderen Seite.

Ich möchte wetten, sie nimmt Tabletten!

Norbert wiederholt sich. Dass er ignoriert wird, ist er nicht gewöhnt. Auf alle Fälle will er Friederikes Aufmerksamkeit. Sein Kampfgeist ist geweckt. Wie schön die Kollegin ist, so erhitzt vom Tanzen, glühend wie ein Teenager! Ihre Lederjacke hat sie abgelegt, und ihre durchtrainierten Arme und hohen Schultern wirken so jung, so weiß und – so intellektuell!

Mein letzter Wille – ich will 'ne Pille!, ruft er von neuem und schwenkt sein Glas in die Runde.

Friederike zieht genervt die linke Braue hoch und steht auf, um sich ein Glas Rotwein zu holen. Sie hat gar nichts von dem im Kerzenlicht aufgetischten guten Essen zu sich genommen, denn ihre Linie ist ihr wichtiger als – sagen wir, nicht alles, aber vieles. Auf jeden Fall will sie jetzt, nach dem schon viel zu üppigen Abendessen, nur noch trinken. Und da dieser Rotwein ja so besonders sein soll, lässt sie sich einschenken, versenkt die Nase in das bauchige Glas und blickt nach oben zur Empore, wo sich ihr soeben ein Mann präsentiert hat, der gerade dabei war, sich die Hose zu schließen. Es war eindeutig. Ein Anblick, den sie im ersten Moment für unwirklich hielt, aber nur im ersten Moment. Sie brachte so etwas wie ›Pardon!‹ hervor und flüchtete rückwärts die Wendeltreppe hinunter, weniger peinlich berührt als baff erstaunt. So was hätte sie hier nicht erwartet, und sie fragt sich, in welche Gesellschaft sie geraten ist. Vielleicht ist die ganze Veranstaltung ja ein als Seminar getarntes Treffen von irgendwelchen Perversen, Sexmaniacs, die wer weiß was treiben? So was hat man ja schon gehört. Es gibt nichts, was es nicht gibt. Eine Falle, in die selbst der seriöse Kollege Mulik hineingetappt sein könnte. Wenn er nicht doch als Spion der Versicherungsgesellschaft hier ist. Ein bösartiges Spiel jedenfalls. Sie stieg die Treppe zurück und mischte sich unter die Tanzenden, um die verrückten Gedanken zu vertreiben. Das beruhigte sie. Aber jetzt, wo der Kollege Norbert mit dem Finger auf sie zeigt und sein Gelaber loslässt, kommen ihr wieder Zweifel.

Oh Mensch, gib Acht, ruft Norbert pathetisch aus, was spricht die tiefe Mitternacht … und er fuchtelt mit seinem Zeigefinger.

Das Weib ist tief, und tiefer, als der Mann gedacht …

Die Welt ist ein Irrtum … die Welt ist ein Missverständnis … so geht es weiter. Die ganze Welt ist ein einziges Missverständnis, und auch wir, die Schlaflosen, sind lebende Irrtümer – Billionen von Synapsen und nichts als Missverständnisse … immer meint man, der Mensch braucht klare Konturen, aber erst wenn alles verschwimmt und man frei ist von dem Missverständnis und seinem Gegenteil, wenn man überhaupt kein Interesse daran hat, was richtig ist und was nicht, dann kann man wieder schlafen … Wo war ich steckengeblieben? Was spricht die tiefe Mitternacht?

Meine Damen und Herren, welches Genie hat Ohropax erfunden? Es war ein gewisser Maximilian Negwer, dem Himmel sei Dank! Zauberer, wo bist du? Ich schlief, ich schlief – schon lange her …

Na, schöne Pillenfresserin, haben Sie das nicht gewusst?

Ein Hoch auf die Schwermut der Mäuse!

Und er springt auf und torkelt auf Friederike zu, die im Sofa liegt und regungslos mit gespreizten Fingern den verrückten Kollegen von sich entfernt zu halten versucht.

Ich habe Angst … solche Angst!

Wovor denn?, fragt Friederike plötzlich besorgt.

Ich habe Angst, dass mein Funke nicht auf dich überspringt, jammert er, indem er sich auf den Boden neben der nun mit angezogenen Beinen in Schutzhaltung lauernden Friederike niederlässt und den Kopf neben sie auf das Polster legt. Seine Stimme klingt, als würde er gleich losheulen.

Was kann ich nur tun, dass du mich erhörst? Täubchen! Was kann ich nur machen? Weißt du, was passiert, wenn ein Atom mit einem Photon zusammenkommt? Du erlesenes Lichtteilchen, du? Willst du nicht, dass wir uns in einen quantenmechanischen Schwebezustand versetzen? Wenn alles schwebte, dann könnten wir schlafen! Ach wenn du wüsstest, wie herrlich die Gleichzeitigkeit einander ausschließender Zustände sein kann! Ich liebe, ja, und du liebst nicht – ein Glück, größer geht's nicht. Lust tiefer noch als Herzeleid: Weh spricht: Vergeh!

Friederike lacht. Eigentlich ganz komisch, was er da von sich gibt, denkt sie. Trotzdem entwindet sie sich seiner schon fast bei ihr angelangten Hand, im Nu ist sie aufgesprungen und entkommt über die Sofalehne, während der Verlassene weiter japst und jammert und schwafelt und labert. Bis er seine Niederlage erkennt, sich erhebt und feierlich weiterdeklamiert.

Oh Mensch, gib Acht, ruft er aus, Oh Mensch, gibt Acht, in deinem Hirn ist Mitternacht … man stirbt einen Tod, man weiß nicht, welchen, vielleicht ein schmuckes Schlaganfällchen, kichert er und sieht dabei aus wie Klaus Kinsky. Ach, schöne Frau, ich muss gestehn, das Wort ist fort, ich hab's gesehn. Wir, die Schlaflosen, haben ganz besondere Fähigkeiten, wisst ihr das, Leute? Wir intelligenten Dementen. Ach, wie heißt noch mal das Wort, das ich der Schönen da sagen wollte? Dieser Rausch, dieser Zusammenprall wie schon gesagt, zwischen dem Photönchen und mir …

Jetzt steigt er auch noch auf den Couchtisch und schiebt mit den Füßen die Kerzenständer und Gläser beiseite. Inzwischen hat er tatsächlich die Aufmerksamkeit der ganzen Gesellschaft auf sich gelenkt.

Seien wir doch mal ehrlich! Wenn wir schlafen, spüren wir die verlorene Liebe nicht. Selig, selig, selig sind die

Schlafenden! Aber der Tag ist schon an seinem Morgen angefault! Wo singt die Lerche noch den Sonnenaufgang ein? Wo ist die Lust, die Ewigkeit nur will? Ich will den Tod, den lieben, lieben Tod! Die tiefe, tiefe Ewigkeit, das ist's! Kommt, Leute, kommt und lasst euch ein. Es lebe hoch das Gen ABCC9! Komm zu uns, liebes Schläfer-Gen, wo bleibst du denn, es wär so schön!

Verdammt, wo ist der Zauberer?

Da kommt er ja! Wie gerufen!

In diesem Moment taucht er tatsächlich auf. Ein zweiter Gast hat sich von ihm in den Schlaf versenken lassen, oben in seinem Zimmer. Jetzt ist der Zauberer bereit, hier unten weiterzumachen. Miriam hat schon erkannt, was mit dem lockigen Versicherungsangestellten Norbert los ist, der ein bisschen durch den Wind zu sein scheint. Beherzt geht sie auf ihn zu, packt ihn beim Arm, hilft ihm vom Tisch herunter und bedeutet ihm, sich auf der großen Couch auszustrecken.

Er folgt ihr auf wundersame Weise. Endlich hält er den Mund und schweigt. Der Zauberer streicht ihm über die Stirn und bittet die neugierig Umherstehenden, für den Daliegenden das Schlaflied zu singen. Aber allen ist es peinlich, in einem so kleinen Chor die unzulängliche, da ungeübte Stimme zu erheben, sodass nur ein dünnes Summen ertönt, das sogleich wieder verstummt. Da kommt die Klavierspielerin mit einem Wiegenlied zu Hilfe, und nur Miriam summt tapfer auf Geheiß, um den Freund nicht im Stich zu lassen. Wieder zeichnet er mit beschwörenden Bewegungen einen unsichtbaren Körper nach, eine Lufthülle, die den Probanden zu umgeben scheint, und seine Hände schweben ausdrucksvoll mit gespreizten Fingern über dem auf ein Ergebnis Wartenden. Der hat die Augen geschlossen und den Mund zu einem erwartungsvollen Lächeln geformt. So geht es eine ganze Weile. Die Zuschauer schauen einander an, mit fragenden Brauen. Zwei oder drei verlassen die Szene. Der Zauberer flüstert dem Probanden etwas zu und hält inne. Für eine Weile schließt er selbst die Augen, und es sieht aus, als wolle er sich noch mehr in die andere Person hineinversenken. Dann richtet er sich auf, streckt sich, nimmt tief Luft, streicht mit seiner schönen Hand über seine schwarze Kappe, um dann umso konzentrierter fortzufahren. Wieder die beschwörenden Bewegungen, die Stimme Miriams, die bedeutungsvollen Blicke unter hochgezogenen Brauen.

Aber der Zauber will nicht gelingen. So einschmeichelnd die Klaviermelodie auch tönt, so aufmerksam die Augenpaare der Dabeistehenden auch mithelfen und mitbeschwören, der Schlaf Suchende findet nicht, was er sucht. Er windet sich, zuckt mit dem Mund, über sein Gesicht huschen Bewegungen und Grimassen, er spielt mit den Fingern auf seinen Oberschenkeln. Aber er ist die Unruhe selbst. Kurz, das Wunder findet nicht statt. Der Zauberer mag sich noch so anstrengen, er mag einen noch so geheimnisvollen Blick aufsetzen, noch so magisch wirkende Gesten vollführen, es will ihm nicht gelingen. Dennoch gibt er nicht auf, sondern macht weiter, bald ohne Zuschauer.

Wer hätte gedacht, dass der soeben noch so cholerisch daherschwadronierende Norbert eine solche Geduld aufbringen würde! Er hält durch, er will schlafen, er strengt sich an, er dirigiert seine ganze Energie in diesen einzigen Willen, in den Willen zum Schlaf. Ja, seine Haut fängt an zu vibrieren, eine feine Glut hat sich darüber ausgebreitet, eine wundersame Strahlung. Norbert ist ganz Erwartung, er wiegt sich im Takt des Lieds, atmet tief ein und aus, er ist ganz auf Empfang eingestellt, auf Schlafempfang. Aber er ist hellwach.

Es ist schon reichlich Zeit vergangen, seit der Zauberer mit seinen Bemühungen angefangen hat. Er und sein Proband wollen nicht aufgeben. Nein, sie machen weiter. Selbst Miriam hat sich verabschiedet, sie muss sich um anderes kümmern.

Der Zauberer hat längst begriffen, dass seine Kunst diesmal nicht wirkt, dass die Luft raus ist. Er gibt nur nicht auf, weil er nicht weiß, wie er dem Ritual ein Ende setzen soll, ohne das Gesicht zu verlieren. Er weiß, dass seine Magie erloschen ist. Es sind nur noch äußere Bewegungen, die er vollführt, und wer genauer hinsieht, merkt, dass seine Hände fahrig werden, ziellos, die nötige Expression verloren haben. Da, in diesem Moment schiebt Norbert den Arm des Zauberers von sich, öffnet die Augen, blickt um sich und erhebt sich.

Nun sitzt er da und schüttelt den Kopf. Das Haar hängt ihm ins Gesicht, und er sieht so müde aus, wie er es seit langem auch ist. Er könnte sterben vor Müdigkeit. Seine nach unten gefallenen Mundwinkel und sein gekräuseltes Kinn künden eine Eruption an, ein kindliches Plärren. Ach! Unter den in die Stirn fallenden schon leicht grauen Locken kommt es hervor.

Der Zauberer nimmt seine Kappe vom Kopf und setzt sich neben den Unglücklichen. Rücken Sie mal zur Seite, bittet er, fährt sich durchs Haar und stützt ratlos die Ellbogen auf die Knie.

Da hat wohl meine Kunst versagt.

Ich wusste es –

Norbert lässt den Kopf hängen, sein Gesicht ist jetzt ganz hinter den Locken verschwunden.

Der Zauberer klopft ihm auf den Rücken und schlägt ihm vor, sich mit einem Glas Rotwein zu trösten. Man kann nichts zwingen, schon gar nicht das Einschlafen.

Wer weiß

Wer weiß, sagt Peter Mulik, es scheint eine Volkskrankheit zu sein, an der wir leiden. Vielleicht ist es die Unruhe unserer Zeit, die in uns gefahren ist? Die unseren Biorhythmus durcheinandergebracht hat? Ich habe mal einen Blick in das statistische Archiv unserer Versicherungsgesellschaft geworfen – da kann man es nachlesen. Vor vierzig Jahren ist kaum jemand wegen Schlaflosigkeit zum Arzt gegangen, heute fast jeder Zweite. Wir können nicht so weitermachen, als habe die ganze Sache nichts mit dem zu tun, was um uns herum passiert.

Friederike nickt. Sie hat sich der kleinen Runde zugesellt, hockt mit angezogenen Beinen im Sessel und drückt ihr schönes Kinn aufs Knie.

In unserer Welt muss man doch krank sein … wer nicht krank ist, ist der eigentlich Kranke … sagt sie.

Wie sie das meine, wird gefragt.

Vielleicht ist es ein ganz gesundes Abwehrsymptom, dass wir nicht schlafen können?

Meinen Sie? Ist das nicht eine etwas rosige Deutung unserer Qual?

Nein – unser Körper wehrt sich, und es ist sehr einleuchtend, dass er sich wehrt … es hat was mit der Chronobiologie zu tun … mit der Beschleunigung der Dinge, mit diesen wahnsinnigen Anforderungen an unser Wahrnehmungssystem, mit diesem Vielzuviel, mit diesen Millionen von Bildern, den Billionen von Eindrücken, die uns dauernd überschwemmen …

Sie meinen also, wir sind im Gegensatz zu anderen, die noch schlafen können, eher die Gesunden?

Ja, könnte das nicht sein?

Sie meinen also, die anderen, die Gesunden, sind krank?

Ja, krank vor Anpassung und Abstumpfung … sie sind, na ja, ich möchte nicht sagen wie Ratten, aber so was Ähnliches. Vielleicht ist es ein gutes Zeichen, wenn man sich nicht an alles gewöhnt …

Sie meinen, es wäre gut, dass unsere Nerven sagen, ›Hallo, hier ist Schluss, hier ist die Grenze?‹.

Ja, genau das meine ich –

Sind Sie in der Unfallabteilung tätig? Haben Sie mit diesen schrecklichen Bildern in Ihrer Arbeit zu tun?

Nein, das sei es nicht. Es seien nicht die Fotografien von Unfallopfern und Fallberichten, es seien nicht die schrecklichen Briefe, die ihr die Versicherungsnehmer schreiben, die Lebensdramen, die sie mitbekomme, in die sie selbst mit hineingezogen und für die sie manchmal sogar verantwortlich gemacht werde … damit habe ihre Schlafstörung vielleicht manchmal zu tun, das wolle sie nicht abstreiten, aber was sie meine, sei viel allgemeiner …

Es hat auch mit dem Lärm zu tun, mit dem Lärm, der heute in unserer Welt ist. Das habe sie neulich gelesen. Es gebe eine über viele Jahre und in vielen Ländern durchgeführte Studie, die beweise, dass viele Menschen heute nicht mehr den Lärm um sich herum als Lärm empfinden … zum Beispiel wohnten viele an lauten Autostraßen und spürten gar nicht mehr, dass sie Tag und Nacht ein Geräuschpegel von unerhörter Dezibelstärke umgebe … weil sie diese Geräusche normal fänden … in gewissem Sinne gehe es ihr selbst ähnlich. Sie sei schon als Jugendliche mit einem solchen Lärm aufgewachsen, den man im Grunde nur höllisch nennen könne …

Ach, haben Sie auch so laut gewohnt?

Nein, aber ich habe als Teeny meine Nächte in Diskotheken verbracht, … seit damals sei der Lärm in ihr, für immer … dieses Gefühl habe sie, da könne sie nichts machen … der Lärm habe sich ihr eingegraben, wie Sonnenstrahlen, die die Haut nie wieder vergisst, so komme ihr das mit dem Lärm vor, den auch das innere Ohr nie wieder vergisst …

Und warum machen Sie dann eine Psychoanalyse? Will Mulik wissen. Haben Sie doch noch Hoffnung, dass der Lärm wieder aus Ihnen herausgezaubert wird?

Na ja, sie zögert. Und nach einer Denkpause sagt sie, sie denke trotz alledem, dass es diese Störungen unserer Zeit gebe, zugleich aber auch könne es sein, dass jeder für sich selbst noch besondere Gründe habe. Sie etwa knabbere grade daran, dass ihre Mutter ihr immer erlaubt habe, in diese Diskos zu gehen, anstatt es ihr zu verbieten – was, wie der Analytiker sage, das richtige Zeichen mütterlicher Liebe gewesen wäre.

Friederike versinkt in die Erinnerung an diese Stunde auf der Couch und daran, wie sie dem Analytiker die Frage stellte: Meinen Sie, meine Mutter hat mich nicht geliebt?

Auf ihre Weise vielleicht schon, aber nicht wirklich so, wie ein Kind es braucht, hat er geantwortet.

Daran denkt sie oft, wenn sie in der Nacht wach wird und nicht mehr einschlafen kann.

Friederike gestikuliert beim Sprechen mit ihrer weißen Hand, Daumen, Zeigefinger und Mittelfinger sind vorgestreckt, die beiden anderen in die Handfläche gelegt. Das sieht aus, als präzisiere sie ihre Aussagen mit einer Art stechendem Zugriff.

Glauben Sie wirklich, Ihre Mutter hätte Sie daran hindern können, in die Disko zu gehen? Wenn ich da an meinen Sohn denke …

In Muliks Stimme schwingt ein leiser Vorwurf mit.

Die Jahre, als sein eigener Sohn nachts nicht nach Hause gekommen ist, waren für ihn die schlimmste Zeit seines Lebens. Immer hatte er Angst um ihn. Oft wartete er bis zum frühen Morgen, bis er das Geräusch des Türschlosses hörte, erst dann konnte er einschlafen. Und immer träumte er von dem Autounfall. Je mehr er Andi Vorhaltungen machte, desto trotziger war der und beharrte auf seinem Recht, so lange fortzubleiben, wie er wolle. Einmal hatte er einen Fahrradunfall auf dem Nachhauseweg, und Mulik bekam einen Anruf aus dem Krankenhaus. Seitdem war es noch schlimmer mit der Angst um ihn. Mehrmals war er Andi in der Nacht heimlich gefolgt. Und einmal war er selbst in eine solche Disko gegangen, hatte sich an die Bar gesetzt und ein paar Bier getrunken. Vielleicht drei Stunden hatte er es ausgehalten dort, und am nächsten Tag war sein linkes Ohr taub. Es dauerte Tage, bis er wieder richtig hören konnte. Und jetzt, da Andi plötzlich von verstörenden Zuständen geplagt ist, macht Mulik sich Vorwürfe und sucht einen Zusammenhang zwischen damals und heute herzustellen.

Unser normales Leben geht eben vollkommen gegen unsere Natur, ich meine gegen den natürlichen Biorhythmus, meint jemand.

Oha, das hört sich ja nach Tiefgang an, sagt Rottmann, der gerade hinzutritt. Er hat seinen Emporensitz verlassen, vergeblich nach Margot Ausschau gehalten, eine ganze Menge Rotwein getrunken, von den Pasteten gekostet und essend und trinkend versucht, sich des Erinnerungsschubs von vorhin zu erwehren. Sozusagen hat er mit Wohlschmeckendem den üblen Geschmack der Vergangenheit vertrieben. Er zündet sich eine Zigarette an und sucht nach einem vertrauenerweckenden Gesicht.

Die ganze Zeit war ihm die Frage im Kopf herumgegangen, in welchem Raum sich die Küche damals befand, in der seine Mutter ihre düsteren Gedanken wälzte. Jedenfalls zu ebener Erde, ja vielleicht da, wo heute die Restaurantküche ist, in die er vergeblich einen Blick zu werfen versuchte. Miriam bat ihn mit tausend Entschuldigungen, seine Neugier auf morgen zu verschieben, weil im Moment das ganz große Chaos in der Küche herrsche und jeder sich anstrengen müsse, nicht über sich selbst zu stolpern.

Er wurde sanft hinauskomplimentiert und kam sich dabei vor wie ein Trottel. Er dachte sogar einen Moment lang, die Bülow hätte ihm dabei einen Klaps auf den Hintern verabreicht, und mit diesem beschämenden Gedanken ist er beschäftigt, als er auf Friederike, Mulik und die anderen stößt.

Die Debatte, die hier im Gange ist, kommt ihm als Ablenkung gerade recht. Er hört eine Weile zu, bevor er sich auf dem Sofa niederlässt. Sein übertrieben spöttisches Auflachen lässt den Verdacht aufkommen, auch er habe über den Durst getrunken. Obwohl – wer kann hier schon auseinanderhalten, wovon etwas zu viel ist? Zu viel Schlaflosigkeit, zu viel Hoffnung, zu viel Schwäche, zu viel Zeit, zu viel Alkohol … alles hat dasselbe zur Folge – den Zweifel, den verdammten, schrecklichen Zweifel an sich selbst.

Warum wir nicht schlafen können? Bricht es aus Rottmann heraus, in einem Ton, als wisse er Bescheid, und zwar er allein.

Ich sage Ihnen eins … wir können nicht schlafen, weil wir alle nicht der sind, der wir sein wollen … wir sind alle Loser, Freunde! Schlaf-loser … Ja, unsere Zeit! Meine Dame, unsere Zeit ist eine Zeit der Loser … früher war mal die Zeit der Genies, und es gab auch schon die Zeit der Kämpfer und die Zeit der schönen Tuberkulösen … Ja, wie steht es geschrieben? Alles hat seine Zeit! … Und wahrlich ich sage Euch, heute ist die Zeit der Loser … all derer, die nicht sie selbst sein wollen, die längst aus sich herausgefallen sind … heute ist die Zeit derer, die sich von ihren Schatten getrennt haben, die Schatten sind in Amerika oder am Nordpol oder sonst einem Ende der Welt, und der Körper ist hier, und wir haben alle das Gefühl, er gehöre nicht zu uns … seien wir doch ehrlich, Freunde! … das ist doch alles

Quatsch, diese Sache mit der Beschleunigung und der Entschleunigung und dem ganzen anstrengenden Zeug und den Algorhythmen … etwas an unserem Bewusstsein ist kaputt – das milliardenstimmige Neuronengeplapper funktioniert nicht mehr, es hat falsche Töne angenommen …

Er nimmt einen Schluck, reckt sich, den Arm mit der Flasche in der Hand hochgestreckt … er lallt noch etwas, aber keiner kann ihn mehr verstehen.

Friederike reicht ihm eine Tasse Kaffee. Trinken Sie, fordert sie ihn auf, das wird Ihnen guttun.

Aber Rottmann nimmt lieber noch ein paar Züge aus der Flasche.

Trinken wir auf das Leben, Freunde! In diesem Haus wurde mir das Leben gerettet. Meine Mutter hat mir das Leben gerettet. Jemand wollte mich umbringen, aber meine Mutter hat mich gerettet. Hahaha!

Und wer hat Sie umbringen wollen?

Friederike ist ganz erschrocken.

Meine Mutter!

Ihre Mutter? Ich dachte, sie hat sie gerettet?

Eigentlich hat sie mich umbringen wollen. Und sich selbst auch. Aber dann hat sie mich vor sich selbst gerettet. Hahaha! Was für eine göttliche Mutter! Die ihren Sohn vor sich selber rettet!

Friederike wirft vielsagende Blicke zu Mulik hinüber. Rottmann ist übel. Er torkelt zwischen den Sesseln und Tischen hindurch zur Terrassentür und stürzt hinaus. Ihm ist so schlecht wie in seinem ganzen Leben noch nicht. Er lässt sich vor einem Blumenkübel nieder und übergibt sich. Kniend, die Arme um den Topf geschlungen, erbricht er alles, was er an diesem Abend zu sich genommen hat. Ihm ist hundeelend. Er will jetzt nichts mehr hören, niemand soll ihm helfen, nicht einmal die herbeigeeilte Miriam. Schon gar nicht sie! Kein Mensch!

Während

Während Friederike den Blick über Muliks Schulter durchs Fenster nach draußen richtet, wo sie den betrunkenen Rottmann vermutet, und dabei ihre These weiterspinnt, es seien die Zumutungen von außen, die uns schlaflos machen, die Zumutungen der Gesellschaft, der Globalisierung, der Medien, der nanogeschwinden Maschinen, während die hinzutretende Moll eine Zigarette zwischen ihren langen Fingern jongliert und in die Runde hinein fragt, ob jemand Feuer habe, und ausruft, Wir sind nicht krank!, während sie mit einem Blick zur Tür die junge Frau wiedererkennt, der sie eine Wohnung in Berlin-Kreuzberg verkauft hat, und die jetzt gegen sie prozessiert (ach, du liebe Zeit, Moll, das hat grade noch gefehlt), während der Zauberer sich erhebt und den erfolglosen Probanden auf der Couch zurücklässt, weil er Miriam finden will, um sie endlich ein paar Minuten lang für sich zu haben, irgendwo im Dunkel des Parks, während im Eingang zum blauen Salon zwischen den breit geöffneten Türflügeln die soeben feierlich in den Schlaf gezauberte Frau Blau, die man eine Dame zu nennen geneigt ist, in einem langen weißen Nachthemd auftaucht, mit wirrem Haar und wirrem Blick, während Sandow versucht, die Rauchenden vom Rauchen abzuhalten, schon ahnend, dass er damit keinen Erfolg haben wird, während Bülow auf die Uhr blickt, die geleerten Rotweinflaschen zählt und überlegt, wie viel ihn diese Nacht kosten wird, während er zugleich an Miriam denkt, Miriam, la douce, die er wieder einmal aus den Augen verloren hat, während Rottmann draußen im Park herumirrt und den See sucht, an den er sich zu erinnern glaubt, obwohl er damals erst drei Jahre alt war, während die Moll sich in einem Sessel nahe bei Mulik niederlässt und ihm den Rauch in den Nacken haucht, während der, ermüdet von den eifernden Thesen der kleinen Kollegin, beinahe in den Schlaf gleitet, so warm umgeben vom Atem der Moll, von ihrer Nähe, ihrer Körperwärme, ihrer unsichtbaren Pracht, während der junge Berliner Kellner, den die Moll so gerne auf den Nasenflügel küssen würde, einen umgefallenen Kerzenleuchter aufrichtet und mit einer Schere Brandflecken aus dem Tischtuch schneidet, während ihm dabei mehrere Frauen zusehen und Ratschläge geben, während Norbert seine Stimme erhebt und Ich weiß es, er ist mitten unter uns, ausruft, sich aufrichtet und wiederholt: Der Professor ist mitten unter uns! und ihn von allen Seiten verständnislose Blicke treffen, während der Zauberer sich an den verwaisten Flügel setzt und anfängt zu spielen und ihm der Gedanke kommt, nicht nur nicht der Pianist zu sein, der er gern geworden wäre, sondern auch noch ein erfolgloser Zauberer, während die Gespenster seines Scheiterns durch seinen Kopf geistern und er sich in Chopins Nocturne vertieft, in die nachtzarte Melodie, die er leise mitsingt, während die Moll den Kopf neigt, um sich hinter Muliks breiter Schulter vor der Kundin zu verstecken, während die Runde sich von dem Störenfried abwendet und darüber diskutiert, ob wir nur nicht schlafen können, damit wir keine Albträume haben, während jemand fragt, Warum können andere mit ihren Albträumen leben und wir nicht?, während eine Frau in der Runde anfängt zu lachen, sich auszuschütten vor Lachen und alle sich zu ihr drehen, Ist was? mit den Augen fragend, während die Moll erschrocken merkt, dass die gegen sie prozessierende Kundin, die Frau aus dem Verein für Singtherapie, jetzt zielstrebig auf sie zusteuert, während Rottmann unten am See ankommt und sich daran erinnert, dass es der Beschreibung seiner Mutter nach hier gewesen sein muss, wo der Onkel die Tante und die Cousine erschossen hat und dann sich selbst, während der Himmel von einem Schwarzweißfilm fliehender Wolken überzogen ist, so künstlich, so flach, als wären sie eine Folie, während Jeanine aufschreckt und Hendrik flüstert, Hendrik, mein Sohn!, während Rottmann sich bis zu dem moorigen Wasserrand durch nasses Laub tastet, während sich Miriam in dem kleinen Zimmer, das eigentlich für bedürftige Gäste da ist, atemlos in die Arme ihres Mannes krallt, während der Zauberer sich immer tiefer und tiefer in das Nocturne hineinspielt und ihm die Trauer in die Hände fließt und das Spiel beflügelt (wenn ich so spielen könnte, wenn ich immer so gespielt hätte, denkt er), während Margot sich unter heiß prasselndem Wasser auf den Boden der Duschwanne kauert und den Geschmack von Seligkeit auskostet, der immer noch da ist, den Geschmack von Haut und Sex und Hitze, von längst Vergessenem, während Frau Barrault aufsteht, sich einen Kaffee kocht, die Brille aufsetzt, ein Schälchen mit Milch füllt und hinausbringt unter die Bank, auf der Jeanine sitzt, die sie entgeistert anstarrt, und während sie einen Blick in den blauen Salon wirft, wo sich Leute im Kerzenlicht bewegen, während sie glaubt, die Frau auf der Bank sei die junge Flüchtlingsfrau, die ihren dreijährigen Sohn und sich selbst töten will, während sie auf Jeanine einredet, um sie davon zu überzeugen, ihren Sohn nicht zu erschießen, sondern dem Leben eine Chance zu geben (sehen Sie, all diese Flüchtlinge da drinnen, die aus dem Osten kommen und hoffen, dass der Krieg aufhört, sehen Sie), während Frau Barrault jetzt gemeinsam mit Jeanine in den blauen Salon blickt, wo Gestalten auf Sesseln und Sofas hingegossen liegen, manche zu zweit einander in den Armen haltend, manche zu mehreren, manche nackt, manche halb bekleidet, manche schlafend, manche in träger Bewegung miteinander verbunden, und während Frau Barrault ankündigt, dass gleich die Befreier kommen und der Krieg vorbei sein wird und auf Jeanine einredet, dass sie ihren Sohn am Leben lassen muss und auch sich selbst, und während Jeanine Frau Barrault von ihrem Hendrik erzählt, Ich würde ihn doch nicht umbringen, er ist das Teuerste, was mir geschehen ist in meinem Leben, liebe Frau, das müssen Sie verwechseln, der Krieg ist schon lange vorbei, wir leben im dritten Jahrtausend, während Frau Barrault sagt, das ist gut, dann hole ich die Männer unten raus, und während Jeanine sich fragt, was macht denn der Kollege Mulik aus Köln da, das sieht ja aus wie eine Orgie oder bin ich verrückt geworden?, während Frau Barrault auflacht und mit dem Finger auf Norbert zeigt, der sich mit Friederike auf dem Boden wälzt und Hier ist er ja, den ich versteckt habe, ausruft, zur Terrassentür humpelt und dabei gestürzt wäre, hätte Jeanine sie nicht aufgefangen, während Rottmann sich dem Ufer zubewegt und kurz innehält, sich langsam auszieht und in den leuchtenden Wasserspiegel eintaucht, in großen Zügen hinausschwimmt, eintaucht und die Luft anhält, immer weiter, weiter in das Schwarze hineinschwimmt, während all das passiert, ziehen die Momente der Nacht vorüber, als hätte sich nichts ereignet und als wäre kaum Zeit vergangen. Alles schwebt.